光文社文庫

長編推理小説

消えたタンカー

新装版

西村京太郎

光　文　社

『消えたタンカー』　目次

第一章　燃えるインド洋

1

十二月五日。午後五時三十分。

北インド洋は、まだ日没に遠く、亜熱帯の強い太陽がコバルトブルーの海に降り注いでいる。

白川水産所属の遠洋トロール漁船「第五白川丸」四五〇トンは、アフリカ沖でのカツオ漁をおえ、インド大陸の南約一千キロの沖合を、日本に向けて帰途についていた。

ところどころに赤錆《さ》びの見える船体が、九カ月にわたる遠洋漁業の辛さを物語っていたが、乗組員たちは、久しぶりに日本の土が踏めることで、子供のようにはしゃいでいた。

インド洋は、日本近海とは逆に、夏は荒れやすいが、冬季はモンスーンもなく、凪《な》いだ日が多い。

この日も、風速二・五メートルの微風。二百メートルから三百メートルという大きな、長い波が、ゆったりと船をゆするだけである。

赤道に近く、暑い。

(故郷の焼津《やいづ》は、今ごろ夜の十時くらいだな)

と、船長の鈴木晋吉《すずきしんきち》が、海図机《チャート・デスク》を見て呟《つぶや》いたとき、

「前方に火災！」

と、見張員《ワッチマン》が怒鳴った。

船長は、双眼鏡を眼に当てた。確かに、前方の海面に黒煙があがっている。チラチラと赤い炎が舌を出している。船長は、とっさに船火事と判断した。

「前進全速！」

船長は、操舵手《コーターマスター》に向かって、大声で命令した。四五〇トンの船体は、大きく見ぶるいしてから、エンジンの唸《うな》り声を立ててスピードをあげた。が、カツオを腹いっぱいに詰め込んだ船体は、せいぜい十一ノットの速力しか出ない。

「通信長。SOSを受信したか？」

鈴木船長は、双眼鏡を眼に当てたまま、大声できいた。

「今まで受信していません。ラジオブイの発信もなし」

「おかしいな。あれは、どう見ても船火事だぞ」

船火事なら、当然SOSを発信しているはずなのに、受信しなかったというのは解《げ》せない。

熱帯の落日は、唐突《とうとつ》にやってくる。西の水平線に、真紅の太陽が沈みはじめると、周囲の海面は、コバルトブルーから赤に、そして暗紫色に変わっていく。それにつれて、今まで黒煙の中に、小さく顔をのぞかせていた赤い炎が、急に鮮明に輝きだした。

約千メートルまで近づいたとき、鈴木船長は、思わず、「海が燃えている」と呟いた。眼の前の光景は、海が燃えているとしか形容ができなかったからである。

直径約千メートルに近い、やや楕円《だえん》形の海面が猛烈な勢いで、炎を吹きあげているのだ。黒煙は数百メートルの高さまで立ちのぼり、微風にのって西南に流れ、その巨大なカサが第五白川丸の頭上を蔽《おお》った。黒煙のために太陽がさえぎられ、周囲は夕闇が立ちこめたように薄暗くなった。

千メートル離れていても、「ごう、ごう」という炎を吹きあげる凄《すさ》まじい音が聞こえてくる。これ以上近づくのは危険と感じて、船長は、停船を命じた。

船長はブリッジを出て、甲板上通路《フライング・パッセージ》を渡り、船首甲板《フォックスル》に出てみた。ほかの船員も、みんな、甲板《デッキ》にあがってきた。

巨大な火の柱だ。

第五白川丸の船体も、甲板に集まった船員たちの陽焼けした顔も、炎の照り返しを受けて真っ赤に染まっている。どの顔も堅くこわばっていた。

そして、猛烈に熱い。

「どうやら、石油ですな」

と、五十七歳の漁労長がいった。

「すると、タンカー火災か」

鈴木船長は、食い入るように、炎を吹きあげている海面を見つめた。

「たぶん、流出した原油が燃え出したんでしょう。船があの炎の中だとすると、まず助かりませんね」

「とにかく、海面を探して、生存者が見つかり次第、救助するんだッ」

鈴木船長は、潮がれした声で怒鳴り、双眼鏡を眼に当てた。

その瞬間、双眼鏡の視野の中に、影絵のような船体が見えた。船体といっても、船首の一部分である。巨大な船首が、炎の中で宙に持ちあがり、あっという間に、波間に消えてしまった。

「見たかね？」

船長は、前方を見つめたまま呟いた。

「見ました」

と、漁労長も、かすれた声でいい、つばを呑《の》み込んだ。海に生きる男にとって、船が沈むのを見るほど辛いことはない。

黒い影絵のように沈んでいったので、船名もわからなかったし、どこの船かもわからない。あとは、相変わらず、吹きあげる火柱と、黒煙の渦が周囲を圧している。

太陽は、すでに沈んでしまった。頭上は暗黒なのに、海面付近は、炎上する石油《オイル》の火で、真昼のように明るい。

「右前方に浮遊物！」

突然、船員の一人が叫んだ。

船名を書いた浮き輪《ブイ》だった。船員が、長いカギ竿を持って走る。甲板に引きあげられた白い浮き輪《ブイ》には、どす黒い油がべったりとこびりついている。雑巾で、油を拭きとると、「第一日本丸」の文字が現われた。

「通信長！」

と、鈴木船長は、ブリッジをふり返って、大声で怒鳴った。

「すぐ、東京へ打電してくれ」

「東京の本社ですか？」

「いや。海上保安庁だ」

「何と打ちます？」

「今、電文を書く」

船長は、手帳を取り出して殴り書きすると、そのページを引きちぎって、通信長に手渡した。


コチラハ、遠洋トロール漁船「第五白川丸」。インド南端ヨリ約一千キロ、南緯三度〇分、東経七四度三分ノ海面デ、直径約千メートルニワタッテ、石油《オイル》ガ燃エアガッテイルノヲ発見ス。

マルデ、インド洋全体ガ燃エテイル感ジデ、黒煙ハ、数百メートルノ上空マデ立チノボッテイル。

タンカーガ沈没シ、流出シタ重油ニ引火シタモノト思ワレル。目下ノトコロ生存者ハ発見デキズ、重油ニ汚レタ浮キ輪《ブイ》ヲ見ツケタガ、ソレニハ「第一日本丸」ノ文字ガアッタ。

今後、イカガスベキカ指示ヲ乞ウ。


海上保安庁からの返電は次のとおりだった。


貴船ハ現在位置ニトドマリ、極力、生存者ノ発見ニ努力サレタイ。

「第一日本丸」ハ、ニュージャパンライン所属ノ、マンモスタンカーデ、五〇万重量トン。

サウジアラビアノカフジ基地デ原油ノ供給ヲ受ケ、日本ニ向ケ帰投中デ、本日（十二月五日）ノ午後七時（日本時間）、本社ト無線連絡中、突然、交信ガ途絶エタモノデアル。

「日本時間の午後七時というと、この辺りでは、午後三時だな」

鈴木船長は、無電係の持ってきたメモを見ながら呟いた。

黒煙を発見したのが、午後五時三十分だから、時間的には符合している。おそらく、その電話が切れた瞬間、何らかの事故に見舞われて沈没し、積んでいた原油が海面に流出したのだ。そして、引火、爆発し、燃えあがったに違いない。

鈴木船長は、「了解」の返電を海上保安庁に打った。

五〇万トンのマンモスタンカーと聞いて、船員たちは興奮した。この船の、実に千倍の大きさだ。積んでいた油がもったいないという者もいた。海洋汚染の問題もある。

そのうち、強烈な輻射熱《ふくしゃねつ》のため、第五白川丸の甲板まで、次第に熱くなってきた。鉄板が焼け、触れると飛びあがるほど熱くなっている。たまらず、船長は、

「船を二百メートル後退させろ！」

と、命令した。

再びエンジンがかかり、第五白川丸は、ゆっくり二百メートル後退した。が、それでもなお、甲板に立っていると、肌が火傷《やけど》するような輻射熱《ふくしゃねつ》の激しさだった。

鈴木船長は、やむなく、さらに三百メートル船を後退させた。

海面は、いぜんとして燃え続けている。黒煙は上空で広がり、星をかくしてしまっていた。

出ているはずの月も見えない。

さっきから、船員たちはカメラを持ち出し、しきりにシャッターを切っていた。この炎の中に、たとえ生存者がいても、すでに黒焦《こ》げになってしまっているだろう。

火災はさらに一時間以上続き、発見後三時間たって、ようやく赤い炎の部分だけが消えた。しかし、黒煙は、まだ、もくもくと立ちのぼり、原子雲さながらに広がったあと、傲然《ごうぜん》と、第五白川丸を見下ろしている。

赤道に近い海面だが、吹きわたる夜の風は涼しい。少しずつ、輻射熱がおさまってきたのをみて、鈴木船長は、「微速前進」を命じた。

「いいか。ありったけの照明をつけて、海面を照らすんだ。どんな小さなものでも見逃すなよ！」

集魚灯が舷側《げんそく》に並べられて点灯された。

船は、ゆっくりと前進した。船員たちは、手すり《ハンドレール》につかまり、海面を凝視した。現場に近づくにつれて、鼻がひん曲がるような強烈な臭気が、船員たちを襲った。原油の焼けた臭いだった。海面には、黒く焦げた原油のカスが、無数に漂っている。

第五白川丸は、くすぶり続ける黒煙の中を数回往復した。が、残念ながら、何一つ発見できなかった。

考えてみれば、それが当然だったかもしれない。三時間、あるいは、それ以上の長時間燃え続けたのだ。あの炎の中は、おそらく一千度以上の高温だったに違いない。人間も木片もすべて燃えつき、鋼鉄は海に沈んでしまったのだ。第一日本丸の救命ブイが発見できたことだけでも奇跡に近いのだ。

船長は、決断を迫られた。すでに、二時間近い捜索は徒労に帰した。今、すぐ、捜索を打ち切ったとしても、誰も非難はしないだろう。それに、船底には、いっぱいのカツオを積んでいるのだ。一刻も早く、母港の焼津に運ばなければならない。一日遅れれば、親会社に対して、何万、いや何十万円の損失を与えることになる。

だが、一方で、船長は、現場を去ることに強いためらいを覚えた。もし、第一日本丸に生存者がいて、暗い海に漂っていたらと考えるからだった。船長自身も、二年前、フィリッピン沖で遭難し、十七時間の漂流のあと救助された経験がある。あの時も、僚船が、諦《あきら》めずに捜索を続けてくれたから奇跡的に助かったのである。

「あと十二時間、捜索を続行しよう」

船長は、しばらく考えたのち、部下を集めていった。

前方の黒煙は、原子雲のように立ちのぼったまま、凝固してしまったように動かない。周囲の海面は、完全に夜のとばりに包まれてしまった。

本格的な捜索は、夜が明けてからということになるだろう。そう考え、船長は、乗組員に交代で眠るようにいい、自分も船長室で横になった。

第五白川丸は、エンジンを止め、甲板上の明かりをすべて点灯して、夜の海に漂っている。もし、第一日本丸の生存者が、付近の海を漂流していたら、この明かりに気がついてくれるだろう。また、十分おきに、汽笛を鳴らすことも、船長は命令しておいた。

船長は、一時間ほど眠ったところで、叩《たた》き起こされた。人声らしきものが聞こえたというのである。

船長は甲板に飛び出した。

2

海面は、相変わらず暗く、臭気だけが強く鼻をさす。

「右舷で、人声のようなものが聞こえたんです」

若い船員が指さす方向に、船長は眼をこらし、耳をすませた。

確かに、人声らしいものが、暗い海面から聞こえてくる。それに、パシャッ、パシャッというのは、オールを漕《こ》ぐ音だ。

船長は、右舷に部下を集めて、一斉に、「おーい」と怒鳴らせた。それにこたえるように、

「おーい」

という小さな声が、はね返ってきた。間違いない。人の声だ。それも、二、三百メートル

の近さだ。

「毛布と救急薬品を甲板に持って来い。それと、熱いコーヒーをわかしておいてくれ」

船長は、興奮した口調で、命令した。

船内が、にわかにあわただしくなった。ありったけの毛布が甲板《デッキ》に持ち出された。

数分して、第五白川丸の投げかける光の中に、救命《ライフ》ボートが入って来た。十二、三メートルはある大きなボートだ。エンジンは故障したらしく手で漕いでいる。一人、二人——六人の人間が乗っている。どの顔も疲れ切っている。そのうえ、油でまっ黒に汚れている。立ち上がって、こちらに向かって手を振っている者もいれば、ぐったりと、ボートの底にうずくまっている者もいる。

「がんばれッ」

と、鈴木船長が、メガホンで励ました。それに合わせるように、甲板《デッキ》に集まった船員たちが、口々に、「元気をだせ!」「しっかりしろ!」「もう一息だぞ!」と、ボートに向かって叫んだ。

ボートが、第五白川丸に近づいた。が、こちらの甲板との間には、かなりの高さの差がある。第五白川丸から、何本ものロープが、ボートに向かって投げられた。ボートの六人は、ロープにすがりついて、のぼろうとするのだが、身体《からだ》についた油が滑るのと、疲労とで、なかなか、こちらの甲板に這《は》いあがれない。片手が、舷側にかかると、待ちかまえていた第五白川丸の船員たちが、その腕をつかまえて引きずりあげた。

六人は、次々に、甲板に引きあげられ、毛布で身体を包まれていく。熱いコーヒーを口にすると、やっと彼らの顔に赤みがさした。

「第一日本丸の方ですか？」

と、鈴木船長が、六人に声をかけると、その中の、小柄だが、がっしりした身体つきの五十歳代の男が、

「第一日本丸の宮本《みやもと》船長です。まず、助けていただいたお礼を申し上げます」

と、礼儀正しくいった。

「ほかに、乗組員の方は？」

「あと二十六名の乗組員がいます。もう一隻の救命ボートで脱出したのは見たんですが」

宮本船長は、唇をかんで、暗い海に眼をやった。鈴木船長は、その肩を軽く叩いて、

「安心してください。われわれが見つけだしますよ」

と、力づけた。

3

「第五白川丸」ヨリ海上保安庁へ

午後十時二十五分、「第一日本丸」ノ宮本船長以下六名ノ生存者ヲ救出ス。引キ続キ、同海域ニテ、残リノ生存者ノ発見ニ当タル予定。

夜が明けた。熱帯の夜明けは、日没がそうであるように、唐突《とうとつ》である。

原子雲のように、立ちのぼっていた黒煙は、いつの間にか消えてしまい、北インド洋の海面は、何ごともなかったように静まり返っていた。流出した原油が炎上してしまったために、海の汚染は意外に少ない。

第五白川丸は、現場を中心に、円を描く形で捜索を再開した。少しずつ、円を大きくしていく捜索のやり方である。

鈴木船長が、ブリッジで疲れた顔を手でこすっているところへ、服を着がえた第一日本丸の宮本船長が入って来た。

鈴木船長は、ポケットを探って煙草を取り出し、相手にすすめてから、

「まだ、ほかの方々は発見できませんが、なに、すぐ見つかりますよ」

「私も、そう祈っています」

「ところで、あなた方のことは、海上保安庁に知らせましたが、このまま日本までお送りしますか？　全速力《フルスピード》で走っても、この船では十日以上かかってしまいますが」

「できれば、ここから一番近い港に送っていただきたいのです。そこから飛行機で帰りたい。

五〇万トンのタンカーと、満杯の原油(オイル)を失ったんですから、一刻も早く、会社に報告しなければならないのです。船長の責任として」

「わかります」

と、鈴木船長はいった。四〇〇トンの漁船を失ったときでも、会社に申しわけないという気持ちでいっぱいになったものだ。この宮本船長がインド洋に沈めてしまったのが、五〇万トンという世界一のマンモスタンカーとなれば、さぞ、重苦しく責任感がのしかかっているに違いない。

鈴木船長は、海図机《チャート・デスク》に眼をやってから、

「ここから一番近い港というと、スリランカ（セイロン）のコロンボですね。そこへ船を着けましょう」

と、約束した。

捜索は四時間にわたって続けられた。監視する乗組員の眼は、徹夜の疲労から朱《あか》く充血した。が、残りの二十六名は、遂に発見できなかった。

鈴木船長は、やむなく、次の無電を海上保安庁宛《あて》に打たざるをえなかった。

捜索ヲ継続スルモ、残リノ生存者ヲ発見デキズ。コレニテ捜索ヲ打チ切リ、「第一日本丸」ノ六名ノ生存者ヲ、スリランカノコロンボニ送ルタメ、本船ハ、コロンボニ向カウ。

4

世界最大のマンモスタンカー「第一日本丸」五〇万トン沈没のニュースは、大げさないい方をすれば、日本を直撃したといってもよかった。

第一日本丸が積んでいた五十八万キロリットルという厖大《ぼうだい》な原油のためであり、原油流出によって予想される海洋汚染のためである。

事故のニュースを最初に耳にしたとき、第一日本丸の所属するニュージャパンラインの幹部はもちろんだが、タンカー会社で組織している「日本タンカー会議」の幹部は、顔色を変えて、

「これで終わりだ！」

と、叫んだといわれている。

ペルシャ湾からインド洋を通って日本へ到るいわゆるオイル・ルートに、日本は、石油の年間消費量二億六千万キロリットルの実に八〇パーセントを依存しているのである。

そのルートで、マンモスタンカーが沈没し、もし、積まれている五十八万キロリットルの原油全部が流出したら、いったいどうなるのか。海は汚染され、油が沿岸に流れつき、沿岸諸国は一斉に日本を非難するだろう。大型タンカーの通行は規制され、海洋会議で日本は孤

立してしまうのは、眼に見えている。

その後、沈没場所が、狭い海峡ではなく、インド南端から約千キロ沖合と聞いて、ひとまず、ほっとした。

続いて、流出した原油は炎上し、大部分の原油は、船と共に海底に沈んだらしいとわかって、タンカー会議の幹部も、ニュージャパンラインの幹部たちも、不幸中の幸いに胸をなでおろしたのである。

十二月七日朝の新聞は、揃って、第一日本丸沈没のニュースをトップで扱った。

どの新聞にも、「不幸中の幸い」という言葉が散見された。

〈宮本船長以下六名は、無事救出さる〉

の見出しが、その次に来ていたのは、タンカーの特殊性によるものだとしかいいようがない。

なお、新聞に発表された第一日本丸の要目は、次のとおりだった。

全長　三七九メートル

幅　六二メートル

深さ　三六メートル
載貨重量トン数　四七七〇〇〇トン
主機関馬力　四五〇〇〇馬力
航海速力　一五ノット
乗組員　三十二名
貨物容積　五八一〇〇〇立方メートル
甲板の広さ　二〇〇〇〇平方メートル（サッカーコート二・五面分）
スクリューの直径　九・二メートル

写真で見ると、二本の煙突を横に並べ、コントロール部門を後甲板にまとめたスマートな船体である。
夕刊には、六人の生存者の名前が発表された。

宮本健一郎《みやもとけんいちろう》（五十四歳）　船長《キャプテン》
辻《つじ》　芳夫《よしお》（四十三歳）　事務長《パーサー》
竹田《たけだ》　良宏《よしひろ》（五十歳）　船医《ドクター》
佐藤《さとう》　洋介《ようすけ》（四十一歳）　一等航海士《チーフ・オフィサー》

河野《こうの》　哲夫《てつお》（三十九歳）二等航海士《セカンド・オフィサー》
小島《こじま》　史郎《しろう》（四十五歳）水夫長《ボースン》

第一日本丸の親会社であるニュージャパンライン本社でも、この日社長が、正式に、第一日本丸の沈没を確認した。

一方、沈没地点に近い沿岸諸国の反応も明らかになってきた。

インドとスリランカ（セイロン）の政府は、マンモスタンカー沈没の知らせを受け取ると同時に、自国の海域が汚染されたときには、損害賠償請求の権利を保留するむねの談話を発表した。

もう一つ、第一日本丸の沈没地点に近く、小さな島々が並んでいる。英領チャゴス諸島である。その中の一島、ジエゴガルシア島には、アメリカ軍の基地があり、知らせを受けると同時に、海軍の哨戒機《しようかいき》が、遭難海域に向かって飛び立った。

だが、双発のグラマンホークアイが、海上に見たのは、楕円形に茶褐色《ちやかつしよく》に焼けただれた海面だけだった。その範囲は広がる気配がなく、ほかに、油による海洋汚染の心配はないと、機長は報告した。

インドとスリランカの両国は、それぞれ、駆逐艦一隻を派遣した。が、彼らの報告も同じようなものであった。原油流出による海洋汚染の恐れはなく、焼けただれた海面は、急速に縮小しつつあると報告した。
その結果、両国は、損害賠償は請求しない旨の発表を十二月七日午後に行なった。
海は平静さをとり戻した。

第二章　六人の生存者

1

　十二月八日の午前十時六分。第一日本丸の生存者六人を乗せた第五白川丸は、スリランカのコロンボ港に到着した。

　コロンボには、日本から、バンコク経由で、パンアメリカン航空、ＢＯＡＣなどが飛んでいる。

　ニュージャパンライン本社では、コロンボに到着し、そこの総合病院で健康診断を受けている六人に対して、なるべく早い航空便で帰国するように命令を出す一方、六人の家族と、本社幹部を、チャーター機で、コロンボに向け出発させた。

　二日後の十二月十日。六人の生存者は、コロンボまで迎えに行った家族、会社幹部と一緒に、パンアメリカン機で羽田に帰って来た。

折り悪しく氷雨《ひさめ》の降りしきる滑走路に、定刻の午後二時三十分より十二分おくれて、パンアメリカンの710便が到着すると、テレビカメラが回り、待ち構えていた報道陣が殺到した。

宮本船長以下六人の生存者は、コロンボで、ニュージャパンライン本社から支給された真新しい制服に身を包み、予想外に元気な姿を現わしたが、自分たちに向かって殺到してくる記者たちを見て、たちまち、顔をこわばらせた。

だが、記者たちは、六人が地上に降り立つやいなや、半ば暴力的に家族から引き離し、空港内の会見室に連れて行った。

さして広くない会見室は、テレビのライトがユラユラと輝き、機関銃のようにカメラのシャッターが鳴り続けた。

「船長、もうちょっと顔を上げて」

「帽子をかぶった写真を一枚」

などという、勝手な言葉が飛び交い、また、ひとしきりフラッシュが焚《た》かれた。

その間、六人は、堅い表情を崩さずにじっとしていたが、いよいよ記者会見が始まると、まず、宮本船長が口をひらいて、

「最初に、今度のことで、会社や国民の皆さまにご迷惑をおかけしたことをお詫びいたします。それに、われわれ六人だけが、こうして助かり、ほかの者の生存が、いまだに不明なこ

とに、心苦しい思いをしております」

「第一日本丸が沈没したときの模様を話してくれませんか？」

記者団から最初の質問が飛んだ。

宮本船長は、用意されたジュースで口を湿らせてから、

「われわれは、サウジアラビアのカフジ基地で、五十八万キロリットルの原油を積み込んでから、九州の鹿児島にある喜入《きいれ》基地に向かって帰港の途についていました。あの日、十二月五日には、インドの南端から、約一千キロの地点を、航行中でした。速力は、約十二ノットです。エンジンにも、乗組員にも異常はありませんでした」

「たしか、沈没寸前に、本社と交信していましたね？」

「そうです。十一月三十日にカフジを出発してから、毎日一回、本社に連絡をとることになっています。日本時間の午後七時にです。十二月五日も、同じ時刻、現地時間では午後二時五十分に、本社へ無線電話で連絡をしました。ちょうど、そのとき、スコールに見舞われたのです。一時的なものでしたが、かなり強烈なスコールでした。そして、電話の途中で、第一日本丸は、激しいショックにぶつかったのです。その瞬間、本社との無線電話も、プツンと切れてしまったのです」

「いったい、何が起きたんです？」

「残念ながら、私にもわかりません。突然、凄《すさ》まじい爆発音がして、第一日本丸の巨体が、

激しく揺れました。海図机《チャート・デスク》の上にのっていたインク壺が床に落下するのを、妙に生々しく覚えています。私は、すぐ、機関室《エンジンルーム》に異常がないかどうか確かめたんですが、そのときには、すでに、船体が傾き始めていました。積んでいた原油が流出し、機関室《エンジンルーム》は、浸水を始めたのです。私は、使用し得るあらゆるポンプを使って排水するように命令したのですが、肝心のメイン・セントルポンプが、衝撃で破損して作動しないのです」

「メイン・セントルポンプといいますと？」

「浸水時に使用するポンプのことです。エンジンが動かなくなったため、第一日本丸は傾斜しながら、惰力《だりょく》で動くだけになりました。それ以上に、流れ出た原油が燃えあがったことが、私に、退船を決意させたのです。私は、退船命令を出しました」

「ＳＯＳは発信しましたか？」

「もちろん、私は、ＳＯＳを打つよう命令しました。しかし、第五白川丸に助けられてから、ＳＯＳを受信していないと聞かされたので、あの衝撃を受けた瞬間、無電室に何かあったのかもしれません」

「事故の原因は何だったんですか？」

「わかりません。が、三つほど考えられます。第一は、他船との衝突です。第二は、磁気機雷にぶつかったということです。これは、馬鹿げたことと思われるかもしれませんが、インド洋では、最近、米ソが、激しい勢力争いを展開していますし、インド・パキスタン戦争では、多数の磁気機雷が、ばらまかれたといわれていますから、あの海域に、磁気機雷が浮遊していても不思議はないのです。第三は落雷です。タンカーに詳しい方ならおわかりと思いますが、どんなタンカーでも、積んである原油が少しずつ気化して洩《も》れているものなのです。従って、一番怖いのが落雷です。あのとき、激しいスコールの中を走っていたし、白い稲妻も見ましたから、落雷の可能性も十分に考えられます」

「乗組員は、全部で三十二名でしたね？」

「そうです。コンピューターが導入されてから、省力化が進んで、五〇万トンのマンモスタンカーでも三十二名ですむわけです」

「すると、あと二十六名の乗組員は、どうなったかわかりませんか？」

「第一日本丸には、救命《ライフ》ボートが二隻積んであり、一隻でも、三十二名全員が乗れるようにできています。私は退船命令を出したあと、部下たちが次々にボートに乗り移るのを見ました。彼らは、私にも早く退船するようにいいましたが、船長の私としては、最後まで船にとどまる決心でした。部下たちの乗ったボートが離れたあと、まわりを見回すと、ここにいる五人が残っていてくれたのです。われわれは、どうにかして第一日本丸を救いたいと、必死に努力しましたが、傾斜は、ますますひどくなり、火災も激しくなってきたので、やむなく、残ったもう一隻のボートで退船したのです。そのあと、スコールのため、もう一隻のボートは見失ってしまいました。私としては、当然、ほかの船員たちも、無事に助かっていると思っていましたし、今でも、そう信じています」

「第五白川丸に救助されたのは、何時ごろですか？」

「同じ日の午後十時過ぎでした。われわれは、陸地に向かってボートを走らせているとばかり思っていたのですが、いつの間にか、逆の方向に向かっていたのです。全員、油を顔からかぶっていましたし、羅針盤《コンパス》も失《な》くしていましたから、もし、第五白川丸に救助されなかったら、どうなっていたかわかりません」

「ペルシャ湾から運んだ原油が燃えるのを見たときの気持ちはいかがでしたか？」

「それは、何ともいえない気持ちでした。貴重な石油を、空しくインド洋で燃やしてしまったことは、会社に対しても、国民の皆さまに対しても、申しわけないと思いました。これは、私一人の気持ちではなく、第一日本丸の乗組員全員の気持ちだったろうと思います。ただ、不幸中の幸いと思ったこともあります」

「何ですか？　それは」

「陸地の近くの事故でなかったということです。もし、陸地に近く、しかも、工業都市の近くで沈没し、流出した厖大な量の油が陸地に向かって流れ、引火し爆発したら、大惨事になっていたに違いないからです。炎上しないまでも、油が沿岸の海を汚していたら、大きな国際問題になっていたと思いますね」

「燃えたのは一部で、残りの原油は、船と一緒に海底に沈んだということですね？」

「そのとおりです。第一日本丸と一緒に、海底に沈んだ油は、三十万キロから四十万キロリットルぐらいと思いますが、その油が全部流出していたらと考えるだけで、ぞおッとします」

「海底に沈んだ油は大丈夫なんですか？　水圧で油槽《タンク》がこわれて、もれてくるということはありませんか？」

「大丈夫です。あの辺りは、千メートルから二千メートルの深さと思いますが、各油槽は、三十八ミリの鋼板で作られているし、いっぱいに詰まった油が、ちょうど水圧と釣り合うので、強い水圧があっても、油槽がこわれて油がもれてくるということはないと、私は信じています」

「その沈没地点ですが、インドの南端から一千キロというのは、少し南に下がり過ぎているような気がするんですが？　普通のタンカーは、もう少し陸地に近い航路を通るんじゃありませんか？」

「それは、第一日本丸が、五〇万トンというマンモスタンカーのせいなのです。タンカー銀座といわれているマラッカ海峡の水深は、二十二、三メートルで、通航可能なタンカーは、せいぜい、二五万トンまでです。第一日本丸は、往路は吃水《きっすい》が浅いため、マラッカ海峡を通過できますが、原油を満載した復路は、バリ島の東のロンボック海峡を通らなければならないのです。これは、約二日半、余計に日数がかかりますが、マンモスタンカーの宿命ですからやむを得ません。地図をご覧になるとわかりますが、ロンボック海峡へ向かうには、普通のタンカーのコースより、かなり南を通ることになるのです」

「これからも、タンカーに乗られますか？」

と、最後に、記者が聞いた。

「私は、船に乗るしか能のない人間ですから、会社の命令があれば、また乗るつもりです。しかし、今は、しばらく静かに休みたい気持ちです」

宮本船長は、話し終わっても、堅い表情を崩さなかった。

記者たちの質問は、ほかの五人にも向けられたが、もちろん、返ってくる答えは同じだった。

翌日の新聞は、この会見記事と、生々しい炎上の写真とで飾られた。

第一日本丸炎上の写真は、第五白川丸がコロンボに寄港したとき、各新聞社の現地支局員が、華々しい争奪戦を演じた代物《しろもの》だった。

〈まるで、インド洋が燃えているようだった〉

〈千メートル離れても、凄まじい輻射熱のため、肌が焼けるようだった。事実、軽い火傷《やけど》を負った船員もいる〉

といった、第五白川丸の鈴木船長や漁労長の談話ものった。

一方、第一日本丸の六人の生存者は、各局のテレビに引っ張り出され、週刊誌のかっこうの獲物になった。

彼らは、ある意味で英雄だった。少なくとも人気者だった。

だが、六人には、ある暗さがつきまとった。その理由の一つは、二十六名のほかの乗組員の行方が、いぜんとして不明だということであり、もう一つの理由は、五十八万キロリットルという厖大な原油の量のためである。海洋汚染はまぬがれたが、資源戦争が叫ばれ、原油の高値が世界的インフレの原因といわれるとき、五十八万キロの原油の喪失は、いやでも暗さを伴ってくる。

ニュージャパンライン本社でも、そうした六人の立場を考えてか、各自に二週間の有給休暇を与えることにした。

2

二日後の十二月十二日。

アメリカの保険会社は、ニュージャパンライン社に対して、第一日本丸の保険金百六十億円を支払うと発表した。

しかし、二十六名の行方は、いぜんとして不明だった。どこの国からも、どの船からも、救助したという報告は入らなかった。

ただ、この日、インド洋上の小さな島で、一つの小さな事件が起きていた。

イギリス領チャゴス諸島の一つサロモン島に、一人の男が漂着したのは、現地時間で、十二月十二日の午前六時ごろである。

チャゴス諸島は、インドの南約千二百キロ、赤道から約五百キロ南のインド洋に点在するサンゴ礁の島々で、全部の島の面積を合わせても四百六十平方キロ。人口も千人に満たず、インド洋に浮かぶ最後の楽園《パラダイス》とも呼ばれている。

サロモン島の東海岸で、最初に漂着した男を発見したマレー人の子供がすぐ両親に伝え、両親は、イギリス人のピーター・コクランに伝えた。

ビヤ樽《だる》のように太った四十二歳のピーター・コクランは、この島の食料品店主であり、郵便局長であり、銀行の主《あるじ》であり、つまり、サロモン島の主《ぬし》である。

コクランが、せり出した腹をゆすって、海岸に駆けつけたとき、その男は、まだ、コラール・サンド（サンゴの砕けてできた砂）の上に、ぐったりと俯伏《うつぶ》せに倒れていた。

ワイシャツとズボンは身につけているが、素足で、両手はしっかりと救命ブイを抱え込んでいる。ブイに書かれてある文字は、英語ではなく、東洋の文字だったので、コクランには読めなかった。

コクランは、気を失っている男を、自分の家に運んだ。

細面《ほそおもて》の二十二、三歳の男だった。マレー人のようでもあり、中国人のようでもあった。

顔は、まっ黒に陽焼けしているのに、手足の先が白くふやけているのは、長い間、海水に浸っていたからであろう。

島でただ一人の医者を呼んで診《み》てもらったところ、身体に異常はなく、極度に疲労しているから、しばらく眠らせておくようにといった。

コクランは、男の所持品を調べてみた。左腕にはめられた防水時計は、まだ、動いていたが、時間は一時間ほどおくれていた。多分時差の関係であろう。その腕時計には、「MADE IN JAPAN」の文字が読めた。

さらに、ズボンの尻ポケットからは、びしょびしょに濡れた船員手帳と財布が出てきた。船員手帳は、日本政府発行のもので、漢字の名前の下にローマ字で、「JUNICHI AKAMATSU」と書かれてあった。財布の中身は、千九百五十ドルだった。

コクランは、だいたいの事情がわかったと思った。この男は、日本人船員で、船が沈没したか、あるいは、船から転落したかして、ここに流れ着いたのだろう。

三十分ほどして、男は眼を開き、キョロキョロと周囲を見回した。

「どうかね？」

と、コクランが、のぞき込むと、日本人は、かすれた声で、「サンキュー」といった。

コクランは、ワインを男に飲ませた。日本人は、むせながら飲み終わると、ようやく元気をとり戻した。

コクランは、さっそく、ここに漂着した事情を質問したが、日本人は、当惑した表情で、首を小さく横にふった。それは、コクランのしゃべる英語が理解できないというようにも受け取れたし、事情を話したくないというようにも受け取れた。

あいにくなことに、島には、日本語のわかる者は一人もいなかった。コクランが、あきらめて、質問を中止すると、今度は、日本人が、「ジャパン！　ジャパン！」と叫び続けて、「カムバック・ジャパン、カムバック・ジャパン」と、ブロークンな英語で繰り返した。コクランは、それを、日本へ帰りたいといっているのだろうと解釈した。

「オー・ライト」

と、コクランは、微笑し、大きな手で、ベッドに寝ている日本人船員の肩を叩いた。彼は、この男を、人道的に扱い、日本へ帰国させることに決めていた。

3

しかし、コクランは、役人である。翌日、日本人船員を、ボンベイ行きの定期貨物船に乗せると、自分も、ボンベイまで同行し、男の持っている船員手帳が本物かどうかを確かめた。その結果、ボンベイの日本領事館は、間違いなく、日本政府発行のものであると確認した。

「オーケイ。これで、君は、もう完全に自由だ」

と、コクランは、日本領事館の前で、日本人にいい、握手を求めた。

「サンキュー」

と、日本人はいった。

それから二日後の十二月十五日。

羽田空港に、インドのボンベイ経由で到着したパンナム機で、一人の若い男が降り立った。

サングラスをかけ、陽焼けしたその若い男は、パスポートの代わりに、船員手帳を入国管理事務所で示した。係官は、そこに、「赤松淳一《あかまつじゅんいち》」という名前を見た。船員手帳は、パスポートとほとんど同じ働きをする。

「太陽造船で建造した貨物船を、インド政府に引き渡しての帰りです」

と、男は、健康そうな白い歯を見せて、微笑した。

よくあるケースだと、係官は思った。日本で建造した船を、日本人の船員が、フィリッピンや、インドネシアなどに運び、帰りは、飛行機というケースがよくあるからである。いってみれば、船の運び屋である。

しかし、もし、この係官が、新聞を隅から隅まで読む人間だったら、「赤松淳一」という名前に、「おやっ」と思ったに違いない。

だが、幸か不幸か、係官は、そんな人間ではなかった。彼は、その船員手帳が、日本政府発行のものに間違いないことだけを確かめて、相手に渡し、税関では、

「所持品は？」

と、係官が聞いた。

「何もありません」

「何も？」

「ああ。これがありました」

男は、ポケットから、小さな象のついたキイホルダーを取り出して、係官に見せた。

「インドで買ったのは、このキイホルダーだけですよ。船に乗っていると、インドなんかにもよく行くんで、土産物《みやげもの》なんか買う気にならないんですよ」

男は、また、白い歯を見せて笑った。

係官がオーケイというと、男は、黒いコートの襟を立て、夕闇の迫った冬の街に姿を消した。

この男のことは、何のニュースにもならなかった。

しかし、この男を助けたサロモン島のピーター・コクランの部屋には、男の持っていた救命ブイが飾られてあり、当日の日誌に、コクランは、次のように書いていたのである。

十二月十二日。水曜日。晴れ。

本日早朝、東海岸に、若い東洋人が漂着した。

所持していた船員手帳により、この男は、日本人で、名前はJUNICHI AKAMATSU。一九五一年生まれと判明した。

この男は、ほとんど英語を話さず、また、当島には、日本語を解する者が皆無のため取調べは困難を極めた。手まねなどで、辛うじてわかったことは、乗っていた船が沈没し、ここに流れ着いたらしいということだけである。チャゴス諸島付近は、日本漁船も日本タンカーも航行するので、それらの船に乗っていたのであろう。

男は、しきりに、日本へ帰りたがっている様子なので、人道的立場から、インド行きの貨物船に乗船の手続きを取った。

男の所持品

腕時計（MADE IN JAPAN）

財布——千九百五十ドル入り

船員手帳

救命ブイ——（保管）

4

第一日本丸の生存者の一人、宮本船長の自宅は、東京の渋谷にあった。以前は、郊外に家があったのだが、一人娘が結婚して、夫婦二人きりになったので、その家を売り払い、渋谷に、3DKのマンションを購入したのである。宮本が、船の生活が多いことも理由の一つだった。マンションのほうが用心がいいからである。

妻の浅子は、六つ年下の四十八歳である。見合いで結ばれた仲だが、二十三年も一緒にいると、そんなことはどうでもよくなってしまっていた。小柄だが、身体のよく動く妻である。

浅子は、船員の宮本と結婚するとき、夫の職業に、ある程度の危険はつきものだと覚悟していた。事実、これまでに、何度か、夫が死んだのではないかという不安に怯《おび》えたことがある。一万五千トンの貨物船に、一等航海士として乗り組み、アメリカへ出かけたときは、北太平洋で嵐のために難破した。が、そのときも助かり、「おれは悪運が強いんだ」と、夫は笑った。

今度も、夫は助かった。が、帰国してからの宮本の様子は、どこかおかしかった。好きな酒もあまり飲まないし、ぼんやりと考えごとをしていることが多い。

食事のときに話しかけても、生返事しか返ってこなかったし、いつも、遠洋航海から戻ったときには、まるで若者のような激しさで、浅子の身体を求めてくるのに、今度は、それもなかった。

しかし、浅子は、その理由を宮本に聞こうとはしなかった。聞かなくても、彼女なりに想像がついたからである。

第一は、船長の自分が助かったのに、二十六名の部下が、いぜんとして行方不明であることへの自責の念が、夫を苦しめているに違いない。二十六人は、まだ死んだと決まったわけではないが、助かったというニュースがない以上、生存の可能性は、ほとんどないと考えないわけにはいかないのだ。

第二は、五十八万キロの原油のことである。船会社のニュージャパンラインは、第一日本丸の保険を受け取ったから、実質的な損失はゼロだが、第一日本丸をチャーターして原油を運ばせた東亜石油は、億単位の損失を出したはずである。そのことにも、夫は、責任を感じているに違いない。

浅子は、夫が辞表を書いて、それを、机の引出しに入れているのを知っていた。

浅子は、長い結婚生活から、こうしたときに夫を、そっとしておくに限ると思った。食卓の話題も、努めて、当たり障《さわ》りのないものにと気を遣った。そのうちに、会社からの命令で新しい航海に出発すれば、自然に、今度のことを忘れてしまうだろう。

そうこうしているうちに、一週間が過ぎ、十二月十八日になった。

宮本夫妻にとって、べつに、特別な理由のある日ではなかった。東京では、雨のない日が四日ばかり続いていて、その日も、冷たく晴れわたった青空だったに過ぎない。

「今日は、富士山がよく見えますよ」

浅子は、テーブルに朝食を並べながら、夫に話しかけた。夫は、新聞に眼をやったまま、

「うん」

と生返事をした。

「佐和子を呼びましょうか？　今晩あたり」

「うん」

と、また生返事だった。

その日の夕食のときも、同じ調子だったが、箸《はし》をおいてから、急に、宮本は、

「今日は、何日だったかな？」

と、聞いた。

「十八日ですよ」

と、浅子が返事をすると、宮本は、天井に眼をやって、

「私が羽田に帰ってから、もう一週間たったのか」

「そうですよ」

「一週間――」

宮本は、口の中で呟いてから、じっと浅子を見た。

「実は、お前に話したいことがあるんだが」

「何でしょう？」

「どんな話をしても、驚かんでほしいんだが」

「驚かないから話してくださいな」

浅子が、わざと微笑してみせると、宮本は、考えていたが、「いや、後にしよう」といって、立ち上がった。

「ちょっと散歩に行って来るよ。話は、帰って来てからする」

冬でも、身体にいいからと、夕食のあと、宇田川町のマンションから、NHKホール横の坂道をあがり、オリンピックプールへ抜けるコースを散歩するのが、宮本の習慣になっていた。事故のあとも、この習慣だけは、変えていなかった。

「寒いですから、カゼをひかないように気をつけてくださいよ」

浅子が声をかけると、宮本は、「夜の海はもっと寒いよ」といい残し、和服の袖に手を突っ込むようにして散歩に出て行った。

第三章　第一の犠牲者

1

東京オリンピックに使用されたオリンピックプールは、渋谷区宇田川町にある。ＮＨＫホールの隣りである。

夏季は、プールとして一般に開放されるが、冬季は、メインプールはアイススケート場に、サブプールは温水プールになる。

ここから一番近い国鉄原宿駅に出るには、階段を上がって、コンクリートの渡り廊下を歩くのが近道である。

渡り廊下というより、ところどころにベンチが置かれ、花が植えられているので、遊歩道といったほうが適切かもしれない。事実、幅約二十メートル、高さが十二、三メートルのこのコンクリートの道路は、若いアベックの散歩道になっていた。

十二月十九日の早朝、二人の少年が、この道路の下を、日課のマラソンをしていて、仰向《あおむ》けに倒れている和服姿の男を発見した。

そこは、ちょうど、ツツジの植木のかげになっているところで、普通では発見しにくいのだが、たまたま、少年の一人が尿意をもよおして、その植木のかげに回ったのである。

五十歳くらいの初老の男だった。着物の前がはだけ、額《ひたい》のあたりには、血と土がこびりついていた。下駄は五、六メートル離れたところに散らばっている。

少年二人は、血を見て顔色を変え、一目散に、近くの交番に向かって走った。

交番には、昨夜から夜勤の続きをしている若い警官がいた。最初、「男の人が死んでいる」という少年たちの言葉に半信半疑だったが、和服を着た五十歳くらいの男といわれて、はっとなった。

昨夜の九時ごろ、四十代の主婦が飛び込んで来て、夫が散歩に出たまま帰らないので探してほしいといわれ、NHK放送センターや、オリンピックプールの周辺を探したからだった。たしかあのとき、その人物は、テレビや週刊誌で騒がれた第一日本丸の生存者、宮本船長で、年齢は五十四歳、散歩には着物を着て出かけたといわれたはずだった。

年齢も、服装も、ぴったりと一致する。

警官は、あわてて、二人の少年に案内させて現場に急行した。

若い警官だったが、それでも、すぐ、男がすでに事切《ことき》れているとわかった。彼は、つばを呑み込んでから、死体の横にひざまずき、上を見あげた。

石とコンクリートでかためた崖《がけ》が、十二、三メートルの高さでそびえ立っている。あの上の遊歩道から、誤って落ちたのだろうか。それとも、覚悟の自殺なのか。あるいは、何者かに突き落とされたのか。警官は考えてみたが、結局、わからなかった。

警官は、渋谷署に連絡したあと、手帳を取り出し、昨夜、宮本船長の妻君がいい残していったマンションの電話番号を見つけ出して、こちらにも連絡をとった。

渋谷署のパトカーと、宮本浅子は、ほとんど同時に、現場に到着した。

浅子は、放心した顔で死体を見、それから、かすれた声で、夫に間違いないと、渋谷署の刑事にいった。その眼が、まっ赤だった。

刑事は、彼女から、宮本健一郎が、帰国後、悩み続けていたようだと聞いた。とすれば、自殺の可能性が強い。死体は、額のほか、手足にも擦過傷《さつかしよう》があるが、自殺する気で飛びおりたが、傾斜している崖にぶつかったためと考えられる。

「昨夜、ご主人を探されたようですが、ここは見なかったのですか？」

刑事が聞くと、浅子は、声をつまらせながら、

「主人は、いつも、この上の遊歩道を通って原宿に抜けてから、明治神宮へ行くものですから、交番のお巡《まわ》りさんと、そちらのほうばかり探しておりまして」

「なるほど。失礼なことをうかがいますが、ご主人が帰国されてから、脅迫の電話がかかる

とか、手紙が来るといったことはありませんでしたか?」

「いいえ。知人や友人の方からは、かえって、励ましの電話や手紙をいただきました」

すると、やはり、部下の船員が、いまだに行方不明であることや、貴重な原油を失ったことへの船長としての自責の念からの自殺なのか。

渋谷署の刑事は、そう考えたが、一応、念のために、浅子の了解を得て、遺体を解剖のために、信濃町《しなのまち》の慶応病院へ送ることにした。

2

翌日の夕方、警視庁捜査一課の十津川《とつがわ》警部補は、ひそかに、課長に呼ばれた。

十津川には、さまざまなアダ名がついている。ある人は、タヌキといい、ある人は狼《おおかみ》と呼ぶ。タヌキというのは、たぶん、彼のどことなくユーモラスな外形からきているのだろう。一六三センチ、六八キロの身体は、お世辞にもスマートとはいえないし、中年太りでややせり出した腹のあたりは、いかにもタヌキだ。不精《ぶしょう》ひげを生やしているときなど、いっそう、タヌキに見える。そしてまずいことに、不精ひげを生やしていることのほうが多いのである。

そのため三十七歳という年より老《ふ》けて見える。

狼のほうは、明らかに、十津川の事件に対する態度からきていた。一度、食いついたら、めったなことで諦めない。確かに狼だ。まだ、彼が新進の平刑事《ひら》だったころ、殺人犯に左手を射抜かれ、そのうえ、右手を縛られてしまったとき、ほんものの狼のように、相手に噛みついたこともある。そのときの後遺症で、いまだに、左手は、少し不自由である。

十津川は、課長室に入ってから、クシュンと大きなくしゃみをした。

「申しわけありません。どうも、カゼが治らなくて」

頭を下げたとたんに、また、大きなくしゃみが出た。

大柄な課長は、気の毒そうに、十津川を見た。

「今年は寒さが厳しいようだから、気をつけたまえ」

「ありがとうございます」

「まあ、座って」

と、課長は、十津川に椅子《いす》をすすめた。

十津川は、ハンカチを取り出して、洟《はな》をかんだ。今年のカゼは、がんこでいやになる。

「それで、何のご用でしょうか？」

と、十津川は、鼻声で聞いた。

「実は、ちょっと面倒な仕事を、君に頼みたいのだ」

課長は、ポケットから煙草を取り出したが、十津川が、鼻をクスクスやっているのを見て、またしまってしまった。

その代わりに、机の引出しから、一通の手紙を取り出して、十津川の前に置いた。

「まず、それを読んでみたまえ」

「拝見します」

と、十津川は、ハンカチをしまって、手紙を手に取った。

白い封筒の表に、かなりの達筆で、「警視庁捜査一課長殿」と書いてあったが、裏を返しても、差出人の名前はなかった。十津川は、べつに驚かなかった。こんな手紙は、よく来るからだ。投書マニアみたいなのがいて、何か事件が起きるたびに、犯人は自分だと、匿名の手紙をくれるお馴染《なじ》みさんもいる。

中身は、便箋一枚。

おれは、第一日本丸の六人の生存者を、皆殺しにしてやる。

すでに、最初の一人は、オリンピックプール近くで殺した。ほかの五人も、同じ運命をたどるだろう。

お前たちに、彼らが守れるものなら、守ってみろ。

X
十津川は、黙って、二度、三度と読み返したあと、その便箋を眼の上にかかげて、しばらく、すかして見ていた。

「まず、読んだ感想を聞こうか」

と、課長がいった。

十津川は、もう一度、便箋を宙にすかしてから、

「なかなか面白い手紙ですな」

「面白い、というと？」

「封筒も、便箋も、ありふれたものです。達筆ですが、果たして本人が書いたものかどうかわかりません。指紋は、見つかりましたか？」

「いや。便箋からは検出できなかった。たぶん、手袋をはめて書いたんだろうね」

「でしょうな。そのくせ、ひどく子供っぽいところがあります。文面は、一見して、われわれへの挑戦状ですが、『X』などという署名は、妙に子供っぽい」

「すると、君は、悪質ないたずらだという見方かね？」

「いや。その反対です」

「ほう」

課長は、楽しそうに十津川を見た。

「理由を聞きたいね」

「これは、書き直したものです。便箋に、前に書いた文章が、筆圧になって残っています。

すかすと、かなり判読できます。ええと、『残る五人について、警戒されたい』ですか。たぶん、前のおだやかな調子では、警察が介入してこないと考え、挑発的な文章に書き直したんだと思いますね。おかしないい方ですが、このX氏はわれわれが介入するのを期待しているとしか思えませんな」

「なかなか、面白い見方だ」

「もう一つ興味があるのは、消印です。中央郵便局から速達で出していますが、日付は昨日の午前九時三十分。宮本船長の死は、たしか朝のテレビのニュースで流されたはずですから、これをみると、ニュースを見て、あわてて投函したように思えます。なぜ、そんなことをしたのかわかりませんが、面白い」

「君らしい見方だ。ところで、宮本船長の死をどう思うね？」

3

課長の質問に、十津川は、すぐには答えず、また、ハンカチで洟《はな》をかんだ。そうしてから、

「渋谷署は、自殺と断定したようですな。解剖の結果も、致命傷は、頭の打撲傷で、他殺と断定するようなものはなかったと――」

と、当たりさわりのないことをいった。こんなところが、タヌキとアダ名される理由かも

しれない。

「君が、全く疑問を持っていないとは信じられんがね」

課長は、皮肉な眼つきで十津川を見た。十津川は、細い眼をいよいよ細くして、

「そういわれると困るんですが、渋谷署が決定してしまったことですから」

「かまわんさ。君の意見を聞きたいんだ」

「死体の解剖所見や、発見された状態からでは、自殺、他殺、どちらともいえないと思います。自殺なら、上の遊歩道に下駄を揃えて脱いでおくはずだという人もいますが、これは死ぬ人間の好き好きですから、どうともいえんと思いますね」

「続けたまえ」

「私が気になったのは、死んだ宮本船長の心理です。部下と船と油を失った自責の念からの自殺というのは、納得できます。問題は、死んだ場所です。実は、私の友人に、船長をやっているのが一人いるんですが、これが、今、アメリカ航路の貨物船に乗っています。こいつが、去年、横浜に帰ったとき、久しぶりに酒をのみましてね。そのとき、ふと話が船長の責任ということになったんです。彼はこういいました。責任をとって自殺するときは、やはり、好きな海で死にたいと。宮本船長も、海の男ですから、同じことを考えるはずじゃないでしょうか」

「うむ。うむ」

課長は、満足そうにうなずいた。十津川の考えが、課長自身の考えと一致していたからである。

十津川は、まだ、クスクス鼻を鳴らしている。「どうも、今年のカゼは悪質で」と、鼻声でいってから、

「宮本船長の経歴は、新聞にのっていました。それによると、戦時中は、海軍大尉として駆逐艦の副長をしています。敗戦後も海が忘れられなくて、ニュージャパンラインに入社して今日までできた男です。根っからの海の男というわけですな。そんな男が、自殺の場所として選ぶには、あんな遊歩道というのは、ちょっとおかしいという気がします」

「私も同感だよ」

課長は、大きくうなずいてから、

「もし、君や私の考えるように、宮本船長の死が他殺とすると、動機は、間違いなく、第一日本丸の沈没だ。そうなれば、生存者の六人全部に当てはまる動機なわけだよ。その手紙のように、次々に殺されていく可能性もある。私は、それを防ぎたいのだ」

「私に、それをやれといわれるわけですか？」

「そのとおりだ。君に頼みたい。ただし、当分は君一人でやってもらいたい。というのは、第一日本丸の生存者の微妙な立場だ。英雄的な扱いを受けている反面、ほかの船員が行方不明のままだし、貴重な船と原油を失ったことで、批判もされている。そんなとき、警察が、

おおっぴらに彼らの周囲を動き回れば、妙な誤解を受けないとも限らないからだよ」

「わかりました」

「むずかしいのはわかっているが、君以外に適任者がいないのでね」

課長は、持ちあげるようにいい、立ち上がって、軽く、十津川の肩を叩いた。が、とたんに、いっそう大きく、十津川は、くしゃみをした。

「君は、いくつだったかね？」

と、課長は、眉をひそめて、聞いた。

「三十七歳ですが、それが何か」

「まだ、独身だったな」

「どうも、来てくれる女性がいないもので」

十津川は、面目なげに頭をかいた。こんなときの十津川の顔は、ひどく子供っぽくなる。

「いかんなあ。早く結婚したまえ。捜査一課のエースはきれいなハンカチを持つべきだ。そのハンカチだって、うすよごれてるじゃないか。カゼが治らんのだって、カミさんが、いないせいだよ。そうだ。この薬を飲みたまえ」

課長は、机の引出しをごそごそいわせてから、大きな紙袋に入った薬を十津川に渡した。

「そいつは、うちの家内が、親戚の漢方医から貰ってきたものだ。私もカゼ気味だったが、二回飲んだら、ぴたりと治ったよ。だまされたと思って飲んでみたまえ。一日三回飲めば、カゼはぜったいに治る」

十津川が、ありがたく、ポケットに押し込んで、部屋を出ようとすると、背中に、課長の声が追いかけてきた。

「うちの家内は、世話好きでね。君にも、いいお嫁さんを世話したいといっとったぞ」

4

十津川は、共済組合の売店で、一枚百円の白いハンカチを買ってから、渋谷区宇田川町の宮本健一郎のマンションに出かけた。

外は、カラカラに乾いた冷たい風が吹きまくっていた。その冷たい風が、十津川の鼻の粘膜を刺激して、歩きながら、何度もくしゃみが出た。

宮本船長の部屋は、今日が、通夜だった。

喪服姿の娘夫婦が来ていた。居間に祭壇が作られ、解剖がすんで帰された遺体を入れた棺の上には、制服姿の写真が飾ってある。

十津川は、未亡人の浅子に、「警察の者です」と、正直にいってから、

「ご焼香をさせていただけませんか」

「ありがとうございます」

と、喪服姿の浅子は、ていねいに頭を下げた。

十津川は、背中を丸めるようにして、焼香し、宮本船長の写真を眺めた。

がっしりした、猪首《いくび》の男である。眉が太いのは、大胆な性格を示しているように思える。

じっと見ると、口元が笑っているのに、眼は冷静な光を帯びている。いつも冷静な男だったのだろう。船長ということを知らなければ油断のならない人間というようにも見える。

「立派な方ですな」

と、焼香をすませてから、十津川は、買ったばかりのハンカチを鼻にやって、クシュンとやった。

「ありがとうございます」

と、浅子は、指で眼頭を押えた。

十津川は、ハンカチをポケットに戻した拍子に、指に薬袋がさわったので、

「すいませんが、水をくれませんか」

と、浅子に頼んだ。

「え？　水」

「実はカゼをひいてましてね。うちの課長に貰った薬を飲む時間なんですよ」

「じゃあ、ぬるま湯のほうがようございましょう」

と、浅子は、湯をわかしてくれた。その間に、十津川は、奥の書斎に足を運んだ。

四畳半の狭さだが、黒檀《こくたん》の立派な机が置かれ、書棚には、分厚い本が並んでいる。浅子が、志野《しの》の茶碗に、お湯を入れて持って来てくれた。

「この書斎を、いつもお使いだったわけですか」

十津川は、茶碗を受け取ってから、改めて書斎を見回した。

「いい書斎ですな」

「ええ。主人は、ここを、おれの小さな城だといっておりました」

「なるほど。小さな城ですか」

うなずいてから、漢方薬を一息に飲んだ。が、とたんに、その苦さに、「うえッ」と、十津川は、思わず、むせてしまった。これなら、玉子酒のほうがよほどましだ。

浅子は、「大丈夫ですか?」と、心配そうに聞いてから、

「本当のご用は何でしょうか? 主人の焼香に来ていただいただけとは、どうしても思えないんですけれど」

「こういういい方は、おかしいかもしれませんが、今度の事件に、個人的に関心を持ちましてね。ですから、私に協力してくださるかどうかは、あくまでも、あなたのご自由です」

「何か、主人の死に、疑問でも? 渋谷署の刑事さんは、自殺に間違いないとおっしゃっていましたけれど」

「奥さんも、同じお考えですか?」

十津川は、茶碗を机の上に置いて聞き返した。

「ええ。ほかに考えられませんから――」

「理由は、それだけですか？」

十津川が、聞くと、浅子は、当惑した表情になって、

「主人は、助かって帰って来てから、ずっと悩んでいるようでした。船長としての責任について悩んでいたに違いございませんわ」

「ご主人が、そういわれたわけですか？」

「直接には聞きませんけど、主人の考えることはわかりますもの」

浅子は、自信を持っていった。長い夫婦生活の間に生まれた自信だろうと、十津川は思った。独身の彼には、正直いって、夫婦の間の信頼とか自信とかは、よくわからない。羨《うらや》ましいと思うと同時に、危険な気もする。夫婦といえども、しょせんは他人であろう。相手のすべてがわかっていると考えるのは、危険な誤解ではあるまいか。十津川は、そう思ったが、もちろん、口に出していったのは、

「羨ましいですなあ」

という感嘆の言葉だけである。

「机の引出しを拝見してかまいませんか」

「どうぞ」

十津川は、机の引出しを、上から順番に開けていった。

一段目の引出しには、封筒に入った辞表が入っていた。

私儀一身上ノ都合ニヨリ――という型どおりの辞表だった。日付さえ書き込めば、いつでも出せるようになっていた。

「会社への辞表ですな」

と、十津川が、浅子を見ると、

「ええ。主人が、辞表を書いて、机にしまっていたことは、前から知っておりました」

「ほう」

「主人は、責任感の強い人でしたから、会社に対して、申しわけないと思っていたんだと思います」

「そうでしょうね」

十津川は、小さなくしゃみをした。船と部下を失ったことに責任を感じて辞表を書く。あり得ることだし、十津川も、何度か、辞表を書いたことがある。凶悪犯を取り逃がしたとき。大事な証人を殺してしまったとき。だから、辞表を書いた宮本船長の気持ちも、よくわかる。が、不審な気がしないでもなかった。

(おれなら、自殺するとき、辞表を出してから死ぬだろう。それに、辞表があって、遺書がないというのは、自殺者の心理として妙なものだ)

十津川は、二段目の引出しを開けた。ここには、万年筆や、便箋などが入っていた。これはというものはない。

三段目の引出しの一番下には、鍵がかかっていた。

「鍵はどこにあるのかな」

十津川が、机の上を探していると、浅子が、横から、そっと、差し出した。それを借りて、十津川は、一番下の引出しを開けた。

「ご主人の遺書はありましたか？」

「いいえ。ございませんでした」

そんな会話を、浅子と交わしながら、十津川は、引出しをのぞいてみたが、そこには、遺書もないし、鍵をかけてしまっておくような貴重品も入っていなかった。

その引出しに入っていたのは、十二、三冊の新刊本だけだった。

5

わけがわからず、首をひねりながら、一冊ずつ、机の上に並べてみているうちに、拍子抜けしていた十津川の気持ちが、急に、緊張した。

『ブラジル観光旅行』

『ブラジルの歴史と現在』

『ブラジルと日本』

どの本も、すべて、ブラジルに関するものだったからである。本の奥付を見ていくと、一週間前に発行されたものもあった。ページを折り返してあるところなどがあるのをみると、宮本船長は、かなり熱心に読んでいたと思われる。それに、書棚に空きがあるのに、わざわざ、ブラジル関係の本だけを、鍵のかかる引出しに入れておいたというのも妙である。

「ご主人と、ブラジルのことを話されたことはありませんか？　最近になって」

十津川が聞くと、浅子は、首をかしげて、

「いいえ」

「本当ですか？」

「ええ。主人が帰って来てから、ブラジルのことを話したことはございません」

「ブラジルに、親戚や知人は？」

「おりませんけれど」

「ご主人は、船で、ブラジルへ行かれたことはないんですか？」

「二年前に、貨物船の船長として、ブラジルへ行ったことがございます。あれは、たしか、中央商事の仕事だったと思います」

「その航海のあとで、ブラジルが気に入ったというような話を、ご主人はなさらなかったですか？」

「そういえば、去年でしたけど、定年になったら、二人で一度、ブラジル辺りへ遊びに行ってみようじゃないかといわれたことがございました」

「定年というと、ニュージャパンラインの定年は何歳です？」

「五十五歳でございます」

「というと、宮本さんはたしか五十四歳のはずだから、来年、定年だったわけですな」

「はい」

「定年になると、待遇が変わるわけですか？」

「船上勤務はできなくなると聞きました。たぶん、嘱託という形で、事務の仕事をやることになるんだと思います」

するとと、来年、定年になってから、ブラジルへ旅行するために、これらの本を買い集めたのだろうか。それとも、辞表を出してから、ブラジルへ行くつもりだったのだろうか。

十津川が、机の上に並べた十二冊の本を眺めて、首を横にふったのは、どちらの考えも気に入らなかったからだ。どうも、ぴんと来ない。しっくりしない。

「では、今度は、ご主人が散歩に出られた晩のことを話していただきたいんですが」

「それは、もう、何度も渋谷署の刑事さんにお話ししましたけど」

「でしょうな。思い出したくない気持ちは、よくわかりますが、もう一度だけ、話してください。こちらも、辛い立場なので」

「それは、わかりますけど」

「あの晩、夕食がすんでから、ご主人は、散歩に出かけられたんでしたね？」

十津川は、手帳を取り出して聞いた。

「はい」

「夕食のとき、どんな話をなさいました？」

「これといって、べつに。主人は、帰国してから、口数が少なくなっておりましたから」

「そうでしょうな。どんな些細《ささい》なことでもかまいませんから、思い出す順に、話してくださいませんか」

「自殺を匂わせるような態度があったかということでしたら、なにもございませんでしたけれど」

「そんなことを申しあげているんじゃありません。簡単なことを思い出してくだされればいいんです。そう。夕食のおかずからいきましょう。あの日の夕食は、どんなおかずが出たんですか？」

「そんなことでいいんですの？」

浅子は、安心したような、当惑したような顔になり、自然に、重い口が滑らかになってきた。

「あれは、たしか、主人の好きな湯豆腐でした。お酒も一本つけて」

「その調子ですよ」

十津川は、微笑した。

「ご主人は、お酒が好きなほうだったんですか？」

「好きでしたけど、最近は、晩酌に、一合か二合飲むぐらいでした」

「湯豆腐は、私も好きでしてね。あれを突つきながら飲む酒は格別です。さぞ、お酒がすすんだんじゃないですか？」

「いえ。主人は、途中でやめてしまいましたわ」

「もったいない。じゃあ、何か、大事な話をされたんじゃないかな？　違いますか？」

「そういえば、主人は、杯を置いてから、あれからもう一週間たったんだなといい、続けて、話があるんだがといいましたわ」

「それで？」

「お前が驚くかもしれないがと申しました」

「ほう。それで、ご主人は、どんな話をなさったんですか？」

「それが、急に、散歩から帰ってから話すといって、いつもの散歩に出かけてしまったんです。ですから、何も。でも、主人が何をいいたかったのか、私にはわかっています」

浅子は、自信に満ちた声でいった。

「ご主人は、どんなことをいいたかったと思いますか?」

十津川が聞くと、浅子は、きっぱりと、

「辞表のことに決まっています。主人は、きっと、自分たちだけが助かったと知ったときから、責任をとって、会社を辞《や》めるつもりだったのだと思います。私が心配すると思って、とうとういえなかったんでしょうけれど、私は、机の引出しに辞表が入っているのを知っていたんです」

6

捜査一課長は、煙草に火をつけてから、「それで君は」と、十津川を見た。

「未亡人の言葉に納得したわけかね?」

「いや。納得はできませんでしたね。彼女は、死んだ夫の気持ちは、すべてわかっていたと堅く信じています。三十年近くも続いた夫婦ですから無理もありませんが、残酷なようですが、私には、あまりわかっていなかったような気がします」

「君は、どう考えたんだ?」

「宮本船長が、驚かすような話といったのは、辞表のことではなかったと思うのですよ。辞表を、鍵のかからない引出しに入れておいたことから考えて、会社を辞めることは、宮本船長にとって、そう大変なことじゃなかったと思うのです」

「すると、君は、宮本船長が何を話したかったと思うのかね？」

「たぶん、これです」

十津川は、風呂敷に包んで借りてきた十二冊の本を、よっこらしょと、机の上に積み上げた。

課長は、一冊一冊、見ていったが、わけがわからんという顔で、

「ブラジルに夫婦で旅行するつもりだったのかな？」

「違いますね」

「なぜ？」

「観光旅行なら、わざわざ、この本を、鍵のかかる引出しに、かくしておくようなことはしなかったはずです。ですから、もっと大きな意味を持っていたと思いますね」

「すると、ブラジル移住か？」

「そのとおりです。もちろん、推測にしか過ぎませんが、宮本船長は、会社へ辞表を出して、妻君と一緒に、ブラジルへ移住する気だったんじゃないでしょうか。ところが、妻君の浅子のほうは、東京生まれの東京育ちで、海外旅行の経験もありません。ブラジル移住の話などしたら、驚くのは眼に見えている。だから、なかなか切り出せなかったし、ブラジル関係の本を買い集めたものの、妻君の眼に触れないように、鍵のかかる引出しにしまっておいたん

じゃないでしょうか」

言葉を切ってから、十津川は、ハンカチで洟《はな》をかんだ。本当にしつこいカゼだ。

課長は、十津川の言葉を吟味するように、窓の外に広がる夜景を、しばらく眺めていた。

「君の推理は、たぶん、当たっているだろう。だが、なぜ、宮本健一郎は、ブラジル移住という思い切ったことを考えたと思うね？」

「常識的に考えれば、船と部下と原油を失ったことへの自責の念から、日本に居づらくなったということですが」

「だが、君は、そう思えんのだろう？　違うかね？」

「そのとおりです。ぴんときませんな」

と、いって、十津川は、微笑した。

「なぜだ？」

「大型船の沈没は、第一日本丸が初めというわけじゃありません。世界一のマンモスタンカーということで、良くも悪くも脚光を浴びてしまいましたが、数万トンクラスの船の沈没はかなりあります。鹿島灘《かしまなだ》沖で、大型コンテナ船が、続いて沈没し、注目を浴びたこともあります。幸い、海洋汚染も起きなかった。それに、船長が助かって、部下の船員が死んだという事例もかなりあります。それでも、船長は、べつに責任をとってはいません。また、それが当然だと思うのですよ。船長は船と運命を共にせよというのは、古い倫理観ですからね。

宮本船長も、そう考えていたと思うのです」

「じゃあ、なぜ、ブラジルへ移住する気になっていたのかね？」

「私も、ぜひ、それを知りたいと思っているんですが」

十津川は、また、クシュンとやった。

「まだ、カゼは治らんのかね？　私のやった漢方薬は、ちゃんと飲んだんだろうな？」

「飲みました」

「じゃあ、明日は治っているよ」

「そう願いたいですな」

と、十津川はいった。が、いったとたんに、また、大きなくしゃみが飛び出した。

7

翌日。十津川は、東京日本橋にあるニュージャパンライン本社へ出かけた。

二十階建てのビルの屋上に、十メートルを越す巨大なアンテナが立っているのは、世界の海を航行している自社所有の船舶との無線連絡のためであろう。

十津川は、とことこと階段をあがって行き、まず、三階にある人事部長室を訪ねた。広い部屋の壁いっぱいに、大きな世界地図が貼られ、棚には、マンモスタンカーやコンテナ船の模型が飾ってある。一般の会社の役員室とは、やはり、どこか違っていた。

人事部長は、背の高いスマートな中年の男だった。あいさつをしたとき、香水の匂いがした。頰《ほお》の剃《そ》りあとが青々としていて、不精ひげの生えている十津川とは、たいした違いである。薄い口から、いまにも、ペラペラと外国語が飛び出してきそうだ。

「宮本船長の自殺は、ショックでした」

と、人事部長は、ハバナ葉巻を、十津川にすすめてから、低い声でいった。

十津川は、「どうも、カゼが治らないので」と、葉巻を断わり、それを証明してみせるように、ハンカチで洟《はな》をかんだ。

「宮本船長は、どんな人でしたか？　ばくぜんとした質問で申しわけないんですが」

「一言でいえば、立派な方でしたね」

「具体的にいいますと？」

「あの人は、ご存じと思いますが、いわば日本海軍の生き残りでしてね。それだけに、人一倍責任感が強い人でしたよ。自殺も、その強い責任感のせいだったんじゃないでしょうか。会社や、いまだに行方不明の部下たちに申しわけないという気持ちのほかに、自分の海の男の輝かしい経歴が傷ついたという気持ちがあったのかもしれませんな」

「ところで、生存者の六人の方ですが、高級船員の方が多いですね。その点で、批判があったということはありませんか？」

と、十津川が聞くと、人事部長は、強くかぶりを振って、

「そんなことはありません。海難事故の場合、助かるかどうかは、たぶんに運でしてね。それに、残りの二十六名についても、まだ、絶望というわけじゃありません」

「しかし、インド洋で遭難したのが十二月五日だから、すでに半月たっているわけでしょう。まだ、生存の可能性がありますか？」

「われわれとしては、死亡が確認されるまでは、生きているものと考えておるのです。世界の海難記録の中には、二カ月近くもボートで漂流したあげく救助された例もありますからね。それに、第一日本丸の救命《ライフ》ボートには、二十日分の食糧と水が積み込まれています」

人事部長は、力を籠《こ》めていったが、その表情には、諦めの色が浮かんでいた。つまり、彼の言葉は願望を表わしているのだろうし、船会社の人事部長の立場では、もう駄目ですとはいえないだろう。

「ところで、死んだ宮本さんは、来年定年だったようですな？」

十津川は、壁の世界地図に眼をやりながら聞いた。人事部長は、質問が急に変わったことに、ちょっと面くらった顔で、金ぶちの眼鏡に手をやった。

「そのとおりですが――」

「定年後は、どういう仕事につくはずだったんですか？」

「うちの規則というものがあるので、海上勤務はやめてもらわなければなりませんが、終戦

直後から、ずっとうちで働いてこられた人ですからね。退職ということは考えていませんでした。デスクワークにはなるでしょうが」

「そうなると、給料は下がるんでしょうが」

「ええ。まあ。海上勤務の場合は、航海ごとに特別手当がつきますから」

「いくらぐらい違います？」

「宮本さんの場合は、十万から十五万ぐらい違ったんじゃないですかね。しかし、あの方は、夫婦お二人だけですから、生活が苦しくなるということは、全くなかったと思いますねえ」

「宮本さん以外の五人の住所はここでわかりますか？」

「わかりますよ」

人事部長は、分厚い職員録を取り出して、十津川に渡してくれた。その中から、十津川が、五人の名前を、自分の手帳に書き写していると、

「船医《ドクター》の竹田さんは、書いても無駄ですよ」

と、人事部長が、横からいった。

「なぜです？」

「今朝の新聞をごらんにならなかったんですか？」

「ええ。実は、まだ、ひとり者で、あわてて朝食をとったものですから」

十津川が、頭をかくと、人事部長は、「ひとりは、身体によくありませんなあ」と、から

かうようにいい、机の上にあった朝刊を、十津川に渡してよこした。

「その社会面に出ていますよ。竹田船医《ドクター》のことが」

「どうも」

十津川は、礼をいって、新聞を広げてみた。

竹田さん一家ブラジルへ
去る十二月五日、インド洋で沈没したマンモスタンカー「第一日本丸」の六人の生存者の一人、船医《ドクター》の竹田良宏さん（五十歳）は、一家をあげて、ブラジルへ移住することになり、昨夜、七時二十分発の日航機で、羽田を発った。記者の質問に対して、竹田さんは、ブラジル移住の動機は笑って答えなかったが、第一日本丸の沈没と、その責任をとって自殺した宮本健一郎氏のことも、大きな理由になっているものと思われる。

8

十津川は、思わず、小さな唸り声を出した。船医の竹田良宏の日本脱出に驚いたのではない。行く先が、ブラジルだということに驚いたのである。死んだ宮本船長も、ブラジル関係の本を買い集めていた。これは偶然の一致なのだろうか。

「すると、竹田船医から、会社に辞表は届いているわけですか?」

「ええ。昨日、郵送されて来ましたよ」

「ひどく簡単ですねえ。辞表を郵送しておいて、さっさとブラジルへ発ってしまうというのは」

十津川が、首をかしげると、人事部長は、笑って、

「それは、船医というのが、特殊な立場だからですよ。これは、内輪の話になりますが、船会社専属という船医は少なくて、航海のたびごとに、臨時に乗っていただくというのがほとんどでしてね。若いお医者さんは、どうしても、一カ月以上船にカンヅメの仕事は嫌《いや》がりますから。そんなわけで、竹田さんも、うちの正社員ではなくて、嘱託という形でしたから、辞表をくだされば、あとは自由に働いていただいて結構だったわけです」

「いきなりブラジルへ行って、うまくいきますかな?」

「まあ、ブラジルは、これからの国ですし、専門の技術を持った人間を求めているそうですから、竹田さんのように、医者なら働き甲斐《がい》のある国だし、優遇されると思いますね」

「船員の場合はどうです? ブラジルへ行って、うまくやっていけますか?」

「世界的にみて、船員は不足していますから、大丈夫だと思いますよ。それに、日本の船員は優秀ですから」

「そうでしょうな」

と、十津川は、逆らわずにうなずき、竹田船医をのぞいた四人の住所を、手帳に引き写した。

「ところで、行方不明の二十六人の船員の方の名前を教えていただけませんか。新聞に出ていたかもしれませんが、私としては、正確を期したいので」

「よくわかりませんなあ。警察の方が、なぜ、そんなことまで、お調べになるんです？」

「何事も、念のためでしてね。宮本船長の自殺について、少しでも疑いがある以上、調べることは調べませんとね。いや、おたくには、ご迷惑はおかけしませんよ」

「じゃあ、コピーを作らせましょう」

と、人事部長はいい、女性秘書を呼んでくれた。

「どうも、申しわけありません。ついで、といったらなんですが、こちらの無線室を見せてもらえませんか。航行中の船とは、絶えず、連絡をとっておられるんでしょう？」

「そのとおりですよ」

「たしか、第一日本丸は、沈没寸前に、こちらと定時連絡をとっていたと聞きましたが、その内容はわかりますか？」

「もちろん。ちゃんとテープにとってあります」

「ぜひ、聞かせていただきたいですな」

「いいでしょう。私が、ご案内しますよ」

人事部長は、気軽く立ち上がり、十五階にある総合指令室に案内してくれた。

十五階のフロア全部を使った指令室には、巨大なコンピューターや、無線機器、テレタイプなどが並んでいる。大きな世界地図に、船の形の板が置いてあるのは、この会社所属のタンカーや、貨物船の現在位置を示しているのだろう。

「現在、わが社所有の船は二十三隻で、世界の海で活躍しています」

と、人事部長は、誇らしげに、十津川に説明した。

「五〇万トンのマンモスタンカーは、第一日本丸が沈没しましたが、同型のタンカーの第二日本丸が、動いています」

「全く同じ船ですか？」

「ええ。全く同じです。現在、世界中で、五〇万トンタンカーは五隻動いていますが、うちは、その中の二隻を所有していたわけです」

「五隻とも、日本の造船所で造られたものですか？」

「そうですよ。N造船で建造されたものです」

「たいしたものですなあ。日本も」

十津川は、すなおに感嘆してから、この部屋にも飾られているマンモスタンカーの精密模型を手でなでた。

「一度、このタンカーに乗せていただきたいものですね」

「第二日本丸が入港したら、ご案内しますよ」

と、人事部長は、微笑してから、係員に、テープを持ってくるようにいった。

「一日一回、定時連絡をしていたわけですが、カフジ基地を出港してからのを、全部、聞かれますか？」

「いや。十二月五日のだけで結構です」

テープには、宮本船長の声と、こちらで答える係員の声が入っていた。


――こちら第一日本丸の宮本です。十二月五日の定時報告を行ないます。聞こえますか？

（よく聞こえます。どうぞ）

――現在地点。南緯三度九分、東経七五度二分。ＮＥの風。風速二・五メートル。時速十二ノットで順調に航行中です。エンジン異常なし。乗組員も全員いたって――


そこで、テープの声は切れていた。たぶん、この直後に事故が起き、第一日本丸は、炎上、沈没したに違いない。

十津川は、二度テープを回してもらってから、礼をいって、総合指令室を出た。エレベーターで人事部長室に戻ると、ちょうど二十六名の名簿ができていた。

9

ニュージャパンライン本社を出たところで、十津川は、腕時計に眼をやった。まだ、昼には、一時間ほどある。その間に、四人の生存者を訪ねてみようと思った。ブラジルについて、何か知っているかもしれない。

四人のうち、東京都内に住んでいるのは、一等航海士《チーフ・オフィサー》の佐藤洋介一人である。

十津川は、中央線に乗った。住所録には、中野区となっていたが、着いてみると、練馬区に近い、新青梅《おうめ》街道を少し入った新興住宅地だった。

砂ぼこりの立つ土地に、建売り住宅ばかりが並んだ一角があり、その一軒の門柱に、「佐藤洋介」の表札がかかっていた。

二十坪ちょぼちょぼの狭い土地に、二階建ての家が建っている。素人の十津川が見ても、ひと目で違反建築とわかる建て方だが、土地いっぱいに建てた家を眺めていると、何となく、精いっぱいに生きている健気《けなげ》さを感じるから不思議だった。

十津川は、ハンカチで、思い切り洟をかんでから、門柱のベルを押した。

奥で鳴る音が聞こえたが返事がない。

よく見ると、階下《した》も、二階も、全部、雨戸が閉まっていた。

（留守なのか）

と、十津川が、猫の額《ひたい》ほどの庭をのぞき込んだとき、背後から、

「佐藤さんはお留守ですよ」

と、女の声でいわれた。

ふり返ると、買い物かごを下げた中年の女が、さぐるような眼で、十津川を見ていた。

「留守ですか」

十津川は、ふと、嫌《いや》な予感がした。

「二時間くらい前に、奥さんと二人で、車で出かけて行きましたよ」

「車でですか？」

「ええ。月賦で買った車ですよ。車庫がないから、この近くにある貸駐車場に、一カ月五千円で置いてありましたけどね」

話好きのおかみさんらしく、「家のローンも、まだ払い切っていないのに、大丈夫なんですかねえ」とまで、十津川にいった。

「二時間前に、その車で、奥さんと一緒に出かけたんですね？」

「ええ」

「行く先はわかりませんか？」

「わかりませんねえ。奥さんに聞こうと思ったんだけど、パアッと走って行っちゃったか

ら」

「車の車種は、わかりませんか？」

「新車で、白い車なのは知ってますけど、車の名前まではねえ」

十津川の胸の中で、不安が大きくなった。べつに理由があっての不安ではなかった。ふっと、嫌な感じに襲われ、それが広がっていったのだ。そして、奇妙なことに、嫌な予感ほどよく当たるのである。

十津川は、赤電話のある煙草屋まで走り、警視庁に連絡をとった。

「一等航海士の佐藤洋介が、妻君と車で出かけました。行く先は不明です」

と、十津川は、課長に報告した。

「心配そうだな？」

課長が、電話の向こうで聞いた。

「心配です。車は、白の新車としかわかりません。至急、何という車か、ナンバーも調べて、手配していただけませんか」

「やってみるが、車種もナンバーもわからんじゃ、時間がかかるぞ」

電話が切れると、十津川は、腕時計に眼をやった。あと少しで、十二時になるところだった。

第四章　大井川鉄橋

1

同じ日の十二時三十分。

東名高速道路下り車線の大井川鉄橋のたもとに、一台の車が止まっていた。

吉田インターチェンジに近いほう、東京とは反対側のたもとである。

黒塗りの国産中古車だった。

故障を示す赤い旗が、窓から突き出ていて、ボンネットは、パックリと口をあけている。

うす汚れた車体は、ジャッキで、片側が持ち上げられていた。

二十三、四歳の若い男が、車の下にもぐり込んでいた。が、よく見ると、彼は、車の故障を点検しているのでも、故障箇所を直しているのでもなかった。

男は、コンクリートの地面にコートを敷き、その上に腹這いになっていた。そして、男は、スコープ付きのライフルを構えていたのである。ずっしりとした手応えは、やはり、本物のもつ重さだ。

下りの車が、次々に、止まっている中古車の横を走り抜けて行くが、車体の下で、スコープ付きのライフルを構えている男に気づく運転手はいない。

男は、眼をしばたたき、また、スコープをのぞいた。銃口は、同じ下り車線の東京方向に向けられている。

スコープの限られた視野の中に、次々に、車が現われる。大型トラック、スポーツカー、家族連れの乗用車。目あての車と違うたびに、男は、小さく舌打ちをした。

やがて、スコープの中に、男の待っていた車が現われた。

白のスカイラインGT。

男は、ごくりと唾《つば》をのみ込み、記憶していたナンバーを口の中で繰り返した。間違いなく、同じ東京ナンバーだ。

スカイラインGTは、四十歳くらいの男が運転し、助手席には、妻らしい中年の女が乗っている。

男は、ゆっくりと銃の安全装置を外《はず》した。

顔は、やや蒼《あお》ざめていたが、男の動作は落ち着いていた。手慣れた動作に見える。

スカイラインGTが、鉄橋の中ほどまで来たとき、男は、引き金をひいた。

鋭い発射音が、乾いた冬の空気を引き裂いた。

しかし、銃声は、絶え間なく走り過ぎる車の騒音にかき消されてしまった。たとえ聞いた者がいたとしても、車のパンクぐらいにしか思わなかったろう。

だが、発射された弾丸は、正確に運転席のフロントグラスを貫通し、運転していた男の顔に命中した。

その瞬間、スカイラインGTの白い車体は、タイヤをきしませながら横すべりし、鉄橋の端に激突した。

車は、そのまま逆立ちの形で、リアが持ち上がり、低い手すりを飛び越すように、下の河原にいっきに転落していった。

ぐしゃっと、車体の潰《つぶ》れる音がし、続いて、猛然と炎が吹きあがり、白い車体は、たちまち、紅蓮《ぐれん》の炎に包まれた。

一方、鉄橋の上も、大混乱におちいっていた。後続車が、あわてて、急ブレーキをかけたまま、次々に、衝突事故を起こし、その一台が白い煙を吹き出したからである。

数珠《じゅず》つなぎに止まった車から、運転手たちが飛びおり、一斉に、スカイラインの落ちた場所に駆け寄って、河原を見下ろした。

黒煙は、十二、三メートル上の鉄橋まで立ちのぼった。

付近の河原で釣りをしていた五、六人の男が、バラバラッと駆け寄って来るのが見えたが、燃えあがる車体に、どうしていいかわからないらしく、呆然《ぼうぜん》と、立ちすくんでいる。

橋の上に、鈴なりになっている人たちにも、河原の釣り人たちにも、何が起きたのか、正確なことはわかっていなかった。突然、車が河原に転落し、炎上したとしか見えていない。

一方、狙撃した男は、ライフルをしまってから、コートの土埃《つちぼこり》をはたいて、ゆっくりと着込んだ。彼だけが落ち着いていた。

故障を示す赤旗をしまい、ボンネットを閉じ、車体を持ち上げていたジャッキを外した。

そのあと、男は、大胆にも、煙草に火をつけ、人垣に近づいて、河原を見下ろした。
十五、六分たって、やっと、パトカーと救急車が、河原に到着した。赤い炎は消え、黒煙だけになったが、ひん曲がり、おまけに黒焦げになった車体をのぞき込んだ救急隊員は、どうしようもないというように、パトカーの警官に向かって、首を横にふってみせた。
男は、それを見て、初めて、口元に小さな笑いを浮かべた。彼は、その光景を、カメラにおさめると、自分の車に戻り、吉田インターチェンジに向かってスタートさせた。

2

静岡県警の警官は、パトカーで駆けつけたとき、単なる暴走による転落事故と考えた。

一一〇番への通報は、車が大井川の河原に落ちて燃えているというものだったからである。

しかし、火が消え、救急隊員の手で、黒焦げの二つの死体が引き出されたとき、警官の表情がこわばった。

一人は男、もう一人は女だったが、男の焦げた顔の鼻の下あたりに、ポッカリと穴があいていたからである。ひと目で、弾丸の貫通した穴とわかった。

とたんに、事態は一変した。パトカーからの連絡で、鑑識と、県警のベテラン刑事が駆けつけた。

「身元確認を急げ。それから、各インターチェンジに検問所を設けろ」

と、その刑事は、蒼白い顔で怒鳴った。

今からでは、検問が役に立つまいということは、刑事たちにもわかっていた。事件が起きてから、すでに、二十分は経過していたからである。だが、やるだけのことは、やらなければならない。

焼けた車は、手袋をはめた刑事たちによって、慎重に調査された。

その結果、辛うじて、四分の一ほど焼け残った車検証が発見された。

佐藤洋介という名前だけが、どうにか読み取れた。住所の部分は、焼け焦げてしまっている。だが、刑事たちの中には、その名前に記憶のある男がいた。

「おい。この名前は、新聞に出ていた第一日本丸の一等航海士と同じだぞ」

と、その刑事は、大きな声を出した。

ただちに、焼け残ったナンバープレートのナンバーと、佐藤洋介という名前が、東京の警視庁に照会され、二つの遺体は、解剖のために、県立病院に送られた。

静岡県内にある東名高速のすべてのインターチェンジには、ただちに、検問所が設けられた。が、刑事たちの不安が適中し、不審な車は一台も発見されなかった。明らかに後手に回ってしまったのだ。

県立病院の解剖所見は、次のとおりだった。

助手席の女性（推定年齢三十七、八歳）の死因は焼死だが、運転席で発見された男性（推定年齢四十歳）の場合は、解剖の結果、後頭部より、口径五・五六ミリの弾丸が摘出された。

顔の鼻の下に、弾丸の進入孔があり、摘出された場所とを結ぶ角度から考えて、走行中の車に向かい、地上より、約一五度の角度で、距離約百メートルから狙撃されたものと思われる。

弾丸は、フロントグラスを貫通し、運転席の男に命中した。おそらく、即死だったと推定される。

摘出された弾丸についての鑑識の所見

弾丸について、自衛隊に照会した結果、次の回答を得た。

問題の弾丸は口径五・五六ミリ。M16自動小銃《ライフル》に用いられている弾丸で、この小銃は、現在、アメリカ軍で使用中である。銃口速度（秒速一〇〇六m／sec）が早く、高精度の命中率を誇っている。

3

一等航海士の佐藤洋介が、大井川鉄橋上で射殺されたという知らせは、激しいショックを、東京の十津川に与えた。

彼の不安が適中したのだ。

十津川は、「申しわけありません」と、冴《さ》えない顔で、捜査一課長に頭を下げた。

「課長から注意を受けていたのに、生存者の一人を、みすみす殺してしまいました」

「君のせいじゃないさ」

と、課長は部下をなぐさめてから、

「これで、今後は、おおっぴらに君にやってもらえる。静岡県警には、すでに連絡をとって、こちらに協力してもらうことにしたよ」

「一等航海士を死なせたのは残念だが、考えようによれば、これで、われわれの推理が当たっていたことになる。例の脅迫状が現実化したわけだ。そうなると、残る三人が危険だな」

「今度は、守ってみせます」

十津川は、課長に約束すると、デカ部屋に戻り、すぐ、三人の刑事を選んでチームを編成した。いずれも、三十歳以上のベテラン刑事ばかりである。

十津川は、三人を自分のまわりに集めると、今までの事情を簡単に説明してから、

「犯人は、必ず、残りの三人を狙うだろう。まず、君たちは、各自一人ずつ受け持って、今、どこで、何をしているか調べてほしい。居所がわかったら、べったりとくっついて、離れるな。残りの三人を絶対に死なせるな。君たちは、犯人の追及はしなくていい。それは、私がやる。君たちの役目は、三人を守ることだ。これからすぐ、ここに書いてある住所に飛んで、そこにいるかどうかを確認する。犯人はライフルを持っているから、拳銃を忘れるなよ。何かあったら、すぐ、応援を頼め」

うなずいて、三人のベテラン刑事は、部屋を飛び出して行った。

十津川は、ひとりになると、夕闇の迫った窓の外の景色に、じっと眼をやった。カゼは、課長のくれた漢方薬がきいたのか、それとも、昨日のんだ玉子酒がきいたのか、いつの間にか治っている。だが、十津川の顔は、ひどく暗かった。

一等航海士を死なせてしまったことへの後悔。それは、もう忘れた。十津川の心を、新しい不安が捕えていたのだ。

部下の刑事たちが、犯人より先に、残りの三人を見つけ出せれば、守ることは可能だろう。だが、逆だったら――。

こちらには、まだ、犯人の輪郭さえつかめていない。男か女かもわからないのだ。

落ち着けないままに、十津川は、課長から預かった脅迫状に眼を通した。この手紙の主の書いたとおり、二人目の犠牲者が出た。だが、それでもなお、十津川には、Xを犯人と断定できないものがあった。

次に、十津川は、ニュージャパンライン本社で貰ってきたコピーを取り出して広げた。

そこには、行方不明になったままの二十六名の名前が、タイプで打ってあった。二十六名もの名前が、ずらりと並んでいるところは、壮観でもあるが、全部が死者と考えれば、空恐ろしくもある。

十津川は、煙草に火をつけて、三枚の紙にタイプされた名前を見ていった。その中には、事務員が五名もいるのは、現代のタンカーは、コンピューターが積み込まれているので、その専門家に違いない。昔のタンカーとは、タンカーのイメージが違ってしまっているのだ。

甲板部

小西　正三（三十九）
田中　利夫《としお》（三十八）
松本　久太（三十八）
三原　力（三十六）
赤松　淳一（三十五）
渡辺　成文（三十）
井出　馨《かおる》（三十）
新井　剛一（十九）

機関部

白石光一郎（四十二）
山田　静一（三十）
深谷　弘（三十九）
田口　寿夫《としお》（三十九）
上原昭太郎（三十八）
大石　宏《ひろし》（三十五）
近藤　進（三十五）
水津　一男（三十五）

中原　勇一（二十五）
浜田信次郎（二十四）
伴　英寿《ひでとし》（二十三）
無線部
長尾　吉彦（二十）
柳沼　誠一（二十）
事務部
三村　準（二十九）
浅井　武夫（二十八）
堀元　宏（二十五）
生田　高徳（二十五）
長谷部　進（二十四）

4

三十九歳の亀井刑事は、二等航海士《セカンド・オフィサー》の河野哲夫に会うために、国鉄千葉駅におりた。
河野の家は、千葉市汐見丘《しおみがおか》町になっている。

亀井刑事は、駅前でタクシーを拾い、汐見丘町と運転手にいってから、身体を深くシートに沈め、煙草に火をつけた。亀井刑事のアダ名は、カメさんである。名前からきたともいわれるし、首を突き出すようにして歩く姿が、カメに似ているからだという人もいる。

汐見丘町は、千葉と西千葉の中間あたりだった。

河野哲夫の家は、簡単にわかった。が、古びたその家の前に立ったとき、亀井刑事は、呆《ぼう》然《ぜん》とした。

玄関の扉に、「売家。問い合わせは、R不動産へ」と書いた紙が貼ってあったからである。

亀井刑事は、念のために、木戸を開けて庭に入り、陽焼けした黒い顔を突き出して、家の中をのぞいてみたが、人のいる気配はなかった。

犬小屋があったが、犬もいない。

亀井刑事は、隣りの家に行き、庭で、干し物を取り入れている若い女性に声をかけた。ジーパンに、セーターという格好の女性は、亀井刑事の傍に来て、

「河野さんなら、昨日の午後二時に出発なさいましたよ。あたしも、見送りに行って来たんです」

と、いった。

「出発というと、羽田から飛行機で？」

と、亀井刑事が聞いたのは、ブラジルのことが、とっさに、頭に浮かんだからである。だ

が、隣りのその女性は、

「いいえェ」と、首を横にふった。

「金谷《かなや》ですよ」

「それは、どこです？」

「富津《ふっつ》の先にある、何ていいましたかしら、ヨットがいっぱいつないである——」

「ヨットハーバーですか？」

「ええ。そのヨットハーバーですよ」

「じゃあ、河野さんは、ヨットで、どこかへ出かけたんですか？」

「そうなんですよ。船に乗っていらっしゃるせいか、河野さんは、ヨットがお好きでしてねエ。今度、とうとうあの家を売って、そのお金で、クルーザーっていうんですか、大きなヨットをお買いになって、中学二年生のお子さんも一緒に、昨日の午後、金谷から出発なさったんですよ」

「行く先は、わかりませんか？」

「何でも、一年がかりで、南米へ行くとおっしゃってましたわ。船の中で、ゆっくり、向こうの言葉を覚えるんですって。ご主人が、海外によく行かれるんで、奥さんやお子さんも、前々からパスポートをとっていらっしゃったそうですよ。羨《うらや》ましいわ。本当に」

「会社のほうは、どうする気なんですかね？」

「退職届けをもう郵送なさったって、いってましたよ」

「その船の名前は、覚えていますか？」

「ええ。奥さんの名前をとって、ユキI世号、奥さんの名前が雪子とおっしゃるんですよ」

「あなたは、そのユキI世号が、出港するのを、ちゃんと、ご覧になったんですね？」

「ええ。海から吹いてくる風が寒くて寒くて。そんな中で、船が見えなくなるまで、みんなで手をふったんですよ」

昨日の午後二時に出港したとすれば、すでに、東京湾を出て、今ごろは、三宅島《みやけじま》沖あたりを南下しているころだ。

5

十津川は、亀井刑事の電話に当惑した。

「ヨットか」

と、呟《つぶや》いた。が、一瞬、どうしたらよいか見当がつかなかった。

海上保安庁に連絡して、ユキI世号を探しだし、連れ戻してもらうことは可能だ。だが、もし、河野哲夫が、引き返すことを拒否したら、どうしようもない。河野は、正式の手続きをふんで、出国したのだし、今のところ、殺人事件の容疑者でもない。それどころか、昨日の午後二時に、千葉県の金谷を出港しているのだから、引き返していない限り、今日の十二時三十分に起きた佐藤一等航海士射殺事件には、完全なアリバイがあることになるではないか。

「仕方がない。帰って来い」

と、十津川は、亀井刑事にいって電話を切った。

それから、七、八分して、横浜に、辻芳夫事務長《パーサー》を訪ねた小川刑事から電話が入った。

「残念ながら、辻事務長には会えませんでした」

と、小川刑事は、いきなりいった。

「まさか、ヨットに乗って出かけたんじゃあるまいな」

「は？」

「いや、こっちのことだ。辻事務長は、どうしたんだ？」

「旅行に出かけたらしく、家族全員が留守です。全員といっても、マンションに、妻君と二人暮らしですが」

「どこへ出かけたか、わからないのかね？」

「管理人や、隣室の人に聞いて回ってるんですが、全くわかりません。ただ、車で、スキーに出かけたらしいことだけはわかりました。昨日の午後五時ごろ、管理人が、辻夫婦が車で出かけるのを見ています。そのとき、車の屋根にスキーがのっていたそうです」

「昨日の午後五時だって？」

「そうです」

「スキー場といっても、範囲が広すぎるな。今は、北海道へだって、車で行くことは可能だからね」

「そのとおりです」

「車のナンバーは？」

「横浜の×××番です。車種は、ブルーメタリックのサニーDX。今年の夏に購入したものだそうです」

「辻夫婦の郷里はどこだ」

「辻芳夫のほうは、横浜生まれの横浜育ちですが、妻君のほうは、茨城県水戸市です」

「どちらも、スキーのできるところじゃないな」

十津川は、眉をしかめてから、

「君は、もう少し、近所を当たって、何とかして夫婦の行く先を調べてみてくれ」

それだけいって、十津川は、電話を切ったが、それを待っていたように、横須賀に、水夫長《ボースン》の小島史郎を訪ねた今西刑事から電話連絡が入った。

「残念ですが――」

と、今西刑事が、電話の向こうでいった。

「ということは、小島水夫長も留守か？」

「そのとおりです。昨日から、妻君と小学生の一人娘を連れて、車で出かけています。車は、赤のホンダシビックで、ナンバーは、横浜××××番です」

「また、車か。行く先は？」

「いろいろと聞いて回ったんですが、わかりません。昨日の夕方は、家に灯がついていたそうですから、夕食のあと、出かけたものと思います」

「スキーに出かけたということは考えられないかね？」

「私も、シーズンということを考えて、聞いてみたんですが、近所の人の話では、小島水夫長も妻君も、スキーの趣味はないということです。ただ、二人とも、関西の生まれなので、そちらへ行ったんじゃないかと思うんですが」

「調べて連絡してみよう。ほかに、何かわかったことはないかね？」

「今のところは、ありません」

「わかった」

と、十津川は、受話器を置いた。

これは、いったい、どうしたわけなのか。第一日本丸の生存者全員が、まるで、クモの子を散らすみたいに、逃げ出したのだ。竹田船医は、ブラジルへ移住し、河野二等航海士は、大型ヨットで出港し、ほかの三人は、車で逃げ出した。その中の一人、佐藤一等航海士は、犯人に射殺されてしまった。

狩人の足音に驚いて、カモが一斉に飛びあがった。狩人は、その中の一羽を射落とした。そんな感じがして仕方がない。狩人の足音に当たるのは、宮本船長の死だったのだろうか。だが、狩人の正体がつかめない。それに、六人の生存者を、次々に殺していく動機は、いったい何だろうか？

十津川にも、今の段階では、全く見当がつかなかった。今は、ただ、辻事務長《パーサー》と、小島水夫長《ボースン》の車を、全国に指名手配して、探してもらうより打つ手がない。

捜査一課長に頼んで、各府県の警察本部への協力依頼をしてもらって部屋に戻ると、静岡県警から、佐藤一等航海士射殺事件についての新しい連絡が入っていた。


大井川鉄橋上で、事件が発生した時刻（十二月二十一日十二時四十分）、現場下り車線を通過したトラック、乗用車の運転手または、同乗者から、次のような証言を得た。
①事件の起きる十分ないし十五、六分前から、大井川鉄橋のたもとに、故障車が止まっていた。
②この車は、中古のトヨタカローラと思われるが、なにぶんにも、目撃者が、時速八十キロ前後で通過中だったため、確かではない。ナンバーは不明。ただし、車体の色は黒ということでは一致している。

③故障車は、赤い旗を出し、ボンネットが開き、ジャッキで片側が持ち上がっていたが、持ち主の姿は、運転席にも、車の近くにも見えなかった。午後一時三十分に、下り車線が平常に戻ったときには、この故障車は姿を消していた。
④この黒い故障車以外に、現場付近で不審な車を見た者はいない。
以上のことから、次のことが推測される。犯人は、車を大井川鉄橋のたもとに止めて、故障車に見せかけ、被害者のスカイラインGTを待ち受けていた。

犯人は、おそらく、ジャッキで持ち上げた車体の下にかくれ、腹這いでM16小銃を発射したと考えられる。実験の結果、この姿勢で狙撃すれば、鑑定結果にあったごとく、約一五度の角度で、直進してくる車に命中させることができる。

6

「なかなか面白い報告だな」

と、課長がいった。

「面白いことは、面白いですが」

と、十津川は、浮かない顔をした。辻事務長《パーサー》と小島水夫長《ボースン》の行方がわからない間は、焦燥から解放されそうもない。犯人が、皆殺しを狙っているとすれば、犯人は、間違いなく、今、現在も、二人を追っているはずだからである。

「ライフルの線は調べているかね？」

と、課長が聞いた。

「M16小銃《ライフル》は、自衛隊では使用していませんので、防衛庁を通じて、在日米軍に照会してもらっています。まだ返事は来ていませんが、盗難報告が来ても、それから、犯人が浮かびあがるという期待は、あまり、持てませんな」

「しかし、銃を使用しての殺人だから、犯人は、男と考えていいんじゃないか」

「たぶん、男でしょう。それに、銃の扱いになれた人間です」

相変わらず、浮かない顔で、十津川はいった。銃の扱いになれた男。それだけでも、日本には、何万人といる。

「なぜ、みんな、いい合わせたように、逃げ出したのかな？　逃げるというのは表現が悪いかもしれないが」

課長は、煙草をくわえて考え込んでいる。十津川が黙っていると、

「君は、どう考えるね？」

と、聞いた。

「宮本船長は、自殺でなく殺されたのだと考え、恐怖から、逃げ出したとも考えられますが」

「だが、疑問があるというのかね？」

「いくつかの疑問が浮かんできます。第一は、恐怖から逃げ出したのなら、なぜ、警察に保護を求めなかったかという疑問です。全員が警察にアレルギーを持っているとは考えられませんから。第二は、なぜ、彼らのうち、三人までがブラジルないしは南米へ行こうとしたかということです。現実に、竹田船医は、ブラジルへ移住してしまいましたし、河野二等航海士は、ヨットで南米に向け航海中です。第三は、佐藤一等航海士が射殺された件ですが、なぜ、犯人が、被害者の行動を知っていたかという疑問がわいてきます。あの日、あの場所を車で通過するとわかっていたからこそ、待ち伏せていたわけですから。どうも、わけのわからん事件です」

十津川が、頭をふってみせると、課長は、彼の顔を、のぞき込むようにして、

「しかし、君は、その疑問に対して、君なりの答えを見つけ出しているんじゃないのかね？」

「ある程度の推理はしていますが、どうも、お粗末なもので」

「かまわんさ。話してみたまえ」

「第一の疑問ですが、六人の生存者の間に、何か暗い秘密があるのではないかと考えてみたのです」

「どんな秘密だね？」

「憶測を逞《たくま》しくすれば、こんなことも考えられます。第一日本丸の沈没のとき、何かミスをやったのではないか。そのために、沈めなくてもいい船を沈めてしまったのではないかといったことです。もちろん、これは、考えたくないことですし、証拠もないことですが。第二の疑問については、彼らのおかれている微妙な立場が原因だと考えてみたのです。有名にはなりましたが、同時に、二十六名が行方不明、それに、五〇万トンの世界一のタンカーを沈めてしまい、五十八万キロリットルの貴重な原油を失いました。内心、忸怩《じくじ》たるものがあると思うのですよ。日本にいては肩身が狭い。それで、六人の中の三人が、ブラジルへ移住しようと相談したんじゃないだろうかと、思ったんですが、竹田船医《ドクター》に連絡がとれれば、真実がわかると思います」

「竹田船医については、外務省を通じて、現地の大使館に調べてもらっているよ」

「それで、連絡はついたんですか？」

「リオデジャネイロの空港に着いたことだけは、はっきりしたということだ。だが、その後の行方がつかめないらしい。あの広い国土だから、無理もないがね。第三の疑問の答えは、何だね？」

「これが、もっとも問題だと思うんですが、正直にいって、答えが見つかりません。あるいは、犯人が、六人の中の一人なので、ほかの五人の行動をよく知っているのかもしれません」

「考えられないことじゃないな。とすると、今、逃げている者も、危ないということだな。海の上にいる河野二等航海士は、別として」

「その河野哲夫ですが、どうにかしてつかまえられませんか？」

「まさか、海の上の河野まで危険だというんじゃあるまいね」

課長は笑った。が、十津川は、不安気に、

「犯人がどんな人間かわからないので、安心ができないのです。ただ単に、銃のうまい人間というだけなら、心配はないのですが」

「海上保安庁では、正規の手続きで出港した以上、どうしようもないといっている」

「やはりそうですか」

「ただ、東京都のチャーター船が、硫黄島《いおうとう》へ向け昨夜出港した。その船長に頼んでおいたよ。ユキI世号を見つけたら、河野哲夫に、警視庁へ連絡するように伝えてくれとね」

課長が、いったとき、若い刑事が顔をのぞかせて、十津川に、「小川刑事から電話です」といった。

7

十津川は、受話器をわしづかみにした。

「何かわかったのか？」

「辻事務長《パーサー》の行く先がわかりました」

と、小川刑事の甲高《かんだか》い声がいった。

「どこだ？」

「長野県の野沢温泉です」

「野沢温泉？」

名前は聞いたことがあるが、十津川は、長野県のどの辺なのかわからなかった。

「今、辻夫婦の部屋の真上に住んでいる人が帰宅しまして、サラリーマンの奥さんですが、辻芳夫の妻君に、会ったとき、野沢温泉へ行くんだと、はしゃいでいたそうです」

「大事なことだから確認しておくが、長野県の野沢温泉なんだな？」

「間違いないです。辻芳夫の妻君は、鳩車《はとぐるま》をお土産に買って来ましょうと、いったそうですから、野沢温泉です。民芸品の鳩車で有名なのは、長野県の野沢温泉だけです」

「よし。これから、私が野沢温泉へ行く」

十津川は、電話を切ると、ちょうど、帰って来た亀井刑事を連れて、部屋を飛び出した。

「君は、長野の生まれだったかな？」

と、十津川は、階段を駆けおりながら、亀井刑事に聞いた。

「いえ」

「野沢温泉へ行ったことは？」

「一度だけ行ったことがあります」

「車を運転して行けるかね？」

「たぶん、大丈夫でしょう。途中のガソリンスタンドで、ロードマップを貰えば出ていますから」

二人は、駐車場に走り、覆面パトカーに使用されている黒のトヨペットクラウンに飛び込んだ。列車の手配をしている余裕はない。犯人は、すでに、野沢温泉へ行っているかもしれないからである。

エンジンをチューンアップされたクラウンは、A級ライセンスを持った亀井刑事の運転で、夜の街に飛び出した。時速二百キロまで軽く出る車である。

年末が近く、都市の道路は、渋滞《じゅうたい》している。やむなく、十津川は、サイレンを鳴らした。前方をふさいでいた車が、おびえたように一斉に左によける。そこに生まれた空間を、二人を乗せた車が突っ走った。

「長野県警には、連絡されましたか？」

A級ライセンスの腕を見せて、たくみに車を走らせながら、亀井刑事が聞く。

「メモを書いて田中刑事に頼んで来たよ。今ごろ、連絡してくれているはずだ。だが、向こうさんを当てにするわけにはいかん。これは、あくまでも、われわれの仕事だからな」

十津川は、自分にいい聞かせる調子でいった。

8

長野県警本部が、東京警視庁から協力依頼の電話を受けたのは、午後九時二十五分である。

長野地方は、朝から雪であった。

その雪の中を、二人の刑事が、野沢温泉に向かうことになった。

今年は、例年になく雪が多い。長野市から飯山《いいやま》市に抜ける国道は、一応、除雪されてはいたが、除雪するそばから降り積もる雪で、チェーンがまいてあっても、走行はむずかしく、渋滞が起きていた。

各所で、故障した車がストップして、道路をふさいでいる。二人の刑事を乗せたジープは、それをよけて、のろのろと進むより仕方がなかった。

運転している刑事は、ブレーキを踏むたびに、恨めしげに、降り続く雪空を見上げた。ヒーターがついているのだが、ホロを通して、外の寒さが容赦なく、車内に侵入してくる。

助手席の刑事は、手をこすり合わせてから、新聞の切り抜きを広げた。そこには、辻事務長の写真がのっていた。六人の生存を伝えたときの新聞である。顔写真としては、小さくて、不鮮明で頼りない。それに、妻君の顔は全くわからないのだ。

一番の手掛かりは、辻夫婦の車である。このほうは、車種もナンバーもわかっている。だが、この分だと、今夜中に、野沢温泉に着けるかどうかわからなかった。

飯山市に近づくにつれて、渋滞は、ますますひどくなった。約一・五キロの長さで、車がつながってしまっている。こうなると、サイレンを鳴らして突っ走ることも不可能である。

二人の刑事は、観念して、煙草に火をつけた。

飯山市に辿《たど》りついたのは、午前五時を回っていた。ここから野沢温泉へ行く道は、さらに雪が深い。二人の刑事は、ガソリンスタンドで給油する間に、あわただしく、用意してきたサンドイッチを腹に詰め込んだ。

「この分だと、野沢温泉に着くころには、完全に夜が明けちまうな」

と、刑事の一人が、溜息をついた。

「この雪がやんでくれると助かるんだがね」

と、もう一人が、手をこすり合わせながらいう。吐く息が白くなる。

「本当に、この辻という男は、危険にさらされているのかね」

「一等航海士のほうは、静岡で射殺されているよ」

「犯人も、この雪で、動きがとれずにいると助かるんだがな」

給油が終わると、二人を乗せたジープは、相変わらず舞い落ちている粉雪の中を、千曲川《ちくまがわ》を渡って、野沢温泉に向かった。

9

翌日の午前六時。

一昼夜降り続いた雪が、ようやくやんで、厚い雲に、切れ間が見えてきた。

だが、周囲はまだ暗い。

黒い中古のカローラが、チェーンの音をギンギン鳴らし、あえぎながら、野沢温泉の村営駐車場にやって来た。

「鳩車の里」で有名な野沢温泉は、ひなびた情緒や、スキー場が近くに広がっていることもあって、五、六百台の車が集まっていた。東京や、関西ナンバーの車も多い。

中古のカローラを運転していた男は、駐車場の横で車を止めた。

さすがに、この時間では、まだ、人の姿は見当たらない。

男は、運転席に座ったまま、身体をずらすようにして、コートのポケットからメモを取り出した。煙草をくわえて、男は、メモされている文字を読んだ。

辻芳夫（事務長《パーサー》）（四十三歳）

妻　絹代　（三十五歳）

辻芳夫は、身長一七二センチ。体重六八キロ。丸顔で、笑うと口元に深いシワが寄る。

妻絹代は、身長一六〇センチ。体重は不明だが、やや、やせている。女優のSに似た容貌。

二人の車はブルーメタリックのサニーDX。新車で、横浜ナンバー「××××番」。辻夫婦は、長野県野沢温泉に行く可能性が強い。野沢温泉は、二人の新婚旅行の土地であり、そのとき、二人は、この温泉近くの上ノ平高原で、スキーを楽しんだ。二人の腕は、共に中級。


男は、確認するように、メモを何回か読み返してから、小さく丸めて、車の灰皿《トレイ》で燃やした。ポッとだいだい色の炎があがり、すぐ消えた。

そのあと、男は、サングラスをかけ、周囲が明るくなるまで、じっと、車の中で待った。眼を閉じたが、緊張しているので、眠りはしない。

七時を過ぎると、ようやく、周囲が明るくなり、人の姿が見え始めた。雲の切れ間から、弱々しい朝の光が射した。

八時になると、町営駐車場に係員が白い息を吐きながらやって来て、柵《さく》を開けた。

男は、車からおり、スキー靴にはきかえてから、管理人に、「友人の車が来ているかどうか確かめたいんだ」と断わって、駐車場に入って行った。

ずらりと並んだ車を、一台ずつ調べていく。八台目の車の前で、男は、じっと立ち止まった。ブルーメタリックのサニーDX。ナンバーは、横浜××××番。

（これだ）

と、男は、口の中で呟いた。

彼は、管理人には、「友だちは、来てなかった」といって、自分の車に戻ると、屋根に取りつけてあった茶色の皮のケースをおろした。スキーにしては、普通より大きく見えたが、それを担いで歩き出すと、ほかのスキー客と見分けがつかなくなった。

男は、途中で、上ノ平スキー場への道を聞き、教えてくれた方向へ歩いて行った。

久しぶりの晴れ間である。そのせいか、早朝にもかかわらず、すでに、数百人のスキーヤーが、一面の銀世界の中に散らばっていた。

男は、スキーケースをかついだまま、ゲレンデを横切り、中級者用のリフトに乗った。

全長八百メートルで、一人乗りのリフトである。リフトに乗っている間、男は、眼の下の地形を確認するようにじっくりと眺めていた。

終点に着くと、男は、一般のスキー客とは反対の方向に歩き出した。リフトの係員は、おやっというように、男を見た。が、声をかけたり、注意したりはしなかった。男が歩いて行った方向は、白樺林が広がり、熊笹《くまざさ》が顔を出していて、滑れるような地形ではなかったが、べつに立入り禁止ではなかったし、滑れないとわかれば、引き返してくるだろうと思ったからである。

男は、係員の姿が見えなくなる距離まで、まっすぐに歩き、それから、リフトに並行に、斜面をおり始めた。膝あたりまで埋まる積雪である。男は、たちまち、身体中を雪だらけにしながら、一歩一歩、進んでいった。

リフトの中間地点までおりたとき、男の額には、うっすらと汗が浮かんでいた。

男は、「ふうっ」と息をつき、小さなコブ状の地形を見つけて、その上に腰を下ろした。手袋をはめた手で、額の汗を拭いた。煙草をくわえてから、周囲の地形を見回した。ニッと笑ったのは、気に入ったのだろう。

彼は、コブのかげに身体をずらし、かついでいたスキーケースを下ろした。ジッパーをあけると、中には、メタルスキーと一緒に、分解されたM16小銃が入っていた。

男は、手袋を取り、慎重に銃の組み立てにとりかかった。十二、三分で、スコープまで取りつけが終わった。彼にとって手慣れた作業だった。

男は、腕時計を見、それから、三十メートルばかり離れた場所を、ゆっくり動いているリフトに眼をやった。彼のいる場所から見えるリフトと、それに乗っているスキーヤーは、まるで、射的場で電気仕掛けで動く標的に似ていた。

10

午前八時四十二分。

国道一八号線を飛ばして来た十津川たちは、やっと、長野県に入った。上田市内のガソリンスタンドで給油している間に、十津川は、長野県警に連絡してみた。

電話に出た、刑事部捜査一課の刑事は、なまりのある声で、

「二人の刑事が、すでに野沢温泉に到着し、捜査を開始しております」

と、いった。

「それで、辻夫婦は見つかりましたか？」

十津川は、寒さに、白い息を吐きながら聞いた。また不精ひげが伸びた。

「ついさっき、問題の横浜ナンバーの車が見つかったという報告が入りました。今、旅館と民宿を、しらみつぶしに当たっているところです」

「これは、差し出がましいことですが、万一、事件が起きてしまったら、即座に、すべての道路を封鎖してください。お願いします」

「わかりました。ただ、犯人の輪郭でもわかれば助かるんですが」

「それが、残念ながら、全くわかりません。わかっているのは、黒い中古のカローラに乗っ

ていることと、凶器にM16小銃を使用していることだけです」

自分でも、頼りない情報であることは、十津川にはわかっている。犯人について、何もわかっていないに等しいのだ。

給油を終わって、十津川と亀井刑事は、再び出発した。

少しずつ、晴れ間が広がっていく。昨夜から降り積もった雪が、太陽の光を受けて、キラキラと光る。十津川は、眩《まぶ》しさに眼を細め、果たして間に合うだろうかと考えていた。

長野県警の二人の刑事が、辻事務長《パーサー》の車を発見したというのは、本当だった。

八時三十五分に野沢温泉に到着した刑事たちは、町営駐車場で、問題のサニーDXを発見した。

駐車場の管理人によると、その車は、昨日の朝、あずけられたのだという。中年の夫婦だったというから、まず、辻夫婦と考えていいだろう。

だが、辻夫婦が、どこの旅館に泊まっているかは、駐車場ではわからなかった。

昔の野沢は、ひなびた温泉町だったが、今は、旅館も三十一軒を数え、スキーシーズンの今ごろになると、約四百戸の一般住宅のうち、三百戸ばかりが、民宿になるからである。

二人の刑事は、事情を話して応援を求め、まず、旅館を一軒一軒当たっていくことにした。

手数のかかる仕事だが、ほかに方法はない。

11

八時五十分。

辻芳夫と、妻の絹代は、スキーをかついで、上ノ平スキー場のゲレンデに来ていた。

三十五歳の絹代は、年がいもなくはしゃいでいた。嬉しかったのだ。

野沢温泉は、新婚旅行に来た場所である。毎年、冬になると、夫婦で来ることにしていた。

ところが、あの海難事故から帰国したあとの夫は、いつも何かを悩んでいる様子で、温泉行きを口にできる雰囲気ではなかった。今年は、恒例の野沢温泉行きは諦めようと思っていたのだが、一昨日になって、急に、夫のほうから、行こうといい出したのである。

昨日は、いつも泊まる「太田旅館」に旅装を解き、野沢名物の野沢菜を買ったり、千八百円の鳩車を買ったりした。鳩車は、江戸時代から作られている民芸品で、アケビの木のツルで鳩を作り、それに車をつけたものである。絹代は、素朴で、どこかユーモラスなその姿が好きだった。

ゲレンデは、スキーヤーでいっぱいだった。が、年々、スキー客の数が増えていくのを除けば、白樺の見える景色も、眼下の野沢温泉の白い湯煙も変わっていない。

「いつもと同じね」

と、絹代は、満足そうに、夫に向かって微笑した。

二人は、ゲレンデで、五、六分滑ってから、中級者用のリフトに行った。二十人ばかりのスキー客が、ガヤガヤと喋《しゃべ》りながら順番を待っていた。辻夫婦は、そのうしろに並んだ。

同じ時刻に、スキー場入口にある事務所で、電話がけたたましく鳴った。週刊誌のマンガを読んでいたアルバイト学生が出ると、男の声が、いきなり、「私は、長野県警の前島刑事だ」と、叫んだ。

「横浜の辻芳夫夫婦が、そっちに行っているはずだ。すぐ、事務所に呼んで、われわれが行くまで、そこに引き止めておいてくれ」

「すぐ呼べったって、今日は、やっと晴れたんで、二千人近いスキーヤーが押しかけてるんですよ。顔もわからないのに、どうやって連れてくるんです？」

「マイクがあるだろう、マイクが。それで呼び出すんだ。横浜の辻芳夫夫婦だ」

「しかし、ゲレンデのまん中にある小屋へ行って放送しないと、ゲレンデ全部には聞こえませんよ」

「じゃあ、早く、そこへ行って放送しろ！　人間の命がかかっているんだ！」

電話が切れると、学生は、「なんだ、怒鳴ってばかりいやがって」と、舌打ちをして、また、週刊誌を取りあげた。が、人間の命がかかっているという言葉が、やはり気になった。それに、相手が、県警の刑事だということもである。後がうるさいなと思った。二、三分、まごまごしてから、毛糸であんだ帽子を、長髪の上にちょこんとのせて、事務所を出た。

12

リフトは、辻夫婦の番になった。絹代が先に乗り、辻が、次に乗った。

リフトが、ゆっくりと動き出すと、絹代は、うしろをふり向いて、夫に話しかけた。

「うまく滑れるといいんだけど」

「いつだって、君は、僕よりうまく滑るじゃないか」

と、辻芳夫は笑った。

毎年、ここに来るたびに、妻の絹代は、心配そうに聞くのだ。去年みたいに、うまく滑れるかしらと。そして、いつも、彼女のほうが、辻よりもうまく滑る。

「いつまで、ここにいるの？」

絹代は、若い娘みたいに、足をぶらぶらゆすりながら聞いた。

「君がいたいだけいるよ」

「嬉しい。ああ、Mさんの奥さんに、お土産を買って帰るっていっちゃったんだけど、何がいいかしら？　鳩車がいい？　それとも、野沢菜がいい？」

絹代は、何気なく聞いたのだがとたんに、今まで明るい顔で応答していた辻が、ふいに、暗い眼をした。

「Mさんの奥さんに、ここへ来ることを話したのか?」

「いけなかったの?」

絹代が、どぎまぎして聞き返したときである。

鋭い銃声が、周囲の空気を引き裂いた。

続いて、もう一発。

その二発の弾丸は、正確、冷酷に、辻芳夫と、妻の絹代の胸に命中した。

二人の身体は、悲鳴を残して、リフト上から、七、八メートル下のスロープに転落し、真っ白な雪面を、たちまち血で朱く染めていった。

そのときになって、やっと、間のびしたアナウンスが、ゲレンデに流れた。

〈横浜の辻芳夫さんと奥さん。横浜の辻芳夫さんと奥さん。急用がありますから、事務所までおいでください。横浜の辻芳夫さんと奥さん——〉

第五章　非常線

1

長野県警の二人の刑事が、上ノ平スキー場に駆けつけたとき、辻夫婦の死体のまわりには、スキーヤーが、黒山の人垣をつくっていた。

「どいてくれ！」

と、二人の刑事は、押しのけるようにして、人垣の中に入っていった。二人とも、守るべき人間を殺してしまったことに自分自身で腹を立てていた。

年長の前島刑事は、雪の上にしゃがんで、二つの死体を調べていたが、

「二人とも銃で射たれている。すぐ、県警本部に連絡して、非常線を張るようにいってくれ！」

と、同行した米山刑事に向かって、甲高い声で叫んだ。

米山刑事が、雪に足を取られてよろけながら、電話のある事務所に駆け出した。

あとに残った前島刑事は、雪にしみ込んだ血痕を、手ですくいあげてみた。すでに、血は乾いている。

「この中に、銃声を聞いた人はいますか？」

と、前島刑事は、立ち上がって、人垣を見回した。

「おれ、聞いたよ」

と、すぐ、背のひょろりと高い若者が手をあげた。二十一、二歳で、最新流行の宇宙服スタイルのスキー服を着ている。

「くわしく話してくれませんか」

と、前島刑事は、相手を見つめた。

「お、おれはさ」

と、若者は、自分に注がれているほかのスキー客の眼を意識してか、かたくなり、ちょっと、どもった。

「この二人の次にリフトに乗ったんだよ。リフトが動いている間、二人で、何かぺちゃくちゃしゃべってたなあ。そしてさ、まん中くらいまで来たとき、いきなりバァーンと、銃声が聞こえたんだ。続いて、もう一発さ。とたんに、おれの前に乗ってたこの二人が、まっ逆さまに落ちてったんだ」

「銃声は、どっちから聞こえてました？」

「たしか、右手のほうだったよ」

と、若者は、白樺林の方向を、指さした。

彼のほかにも、四、五人の男女が、二発の銃声を聞いたといった。彼らは、みな、同じように、右手の白樺林から銃声が聞こえたと証言した。

前島刑事は、雪を蹴散らしながら、彼らの指さすほうに歩いて行った。見物人たちが、ぞろぞろとついて来そうになるのを、あわてて、「来ないでください」と、押しとどめた。無責任な野次馬に、現場を荒らされてはかなわない。

白樺林のところは、スキーのシュプールも、人影もなかった。が、上から下へ、深い足跡が、積雪の中にきざまれているのが見つかった。よく見ると、その足跡は、中途で止まってから、また、下へ向かってついている。スロープのまん中までは、一つ一つ、きれいな足跡がついているが、そこから下への足跡はかなり乱れている。身体が滑ったのか、幅一メートル、長さ五、六メートルの浅い溝になっている部分もあった。あわてておりたのだろうか。

前島刑事は、中途にあるコブのところへ歩いていった。コブのかげに、明らかに、人間が腰を下ろしていたと思われる雪のくぼみが見つかった。

眼を光らせて、周囲を探し回った前島刑事は、近くの雪の中に、二個の薬莢《やっきょう》を発見した。

刑事は、ハンカチを取り出し、その薬莢をていねいに包んだ。

明らかに、犯人は、ここから辻夫婦を狙撃したのだ。

前島刑事は、犯人がそうしたであろうように、コブのかげに身体をかがめて、リフトのほうに視線を走らせてみた。

ここが、リフトの人間を狙撃するのに絶好の位置だということは、すぐわかった。

コブによって、身体はかくれるし、逆に、リフトはよく見える。そのうえ、今は、太陽が背中の方角にあるので、リフトの人間はよく見えるが、向こうからはこちらが逆光になるはずだ。また、近くの斜面は、凹凸がはげしく、ところどころに熊笹が顔を出しているので、スキーヤーが近づいてくる心配もない。

前島刑事が、死体の傍に戻ると、電話連絡の終わった米山刑事が、雪をはねあげながら、駆けあがって来た。

「本部では、ただちに非常線を張るそうだ」

「間に合えばいいがな」

「大丈夫だろう。ただ、東京の刑事さんが、県警本部に到着したらしい。あの夫婦が死んじまったと聞かされたら、渋い顔をするだろうな」

十津川は、長野県警本部に着いたところで、辻事務長《パーサー》と、妻の絹代が、リフト上で射殺されたのを知らされた。

2

その瞬間、十津川の猫背の身体が、いっそう猫背になったように見えた。

また、カゼがぶり返したみたいな気がして、十津川は、ハンカチを取り出して、洟《はな》をかんだ。左手の古傷も痛んできた。

「それで、犯人は？」

と、十津川は、県警本部の刑事部捜査一課長に聞いた。

「残念ながら、まだ、見つかっていません。現場付近には、二千人近いスキー客が出ているので、その一人一人を職務質問することは、実際上、不可能です。犯人について、名前はおろか、身体的な特徴もわかっていないのですから」

最後の言葉は、十津川には、何となく、自分たちに対する非難のように聞こえて仕方がなかった。確かに、県警の捜査一課長のいうとおりなのだ。犯人の人相も、名前もわからずに、二千人もの人間を訊問はできまい。

「しかし、ご安心ください」

と、県警の捜査一課長は、十津川と亀井刑事に向かって微笑して見せた。

「現場からの報告と同時に、野沢温泉に通じるすべての道路に検問所を設けました。必ず、引っかかるはずです」

捜査一課長は、黒板に野沢温泉付近の地図を描いた。

「ご覧のように、野沢温泉から外へ出る道路は、県道一本しかありません。といっても、野沢温泉は、この県道の中間にあるので、犯人は、北と南の両方へ抜けられるわけです。北へ出れば、上境《かみさかい》で、国道一一七号へ出ます。南へ出れば、飯山市へ抜けるわけです。現在、県警の全パトカーと、三十人の警官を動員して、上境と、飯山市の二つの出口に、検問所を設置してあります」

「県道を使用せずに、野沢温泉から抜け出す方法はないですか？」

十津川が聞いたのは、飯山市も、国道一一七号線も、野沢温泉の西側にあり、東側が、広い空白になっていたからである。

県警の課長は、そんな十津川の不安を察したらしく、

「こちらの東側は、標高千メートル前後の山が連なっていて、車が通れるような道は、一本もありません」

「車を使わずに、徒歩で山越えをしたらどうですか？」

「まず不可能ですな。今年は、例年になく雪が多くて、このあたりは、二メートル以上の積

雪です。不十分な装備で山越えをしようとすれば、遭難は必至ですよ。ですから、私がいった県道を、北か南へ向かう以外に野沢温泉から抜け出す方法はないはずです」

課長は、自信にあふれた声でいった。現地の地理にくわしい人がいうのだから、まず、間違いはないだろう。

「時間的な問題は、どうですか？」

と、十津川は、腕時計に眼をやった。

「時間的問題といいますと？」

「辻夫婦が射殺された正確な時刻は、何時ですか？」

「九時三十二分。ほぼ、この時刻に間違いはないと思います。違っていても、前後、二、三分でしょう。われわれは、上ノ平スキー場の事務所に、辻芳夫夫婦をマイクで呼び出してくれと頼みました。結果的に、これは間に合わなかったんですが、係員は、時計を見てから、呼び出しの放送を行ないました。その時刻が、九時三十二分なのです。現場にいたスキーヤーの証言では、二人が射たれた直後に、放送を聞いたということですから、狙撃の時刻は、九時三十二分と考えて、まず間違いないでしょう」

「それで、飯山市と上境の二カ所に検問所が設けられた時刻は？」

「長野市に近い南の飯山市は、午前十時。遠い、北にある上境は十時二十分です」

「その間に、犯人が、車で抜け出してしまったということは、考えられませんか？」

「大丈夫です。まず、南の飯山市のほうですが、野沢温泉から、ここまでの県道の長さは、約十二キロですが、積雪で、極度に渋滞しています。犯人が、車で飯山市に出るにしても、四十分以上かかるはずです。従って、われわれが検問所を設ける前に、この口から脱出した可能性は、全くないと考えてよろしいと思います。問題は、北の出口です。野沢温泉から上境までは、三キロ弱しかありません。積雪による渋滞を考慮しても、二十分あれば、車で上境に出られます。それで、われわれとしては、事件発生の報告が入ると同時に、上境派出所の警官に、北の出口を封鎖させました。野沢温泉の方角から来る車は、すべて、止めておけと命令を出しました。十時二十分に、ここに検問所が設けられるまで、強行突破して逃走した車は一台もありません。つまり、犯人と車は、まだ、網の中にいるわけです」

県警の一課長は、自信のある声でいった。

しかし、十津川は、不安が消えなかった。

確かに、犯人が車で逃げようとすれば、二カ所の検問所で引っかかるだろう。問題は、いぜんとして、犯人像がつかめていないことである。従って、検問のとき、何を基準にしていいかわからないのではあるまいか。

車から、M16小銃が見つかれば問題はない。だが、犯人が、現場近くに銃を捨ててしまっていたらどうだろう。車のナンバーも、人相も、服装もわからないのでは、むずかしい。挙《きよ》動不審《どうふしん》の人間を、といっても、あまりにも漠然としすぎている。黒の中古のカローラといっても、一台だけとは限るまい。

（むずかしいな）

と、思ったが、十津川は、口には出さなかった。長野県警を信頼していないように受け取られるのが怖かったからである。その代わりに、亀井刑事と二人だけになったところで、

「カメさん。君は、どう思うね？　うまくいくと思うかね？」

と、聞くことで、不安を表現した。

亀井刑事は、しばらく考えていたが、

「野沢温泉付近の地形は、あの課長の説明のとおりです。深い積雪の中を、犯人が車を捨てて山越えしたとは思えません。そんなことをすれば、凍死するのがオチでしょう。ですから、車で検問を突破するよりほかないと思いますが、そこで、捕まえられるかどうかが、問題ですね。小銃を捨ててしまっていれば、ほとんど、犯人を見分けるものがないわけですから」

と、十津川と同じ不安を口にした。

3

飯山市に近い検問所では、県警捜査一課の小笠原巡査部長が、指揮に当たっていた。先祖が、小諸《こもろ》藩の家老だったという小笠原は、まだ三十代の後半だというのに、あごひげを生や

し、それが、彼のいかつい顔を、古武士のように見せていた。

パトカー三台を、ジグザグに並べ、十二名の警官が、検問に当たった。従って、通過する車は、検問所を強行突破しようとしても、ジグザグに走らなければならない。

小笠原巡査部長も、この検問のむずかしさを自覚していた。顔写真もなく、犯人を見つけ出そうとするのは、綱渡りに似た仕事である。

だが、小笠原は、自信を持っていた。相手は、二人の人間を射殺して逃げてくるのだ。どんな殺人鬼でも、どこか挙動がおかしいはずである。

十三年間の刑事生活の中で、小笠原は、八人の人間を殺した凶悪犯にぶつかったことがある。冷酷無比な男だったが、それでも、小笠原と向かい合ったとき、犯人は、額にべっとりと脂汗を浮かべていたのを覚えている。今度の狙撃犯人だって、検問にあえば、挙動に不審な点が現われるはずだ。

野沢温泉から、飯山市への県道は、久しぶりに顔を見せた太陽のため、積もった雪が溶けだして、ベタベタにぬかっていた。そのための渋滞がはげしいところへ、検問が始まったので、渋滞は、いっそうひどいものになった。

野沢温泉から来る車は、スキーシーズンに入っているために、かなりの量だった。

小笠原は、検問の対象を、乗用車に限定しなかった。観光バスでも、オートバイでも、トラックでも、すべて、厳重に調べるように、部下の警官に命令していた。犯人は、黒の中古のカローラを運転している模様という情報が入ってはいたが、いつまでも同じ車を運転していると考えるのは馬鹿げていると、小笠原は考えたからである。同じ車を乗り回していることが危険なことぐらい、まともな頭の持ち主なら、気づくはずだ。車で逃げる犯人というやつは、途中で次々に、車を盗んでは乗りかえていくのが常識である。黒の中古カローラにしても、たぶん、盗難車のはずだ。

小笠原は、一台一台の検問に立ち会った。

最初は、若いアベックのスポーツカーだった。

「免許証！」

と、若い警官が大きな声でいった。怒っているのではなく、相手がライフル魔ということで、極度に緊張して、そのために、こわばった声になってしまうのだ。

若い女のほうは、面白がっていたが、男のほうは、ブツブツと口の中で文句をいった。

免許証をチェックし、車検証を見、空席を調べ、トランクをあけさせて、首を突っ込む。

最初は、ニコニコと協力的な運転手でも、トランクをあけるころになると、一様に不機嫌になった。

スキーを入れた袋《ケース》も調べなければならないから、一台に時間がかかる。検問を待つ車の列は、どんどん長くなった。いらいらした運転手が、いやがらせにクラクションを鳴らしたりすると、若い警官などは、よけい、神経質《ナーバス》になるのだ。気の短い運転手と、激しい口論になったりもした。

十六台目の車が、免許証の提示を求めたとたんに、逃げ出した。車体を、止めてあるパトカーにぶつけながら、必死で検問を突破した。

あわてて身をよけた警官が、引きつったような顔になって、拳銃をぶっ放そうとした。

小笠原は、怒鳴りつけるようにしてそれを止めると、一台のパトカーに追跡させ、検問のほうは続行させた。

結局、逃走した車は、五百メートル走ったところで、パトカーに追いつめられ、乗っていた若者三人が逮捕された。いずれも、東京の十八歳から二十歳の若者で、スキーやりたさに、路上駐車していた車を盗んで、三日前、野沢温泉にやって来たのである。もちろん、車のどこからも、小銃《ライフル》は発見されなかった。

午前十一時を回ったが、犯人と思われる人間は見つからなかった。小銃《ライフル》を積んだ車もである。

上境《かみさかい》に設けられた検問所のほうからも、犯人が見つかったという連絡は入ってこない。

次第に、焦燥感に捕われるのは、こんな時間である。ベテラン刑事の小笠原でも、通過させてしまった車の中に、犯人がいたのではあるまいかといった疑心暗鬼におちいったりする。

県警本部からは、ひっきりなしに「まだか？」という電話が入ってくる。本部のほうも、いらだっているのだ。

十二時になった。部下には、交代で昼食をとるようにいったが、小笠原自身は、休まずに、検問の指揮に当たった。一台でも、自分が見ていない間に通過させるのは、不安だったからである。

五十何台目かの乗用車が、小笠原の前に進んできた。彼の眼が光ったのは、その車が、東京ナンバーで、黒のカローラだったからである。しかも中古車だった。

運転しているのは、二十五、六歳の男だった。

「免許証を」

と、小笠原は、車の中をのぞき込んだ。助手席にも、リアシートにも、不審なものはのっていない。

男は、煙草をくわえたまま、無表情に、免許証を差し出した。

「吉田孝夫さんですね」

小笠原は、免許証の写真と、男の顔を見比べた。間違いなく、同一人である。次に、車検証を見たが、住所、氏名も、免許証のそれと同じだった。

(これも違うか)

と、小笠原は、内心、がっかりしながら、屋根に積んであるスキーケースに眼をやった。車検証と免許証が同じだということは、盗難車ではない証拠と考えられたからである。

最後に、後部のトランクをあけた。

予備のタイヤと、寝袋が、まず、眼に入った。その寝袋をどけたとき、その下から、灰色の布に包んだ細長い品物が現われた。

それを持ち上げたとき、ずっしりとくる重さに、小笠原は緊張した。

ゆっくりと、布をめくっていく。最初に見えたのは、鈍く光る銃身だった。猟銃ではない。明らかに、県警本部で、参考のために写真を見てきたM16小銃の銃身だった。

運転手にちらりと眼をやると、男は、平然として、煙草を吸っている。

小笠原は、思わず生ツバをのみ込んでから、眼で、部下の警官に、集まるように指示した。

三人の警官が、小笠原の傍に来た。

「捕えろ」

と、小笠原は、押えた声で命令した。

「最初に、車のキーを取りあげるんだ」

一人の警官が、運転席に近づくと、開いた窓から首を突っ込むようにして、

「もうすぐ終わりますよ」

と、笑いかけ、男が、うなずいた瞬間、いきなり手を伸ばして、ささっていたキーを引き抜いた。

同時に、助手席側のドアをあけたもう一人の警官が、

「動くな。逮捕する!」と、叫んだ。

4

犯人逮捕の知らせは、県警本部で、じっと待っていた十津川を小躍りさせた。

長野県警を信用しなかったというのではないが、狙撃犯人が、検問に引っかかる可能性は、よくて五〇パーセントぐらいだろうと踏んでいたからである。

小笠原巡査部長は、さっそうと帰って来た。紅潮した顔に、あごひげが、いつもより似合っている感じだった。

「やあ、おめでとう」

と、県警の一課長は、部下をねぎらって、声をかけた。

小笠原は、布にくるんだ小銃、手袋、小さなボール箱を、机の上に並べた。十津川と亀井刑事も、それをのぞき込んだ。

「犯人は、調べ室に入れて来ました」

と、小笠原は、説明した。

「どんな男です？」

と、十津川が聞いた。

「名前は、吉田孝夫。免許証によると、住所は、東京世田谷《せたがや》になっています。年齢は二十五歳ですな」

「スキー場での殺人を認めましたか？」

「いや。まだ、頑強に否定しとります。この小銃《ライフル》についても、なぜ、トランクに入っていたのかわからんと、とぼけております。だが、これだけ、証拠が揃っとりますからな」

小笠原は、ニヤッと笑い、一つ一つを手に取って、

「この小銃《ライフル》は、後部トランクのタイヤと寝袋の下にかくしてありました。その近くから、このボール箱と軍手が出て来たわけです。ご覧のとおり、箱の中には、実弾十発が入っております。また、手袋をかいでみましたら、かすかに煙硝の匂いがしました。たぶん、この手袋をはめて、銃を射ったに違いありません」

十津川は、その白い手袋を手にとって、かいでみた。確かに、かすかに煙硝の匂いがする。小銃も、間違いなく、M16小銃だった。

手袋をはめて、小銃を手に持った。手応えのある重量感は、本物だけが持つ独特のものである。M16小銃は、一発ずつ射つことも、連射もできる構造になっている。調べてみると弾丸は四発、射たれていた。大井川鉄橋の佐藤一等航海士、それに、今日の辻夫婦で、実際には三発しか使用されていないが、あとの一発は、試射でもしたのだろう。

「それで、検問は中止したのかね？」

と、一課長が聞くと、小笠原は、首を横にふって、

「万一を考えて、飯山市の検問も、上境口の検問も、続行させております」

と、胸をそらせた。

「それはよかった」

と、いったのは、十津川である。今度の事件が、単独犯と決まったわけではなかったからだった。もし、共犯がいれば、検問の廃止は共犯者を逃亡させてしまうことになる。

だが、夕方になっても、両方の検問所から、挙動不審の人間なり車なりが現われたという報告は入ってこなかった。

十津川は、県警の刑事が訊問したあと、調べ室に入って、吉田孝夫という男に会った。

向かい合って腰を下ろしたあと、十津川は、しばらくの間、黙って、相手の顔を見つめた。

黒いトックリセーターの上から、茶色の皮ジャンパーを着ている。胸に下がっている十字架のネックレスは、べつに、信仰とは関係なく、一つのアクセサリーだろう。背が高い男である。いらいらしたように、煙草を吸っていたが、「あんたねえ」と、がさがさした声で、十津川にいった。

「おれをいったい、どうする気なんだ？　ライフルがどうのこうのっていってるけど、おれには、全然、覚えがないんだからな。早く帰してくれよ。明日から会社に出なきゃならないんだ。だから、今日中に、東京に帰らなきゃならないんだよ。こいつは、不当逮捕だぞ」

「まあ、落ち着いて」

と、十津川は、自分も、煙草をくわえて、火をつけた。

「落ち着けるかよ。こんなところで」

吉田孝夫は、灰皿に、ごしごしと吸い殻を押しつけた。

「吉田孝夫。二十五歳。東京都世田谷区○○町×丁目。これに間違いないね?」

「ああ。そのとおりだよ。前の刑事さんにいったことを、どうして、何度も繰り返させるんだい?」

「そいつは、悪かったね。こちらとしては念には念を入れたいんでね。ところで、君の車のトランクから出たM16小銃だが――」

と、十津川がいいかけると、吉田孝夫は、顔を真っ赤にして、

「おれは、あんなものを見たことも、持ったこともないんだ。なぜ、トランクに、あんなものが入っていたのかさえ、おれにはわからないんだ」

「しかし、銃がひとりで車のトランクに入りはしないだろう? おまけに、手袋や弾丸もだ」

「じゃあ、誰かが、おれを罠《わな》にはめようとしたんだ。おれにだって、敵がいるからね。野沢温泉で引っかけた女の恋人かもしれないしよ」

「女を引っかけた?」

「ああ、そうさ。名古屋から来た女の子だよ。ボーイフレンドが一緒だったが、これが、ス

キーのへたくそな奴でさ。女のほうが、面白くなさそうな顔をしてたから、おれが、ちょっと、手ほどきをしてやったんだ。お尻の大きな可愛い女の子だったよ」

吉田孝夫が、ニヤッと笑った。ふと、十津川は不安になった。この男は違うのではないかという疑心暗鬼に捕われたのだ。だが、一方で、この男は、とぼけているのだという気もした。M16小銃のような銃が、そうたやすく手に入るはずはなかったし、とにかく、この男の車から、銃と、弾丸と、煙硝の匂いのする手袋が発見されたのである。

「野沢温泉にいたことは認めるんだな？」

「もちろん、認めるさ。スキーをしに、あそこに行ったんだから」

「今日の事件は、知っているかね？」

「見たわけじゃないよ。だけど、人が射たれて死んだっていうのは聞いたよ。だが、おれじゃないぞ。おれは、空気銃しか射ったことがないんだから」

「今日の午前九時三十二分に、どこで何をしていたかいえるかね？」

「さっきも聞かれたけど、覚えてないよ。しかしさ、今日は、一度も、上ノ平スキー場には行かなかったんだ。今もいったように、今日中に東京へ帰らなきゃならないからだよ」

「じゃあ、今日、起きてからのことを話してみたまえ。何という旅館へ泊まったのかね？」

「旅館になんか泊まるもんか。車の中で、寝袋にもぐって寝たんだ。今朝は、起きたのが十時ごろだったかな。昨日、さっきいった女の子と遊んで疲れちまったもんだからね。もう年だよ、おれもさ。それで、起きてから、近くの食堂へ行って、めしを食ったんだ。そのとき、食堂のオヤジが、上ノ平で人が殺されたとかいってたけど、おれは、気にしなかったね。おれに関係ないもんな。それから、車に乗って、東京へ帰ろうとして、捕まっちまったんだ」

「何という食堂だね？」

「名前は覚えてないな。覚えてるのは、店の前に、大きな鳩車が、かざってあったことぐらいさ。オヤジは、六十ぐらいで、頭の禿《は》げた男だよ」

「朝食をとった正確な時間は、覚えていないのかね？」

「起きたのが十時ごろだったのは確かさ。だから、食堂に入ったのは、十時半ごろだな。アリバイは、ちゃんとあるんだ。あそこのオヤジだって、ちゃんと証明してくれるさ」

「必要なのは、九時三十二分のアリバイなんだよ。十時半に、野沢温泉の食堂にいたからといって、九時三十二分に、上ノ平の殺人現場にいなかったという証拠にはならないからね。君が、九時三十二分に、上ノ平のスキー場で、殺人を犯し、野沢温泉へ下りて来て、食堂に入ったといえないこともない」

「じゃあ、おれは、どうすればいいんだ？」

　吉田孝夫は、眼をむいた。また、十津川は不安になった。眼の前にいる男は、単純で、感情の起伏の激しい平凡な若者に見えて仕方がないからである。こんな男に、何人もの人間が殺せるものだろうか。大井川鉄橋の殺人事件にしても、今度の事件にしても、冷酷な、計算された殺人のように思える。この青年に、それだけの冷静さがあるだろうか。

十津川は、急に、亀井刑事に訊問を代わってもらって、調べ室を飛び出した。

5

「どうなさったんです？」

廊下で出会った小笠原巡査部長が聞いた。十津川が、それだけ、あわてた様子を見せていたのだろう。

「検問は、まだ続けられていますか？」

と、十津川は聞いた。

「ええ、一応、あの吉田孝夫が自供するまで、続けるつもりですが。彼が、自供したんですか？」

「いや。どうも不安になりましてね」

「何がです？」

「それがはっきりしないので困っているのです。申しわけないが、検問所まで連れて行ってくれませんか」

「かまいませんが、いったい、どうなさったんです？」

小笠原は、苦笑していた。M16小銃《ライフル》が見つかり、犯人と思われる男が逮捕されたのに、何を不安がっているのかと、不審なのだろう。

「とにかく、案内してください」

十津川は、頑固にいった。

小笠原巡査部長が、自分でパトカーを運転して、飯山市の検問所へ案内してくれることになった。あまり乗り気でないようなのは仕方がない。午後の陽射《ひざ》しが、雪に反射して眩しい中を、二人を乗せたパトカーは、県警本部を出発した。

「あの男に、ちゃんとしたアリバイでもあったんですか？」

と、運転しながら、小笠原が聞いた。

「いや。彼は、自分でも、午前九時三十二分のアリバイのないことを認めましたよ」

「じゃあ、十中八九、犯人に間違いないんじゃないですか」

「だが、どうも、犯人のイメージと合わない」

それが、非科学的とわかっていたから、十津川は、小さい声でいった。殺人犯に、特定のイメージがあるわけがないことは、十津川も知っている。殺人犯が逮捕されると、たいてい顔見知りの人間は、「あの人が、人殺しだったなんて」と、驚くものなのだ。

だが、今度の場合だけは、少し違うと、十津川は、感じていた。あの吉田孝夫という若者に、今度のような連続殺人が実行できるとは思えないのだ。じっと辛抱強く獲物を待ち、冷静に狙って、一発で仕止めるような犯罪はである。

「小銃《ライフル》や、弾丸は、鑑定に回しましたよ」

と、小笠原巡査部長は、あくまで、楽観的な調子でいった。

「こっちのほうは、まず、事件に使われた凶器に間違いないでしょうがね」

「私も、それには賛成ですよ」

と、十津川も、うなずいた。だからこそ、不安でもあるのだ。検問が設けられていれば、車のトランクを調べられることぐらい子供でも予期するだろう。それなのに、布に包んで、寝袋の下にかくしたぐらいで、平気で検問を受けたというのは、考えてみれば、神経を疑いたくなってくることではないだろうか。それとも、一斉検問など実施していまいとタカをくくってやって来て、検問にぶつかってしまい、今さら逃げもできず、知らぬ存ぜぬを決め込んだのか。吉田孝夫という男を犯人とすれば、考えられるのは、その線だが、十津川には、どうもしっくり来ない。

「それから、二人の遺体は、大学病院に解剖のために送られました。また、雪の中から、弾丸が二発、発見されたそうです。近距離から射たれたので、弾丸は、体内を貫通してしまったのですな。この弾丸も、鑑定に回されるはずです」

小笠原は、信号で止まったとき、あごひげをしごきながら、十津川にいった。

「吉田孝夫の身元照会は？」

「もちろん、すでに、東京の警視庁に連絡して、やっていただいておりますよ。ついでに、あなた方が、こちらに到着されたことも、知らせておきました」

「それはどうも」

十津川は、礼をいいながら、腕時計に眼をやった。

すでに、午後二時である。あの吉田孝夫が犯人なら何時になろうとかまいはしない。連続殺人事件は、解決したからである。

(だが、あの男が、犯人でなかったら?)

真犯人が、自分の身代わりを作るために、東京ナンバーの、しかも、黒の中古カローラを見つけて、その車のトランクに、凶器のライフルを投げ込んでおいたのだとしたら、どうなるのか?

問題は、真犯人を取り逃がすというだけのことではすまなくなってくる。

もう一人の生存者、小島水夫長《ボースン》のことがあるからだ。十津川たちが、身代《ダ》わり《ミー》に引きずり回されている間に、真犯人は、また、先回りをしてしまう可能性が十分にある。

二時二十五分、飯山市の検問所に到着した。

小笠原巡査部長のいうとおり、検問は継続されていた。

しかし、十津川の鋭い眼は、検問に当たる警官たちの間の緊張感が、少しゆるくなっているのを見逃さなかった。無理もないのだ。すでに、凶器と、それをかくしていた車は発見されて、あとの検問は、いわば、フロクのようなものだからである。まして、雪どけのグジャグジャになった道路での検問は、辛い仕事だ。どの警官の服も、はねた泥水で汚れている。そして寒い。濡れた服はいっそう冷たいだろう。

「怪しい車なり、人間は見つかったか？」

と、小笠原が声をかけると、

「あれ以来、それらしい車は一台も通りません。現在までに、ここを通過したのは、乗用車百十六台、バス十三台、トラック九十八台、オートバイ五十七台、それに自転車が三百六十九台ですが、どれも問題はありませんでした」

メモを見ながら、ヘルメット姿の警官が報告した。小笠原がうなずくのへ、十津川が割り込む形で、

「その中に、東京ナンバーの黒いカローラはありましたか？」

と、聞いた。

「ありましたよ。東京ナンバーの車は、意外に多かったうえに、カローラがまた多い車ですからね」

「もう一つの検問所のほうは、どうです？」

「上境《かみさかい》とは、絶えず連絡をとっていますが、向こうも、異常はないようです」

「これで安心されましたか？」

と、小笠原が、十津川に聞いた。正直にいって、十津川は、安心はしなかった。むしろ、不安がいっそう高まったといっていいだろう。犯人が、凶器を持っていなければ、検問で引っかかる可能性は、少ないからである。

「本部へ戻りますか？」

と、小笠原が聞くと、十津川は、

「できれば、犯行現場と、野沢温泉を見たいですね」

と、不精ひげでざらつく顔を、両手でなでた。

二人は、また車に乗り、野沢温泉へ向かった。

十津川は、眼を閉じ、考えに沈んだ。小笠原巡査部長のほうも、十津川の不安が感染したのか、急に、口数が少なくなってしまった。

雪どけの県道は、相変わらず渋滞している。野沢温泉に着いたのは、三時を過ぎていた。

車を止めて、降りてから、小笠原が、

「車の中で、何を考えておられたんですか？」

と、聞いた。

「時間のことです」

と、歩き出しながら、十津川が答えた。

「時間といいますと？」

「われわれが、今、時間を有効に使っているのか、それとも、無駄に浪費しているのかということです」

十津川がいったが、小笠原は、首をかしげただけだったし、十津川のほうも、べつに、それ以上の説明は加えなかった。

温泉街を歩いて行くと、大きな鳩車の飾りをつけた食堂が見つかった。土産物店にはさまれる形で「レストラン鳩車」の看板が見えた。レストランとは書いてあるが、大衆食堂である。ガラス戸越しに店の中をのぞくと、奥に、料理を作っている太った主人がいた。吉田孝夫の証言どおり、六十歳ぐらいで、頭の禿げた男である。食堂に関する限り、あの男は、嘘《うそ》はついていなかったのだ。

二人は上ノ平スキー場へ向かった。

ゲレンデの入口にある事務所をのぞくと、県警の前島刑事が、学生風の若い男を訊問しているところだった。

前島刑事は、二人にあいさつしてから、

「リフトの係の××君です」

と、若い男を紹介した。

「アルバイトの大学生ですが、犯人と思われる男を見たというのですよ」

「本当かね？」

と、十津川と小笠原巡査部長が、ほとんど同時に聞いた。学生は二人に向かって、

「犯人かどうかは、わかりませんよ。ただ、午前八時過ぎにね、中級者用リフトの上にいて、妙な男を見たんですよ。リフトをのぼって来たら、みんなとは反対方向の白樺林に歩いて行ったんです」

「狙撃は、その白樺林から行なわれています」

と、前島刑事が、説明した。

「その男の服装や年齢は？　人相も覚えているかね？」

たたみかけるように、十津川が聞くと、学生は、「ちょっと、待ってくれませんか」と手をあげてから、

「大きなサングラスをかけてたんで、人相はよくわかりませんでしたね。年齢は、二十五歳くらいだったかな」

「服装は？」

「茶色のジャンパーを着ていたような気がしますね。あるいは、スキー服だったかもしれない。それにスキーを入れたケースをかついでいましたよ」

「背の高さは？」

「僕と同じくらいだったから、一七五センチといったところかな」

「ちょっと立ってくれないか」

十津川は、相手を立たせ、自分と比べてみた。かなり高い。が、今の若者たちの間では、平均的な身長であろう。

「銃声は聞いたかね？」

「ええ。聞きました」

「そのあとで、その男に会ったかね？」

「いや。会いませんよ。あの男が、犯人だったんですか？」

「たぶんな」

と、十津川はいった。

茶色のジャンパーと、背の高さは、吉田孝夫に合致している。年齢も。だが、その三つが合致する若者はいくらでもいるのではないだろうか。今年の冬は茶色が流行色とも聞いている。

このあと、十津川は、前島刑事に、殺人現場である中級者用リフトに案内してもらった。彼自身も、靴をはきかえて、リフトに乗り、白樺林や、薬莢《やっきょう》が発見された辺りも歩いてみた。

だが、吉田孝夫が犯人だという確証はつかめなかったし、違うという反証もつかむことはできなかった。

6

夕方になって、東京の警視庁から、長野県警に、吉田孝夫に関する報告がもたらされた。野沢温泉から戻っていた十津川も、その報告を聞いたが、彼の不安を晴らしてくれるようなものではなかった。

吉田孝夫　二十五歳
現住所　東京都世田谷区〇〇町×丁目
本　籍　札幌市豊平三丁目

当該人は、札幌市立H大を二年で中退後、上京、M無線、T鋼材などで事務関係の仕事についたあと、新宿三丁目のK不動産のセールスマンとして働き現在に至っている。仕事ぶりは、可もなし不可もなしで、職場での評判は悪くはない。会社には、三日間の休暇届けを出して、スキー場に出かけている。野沢温泉に行くことは、同僚に伝えている。趣味は、スキー、車の運転、麻雀。銃の射撃を練習した形跡はない。

第一日本丸の生存者については、会社で話題になったことがあるが、吉田孝夫が、六人と、何らかの意味で関係があるという証拠はない。

（うまくないな）

と、十津川は思った。が、それは口にしなかった。県警の刑事たちも、彼と同じ気持ちに襲われているに違いなかったからである。なにも、好んで落胆を重ね合わせる必要はない。

「カメさん」

と、十津川は、亀井刑事を、小声で呼んだ。

「ここは県警に委せて、われわれは、東京に帰ろうじゃないか」

「やはり、あの吉田孝夫は、シロとお考えですか？」

「たぶんな。あの男のいうとおり、犯人が、凶器を彼の車のトランクに放り込んでおいたというのが真相じゃないかな」

「すると、犯人は、検問の網からすでに逃げたと？」

「凶器を持たない犯人じゃあ、検問に引っかからないだろう。とにかく、あとのことは県警に委せて、われわれは出直しだ。もし犯人が、網から逃げたとすると、次に狙われるのは、小島水夫長《ボースン》だからな。これ以上、後手に回りたくはない」

十津川は、県警の捜査一課長や、ひげの小笠原巡査部長に礼を述べて、県庁内にある建物を出た。

車に乗り、亀井刑事の運転で東京に向かった。

十津川は、車の中でクシャンとやった。雪の長野に来て、また、カゼをぶり返してしまったらしい。だが、その顔は、意外に明るかった。こんなところも、タヌキとアダ名されるゆえんでもあるのだろう。

亀井刑事のほうは、自分たちの敗北を再確認しだすような苦い顔で、折りから降り出した粉雪に、ワイパーのスイッチを入れてから、

「ここまで来ながら、いぜんとして、犯人について、何もわからんのが癪《しやく》ですな」

「いや、そうでもないぞ。犯人は、いろいろと手掛かりに似たものを残してくれているよ」

と、十津川は、煙草を取り出し、手を伸ばして、運転している亀井刑事にもくわえさせた。

「しかし、まだ、名前も、住所も、職業も、わかりませんが」

「わからないことよりも、わかったことを考えてみようじゃないか」

と、十津川は、いった。悲観的な情勢のときは、楽観的になったほうがいい。そのほうが、冷静に事態を見られるというものだ。

十津川は、手帳を取り出し、いつものクセで、それに書きつけながら、亀井刑事に、自分の考えを説明した。

①犯人は銃に慣れた人間である。

上ノ平スキー場で、犯人は、辻夫婦を、ただの一発で射殺している。大井川鉄橋では、走ってくる車に向かって狙撃し、これも一発で射殺している。車は、時速八十キロか、それに近い速度で近づいてきていたはずだから、犯人はかなり射撃に自信があったとみていい。少なくとも、銃の扱いに慣れた人間であることは間違いない。

②犯人は、粘り強い性格である。

上ノ平スキー場で、犯人は、雪の中で辻夫婦を待った。たぶんM16小銃の凍りつくのを防ぐために、銃身を両手で温めながら。しかも、辻夫婦がリフトに乗るか乗らないかは断定できない状態でである。そこから、犯人の粘り強い性格を読みとることができる。

③犯人は、冷酷な性格である。

犯人は、宮本船長の場合を別にして、ほかの二つの殺人事件の場合、家族まで射殺したり、巻き添えにして殺している。

④犯人が乗っている車は、黒の中古カローラで、東京ナンバーである。

今まで、黒い中古車のカローラというのは、たぶんに推測の域を出ず、確証はなかった。しかし、犯人が、吉田孝夫の車に、凶器をかくして身代わりにしたことで、これは、まず、間違いないものになった。なぜなら、犯人は、自分の使っている車に似た車を、身代わりにするに違いないからである。従って、犯人が、今まで使用していた車は、黒の中古カローラで、東京ナンバーである。今も、犯人がこの車を使用している可能性はうすいが、野沢温泉周辺に、この車が置き捨てられていたら、何か手掛かりが得られるだろう。

「これに派生して、いろいろなことが考えられる」

と、十津川は、手帳を見ながら、確認する調子でいった。

「③の場合についていえば、犯人の冷酷な性格ということのほかに、犯人には、家族まで殺さなければならん理由があるということも考えられるし、それほど、憎悪が強いということも考えられる」

「しかし、大井川鉄橋の事件では、妻君のほうは、ただ単に、巻き添えで死んだということも考えられますが」

「だが、上ノ平では、犯人が、辻芳夫の妻君を、独立して狙撃しているよ」

「あれは、彼女が、犯人を目撃してしまったからではないでしょうか？」

と、亀井刑事が聞くと、十津川は、笑って、「それは違うね」と、言下に否定した。

「自分の夫が射たれたとき、妻君は、まず、夫のほうを見るものだよ。それに、私は、現場を見て来たが、リフトから犯人のいた場所は、あの時刻は、逆光になっているんだ。だから、たとえ見えたとしても、シルエットでしか見えなかったはずだ。つまり、犯人は、妻君のほうも殺す気で射ったのさ」

「しかし、宮本船長の場合は、まだ、妻君は無事ですが」

「そうだな。あのケースだけが特別なのか、考えてみる価値があるね。それに、犯人の動機を知りたい。なぜ、第一日本丸の六人の生存者を次々に殺そうとするのかだ」

「そうですな」

亀井刑事は、じっと、眼の前に広がる夜の闇を眺め、運転を続けていたが、ふと、

「犯人は、残った小島水夫長《ボースン》じゃないでしょうか」

「ほう」

十津川は、面白そうに、あごをなでた。

「なぜ、そう考えるのかね？」

「六人の間で、何か確執《かくしつ》があったんじゃないでしょうか。例えば、第一日本丸を沈没させ、多数の船員を失った責任を誰がとるかといったことについてです。そのとき、一人だけエリートコースにいなかった水夫長の小島と、ほかの五人との間に、陰湿な戦いが起きたんじゃないでしょうか。ほかの五人は、船医《ドクター》の竹田良宏をのぞいて、船長か、あるいは、船長になれる可能性のある人間です」

「つまり、コンプレックスからの殺人かね」

「船医《ドクター》の竹田良宏が、無事に脱出できたのは、船医という地位が、小島にとって、嫉妬《しっと》の対象にならなかったからじゃないでしょうか。それに、彼らが、次々に殺されながら、警察に保護を求めなかったのは、今いったように、彼らの間の責任のなすり合いが、殺人の動機だ

から。いけませんか、この考えは？」

「面白いが、感心しないねえ」

「やっぱり駄目ですか」

亀井刑事は、片手で頭をかいた。十津川は、そんな亀井刑事に、笑いかけた。

「第一、責任のなすり合いからの殺人なら、家族まで殺さんよ。それに、小島水夫長は、今、妻君と子供を連れ、ホンダシビックに乗って、日本のどこかにいるんだ。冷酷な殺人鬼が、家族連れというのも、何となくおかしいし、上ノ平スキー場のアルバイトの学生が目撃した男は、二十五歳前後だ。小島水夫長は、たしか、四十五歳だ。いくら若く見えるとしても、二十五歳には見えないだろう」

7

翌早朝、十津川たちは、どんよりとした曇り空の東京に帰り着いた。

二人の後を追いかける形で、辻夫婦の解剖結果が、長野県警から送られてきた。

辻芳夫（四十三歳）は、左胸部より背中に向かって弾丸が貫通し、出血多量により死亡と推定される。

妻絹代（三十五歳）は、同じく、左胸部より背中に向け弾丸が貫通。出血多量により死亡と推定される。

これらの所見から、辻夫婦は、身体をひねるようにして、リフト上で話し合っているところを狙撃されたものと思われる。

べつに、新しい発見はない。電話してきた県警の小笠原巡査部長も、それを意識してか、

「どうも、何の進展もなくて、われわれも弱っとります」

と、電話口で、十津川にいった。立派なあごひげに似合わない弱々しい声だった。

「吉田孝夫という男は、どうしています？」

「引き続いて、取調べを続けていますが、十津川さんのいわれたように、どうも、シロの線が強くなってきました」

「検問のほうはどうです？」

「今日の午前〇時に打ち切りましたが、収穫はありません。吉田孝夫がシロだとすると、残念ながらわれわれは、犯人を、取り逃がしたことになります」

「野沢温泉の周辺に、乗り捨てられた車は見つかりませんでしたか？」

「われわれも、犯人が車を乗り捨ててバスで逃げたのではないかと考えて、野沢温泉の周辺をシラミつぶしに調べてみたんですが、乗り捨てられた車は一台もありませんでした。黒の

「盗難車の届けもありませんか？」

「ありませんな」

妙だな、と、十津川は思った。乗り捨てた車もなく、車の盗難届けも出ていないということは、犯人が、いぜんとして、黒の中古カローラに乗っていることを意味しないだろうか。なぜ、犯人は、発見されやすい同じ車に乗り続けているのだろうか。

「被害者の所持品も調べてみました」

と、小笠原巡査部長が続けた。

「旅館にあった所持品を調べてみたんですが、犯人がわかるようなものは、ありませんでした。被害者が乗って来た車の中も同様です」

「ブラジル関係の本とか、航空会社のパンフレットといったものはありませんでしたか？」

「ブラジルですか。ありませんでしたなあ」

十津川は、礼をいって電話を切ると、小川刑事に、殺された佐藤一等航海士と、辻事務長の家へ行き、遺族の了解を得て、遺品を見せてもらってくるように命じた。もし、二人の家から、ブラジル関係の本などが多量に発見されれば、理由はわからないが、第一日本丸の生存者たちは、一様に、ブラジルへ行くことを考えていたことになるのだ。それが、どこかで、犯人を見つけ出す手掛かりになるかもしれない。

小川刑事が、今西刑事を誘って出かけたあと、十津川は、亀井刑事に仮眠をとるようにいってから、捜査一課長室に、足を運んだ。

課長は、煙草をくわえ、むずかしい顔でブラジルの地図を見ていた。十津川が、野沢温泉で、みすみす辻夫婦を死なせてしまったことを詫びかけると、課長は、途中で手をふって、

「それは、君のせいじゃなくて、雪のせいだよ。それより、私は、竹田船医《ドクター》のことを考えていたんだがね」

「ブラジルのどこにいるかわかりましたか？」

「いや。外務省からは、その後、何の連絡もない。出先の大使館や領事館でも、たった一人の日本人を探す仕事には、熱が入らんのだろう。だから、独自に、竹田船医を見つけ出してやろうかと考えて、手を打ったよ」

「どんな手ですか？」

「私の友人が、中央新聞の特派員でサンパウロに行ってるんだよ。彼に国際電話をかけて、竹田船医のことを調べてくれるように頼んでおいた。向こうも、マンモスタンカーの生存者ということで、なかなか乗り気でね」

「そいつは助かります。もし、竹田船医《ドクター》が見つかれば、彼の口から、犯人の心当たりが聞けるかもしれませんな。犯人の心当たりは無理でも、生存者が、なぜ、ブラジルへ行こうとしていたのか、その理由ぐらいはわかるかもしれません。そうなれば、助かりますが」

「もう、調査に取りかかってくれているはずだ。日高という男でね。身体の大きな、どこか日本人ばなれした奴だよ」

第六章　日本人町《リトル・トウキョウ》

1

日高京助は、大男である。

一九〇センチ。九六キロ。その大きな身体をもて余すように、のっそりと歩く。一年前特派員として、サンパウロに来てからも、よく、柔道を教えに来た日本人と間違えられて弱ったものである。

午後の陽射《ひざ》しの中を、日高は、ワイシャツの袖をまくりあげて歩いていた。南半球のブラジルは、日本と気候が反対で、今が夏である。標高八百メートルの高原都市サンパウロは、リオデジャネイロなどに比べると、はるかに涼しいが、それでも、夏の陽射しは鋭く、暑さの苦手な日高は、歩きながら、何度も額の汗を拭いた。

サンパウロ市は、日系人が多い。ここには、日系人が七万人いるといわれ、サンパウロ州全体では、ブラジルにいる日系人七十万人の約九〇パーセントが集まっている。

ブラジルは、移住者には住みいい国といえるだろう。とにかく、この国では、皮膚の色について、気を使わなくてすむ。ここには、「カーラ・ノン・アジルダ」という言葉がある。色は問題じゃないという意味である。それに、豊かな資源と、広大な国土。日本の若者があこがれるのも無理がない。

日高は、ガルボン・ブエノ街に足をふみ入れた。別名を、日本人町とか、リトル・トウキョウと呼ばれる一画だ。

通りには、日本語の看板があふれている。「めし」「寿司」「雑貨」「質屋」エトセトラである。そのくせ、日本そのものとはどこか雰囲気が違っている。日本語に混じって、ポルトガル語や英語が耳に飛び込んでくるからだけではない。たぶん、ことさらに、日本人の町という雰囲気を出そうとしているからだろう。日本の銀座に、いくら横文字の看板が氾濫《はんらん》しても、しょせんは日本でしかないのと同じだ。

日高は、日本人の社交機関である日本人クラブに顔を出した。特派員としてサンパウロに来てから、日高は、何回か、このクラブを訪れている。在留邦人の消息を知るには、ここで聞くのが一番だからである。

日高の顔を見て、クラブの役員の鈴木という老人が、「やあ、中央新聞の日高さん」と、笑顔で迎えてくれた。日高は、大きな身体を、ゆっくりと、すすめられた椅子に沈めてから、

「竹田船医《ドクター》のことを知りませんかね」

「竹田？　誰だったかな」

老人が、首をひねる。日高は、苦笑した。

「第一日本丸というマンモスタンカーの生存者の一人ですよ。彼が、こちらに移住するために、サンパウロに着いたときには、『ブラジル新聞』にも、大きく顔写真がのったはずですよ」

と、日高は、その日の邦字新聞を、老人の前に広げて見せた。

「ああ、この人ね。思い出しましたよ」

「着いたあと、どこへ行ったのかわからない。あなたなら、その後の消息を知っていると思いましてね」

「いや。私は知りませんよ」

「しかし、在留邦人の消息は、ここへ来れば、たいていわかるはずでしょう？」

「日系人は、七十万人もいますからなあ。一人一人を覚えておくのは無理ですよ」

あははは、と、老人は、血色のいい顔で笑ったが、日高は、新聞記者の勘で、何となく奥歯に物のはさまったような歯がゆさと、あいまいさを感じた。

日高は、日本人同好会や、ブラジル新聞社も回ってみた。そこでも、彼の質問に対する反応は同じだった。竹田船医が、サンパウロに着いたのは覚えているが、今、どこで何をしているかは知らないというのである。日高は、同じ答えを聞かされながら、日本人クラブで感じたと同じあいまいさを感じないわけにはいかなかった。

日高は、早い夕食を、「キョウト」という日本食堂でとってから、涼しくなった日本人町の、雑貨店、食料品店、理髪店を、竹田船医の消息を聞いて回った。だが、どこでも、いい返事は聞けなかった。

日高は、今日は諦めて、借りているアパートに帰ることにした。

くわえ煙草で、石畳の、うす暗い道を、アパートの近くまで来たときである。

ふいに、黒い人影が、彼の前に立ちふさがった。

2

気がつくと、背後にも人影がいる。

(物盗りか)

と、思った。

日高は、腕力には自信があるが、相手が物盗りなら、おとなしく、金をやるつもりだった。南米の人間は、血の気が多い。サッカーの試合に興奮して、ピストルで選手を射殺してしまうお国柄である。下手に抵抗して命をなくすより、金をやったほうがいい。

「金か？」

と、聞いた。

だが、相手は、黙っている。そして、いきなり、前後から殴りかかってきた。

二人とも、一九〇センチの日高より小柄だったが、頑丈な身体つきをしていた。日高も必死になった。腕力にまかせて、つかみかかる相手をふり飛ばし、殴りつけた。

だが、二人の男は、執拗《しつよう》に、殴りかかってきた。それも、完全に無言でである。相手の荒い息遣いだけが、じかに伝わってくる。日高の太い腕から繰り出されるフックが、相手の腹にめり込むたびに、彼らは、押し潰されたような呻《うめ》き声をあげた。日高のほうも、前と後ろから、めちゃめちゃに殴られた。

ふいに、鋭い口笛が聞こえた。

次の瞬間、二人の男は、さっと、暗闇の中に消えた。気がつかなかったが、三人目の見張りがいたのである。

日高は、ほっとすると同時に、急に、身体中に痛みを感じた。日高は、顔をしかめながら、道路に落ちていた財布を拾いあげ、ズボンのポケットに押し込んだ。

日高は、アパートに帰ると、まず、洗面所で顔を洗った。鏡を見ると、右眼の下が、見事に、はれあがっている。手足も痛い。ベッドに寝転んで、残っていたウイスキーを、のどに流し込んだ。

（あいつらは、何者なのだろう？）

物盗りではない。サンパウロに来てから、人に恨まれるようなことをした覚えもない。

（警告か）

と、思った。

今日、竹田船医の消息を聞いて回ったことへの警告ではないのか。

3

翌日、日高は、昨日と同じ順序で、日本人クラブ、日本人会、ブラジル新聞社と回ってみることにした。それが、警告に対する日高の答えだった。

昨夜の襲撃が、日高の考えるように彼に対する警告であるなら、何らかの反応が現われるのではないだろうか。

しかし、日本人クラブでも、ブラジル新聞社でも、日高のはれた顔を見て、「どうしたんです？」と聞き、帰り道で襲われたと話すと、すぐ警察に話したほうがいいといってくれた。

もちろん、何事も起きない。

昼になると、日高は、昨日夕食をとった「キョウト」に寄った。日本人経営の店である。

テンプラを注文すると、昨日と同じように、若い三世の娘が、窮屈そうな和服姿で、給仕をしてくれた。

いぜんとして何事も起きない。警告と受け取ったのは、早とちりだったのだろうか。日高は、勘定を頼んだ。さっきの娘が、伝票を持って来た。三百クルゼイロ。いい値段だ。が、そのとき、日高は、伝票の裏に、何か書いてあるのに気がついた。

〈支配人室に来てください〉

日本語で、そう書いてあった。

日高の背筋を、冷たいものが走り抜けた。それは、やはり手応えがあったという快感であり、同時に、これから何が起きるかわからないという恐怖でもあった。

日高は、体力に自信はあるが、ハードボイルド的な英雄ではない。怖いものは怖いのだ。

給仕の女の子に聞き、日高は、店の奥にある分厚いドアを開けた。店の装飾は日本調なのに、五坪ほどの支配人室は、じゅうたんが敷かれ、シャンデリアが下がり、書棚がある完全な西洋スタイルである。

口ひげを生やした年齢のよくわからない男が、大きな机の向こうに、腰を下ろしていて、日本語で、日高に椅子をすすめ、自分でマーティニを注いでくれた。

「私は、どういうものか、マーティニが好きでしてね」

と、支配人は、細い眼で日高を見た。変なアクセントの日本語だが、平たい顔も、眼鏡の奥の細い眼も、明らかに日本人のものだ。

「僕も嫌いじゃないね」

と、日高はいった。こういうときには、相手が話を切り出すのを待ったほうがいい。

支配人は、「ところで」と、切り出してきた。

「日高さんは、中央新聞の特派員でしたね。そんな大新聞の記者さんが、なぜ、一人の日本人のことを、血眼になって、調べて歩かれているんです？」

「理由は、君の知ったことじゃない。君は、竹田船医《ドクター》の居所を知っているのかね？　知らんのなら、話しても時間の無駄だよ」

「どうされますね？」

「探すさ。見つかるまでね」

「弱りましたな」

支配人は、小さな溜息をついた。日高は笑って、

「君が弱ることはないだろう。それとも、昨夜、僕を誰かが襲ったのは君の差し金か？」

「とんでもない。私はそんなことはしませんよ。ただ、われわれ日本人が、この国で置かれている立場をよく理解していただきたいのですよ。ブラジルは、最も人種的偏見の少ない国です。住みいい国です。しかし、それでも、一九五三年に、移民が制限されたこともあるし、問題を起こす日本人がいて、ひんしゅくを買ったこともあります。こんなことは、新聞記者の日高さんは、よくご存じとは思いますが」

「もちろん知っているよ。一九六〇年の両国間の協定で、日本人移住者の数は、その都度、決められることもね」

「それで、たった一人の日本人のことでも、変な噂は立てられたくないのですよ」

「私は別に、竹田良宏を捕えに来たわけじゃない。話を聞きに来ただけだ。どうやら、君は、彼の居所を知っているようだね」

「ええ、知っていますよ。私は、日本人クラブの役員もしていますのでね」

「じゃあ、会わせてくれないか」

「こちらの条件を守ってくだされば、会わせます」

「条件というと？」

「竹田さんが答えたくないことを、しつこく質問しないこと。それだけです。守る意志があれば、ご案内しますよ」

「もし、その約束は守れないといったら？」

「案内はできないし、あなたが危険にさらされることになるかもしれません」

支配人は、冷静な口調でいった。単なる脅《おど》しという感じではなかった。

「わかった。約束は守ろう。彼は、どこにいるんだ」

「ご案内しますよ。今日は日曜日だから、すぐ、会えるでしょう」

支配人は先に立ち、二人は裏口から駐車場に出て、白いムスタングに乗った。

ブラジルのハイウエーは、サンパウロを中心にして四方に伸びている。支配人は、サングラスをかけると、ムスタングを西に向けて、ハイウエーをすっ飛ばした。

高層ビルの建ち並ぶ中心街を、あっという間に走り抜けると、ハイウエーの両側に、広大な綿花畑や、コーヒー園が見えてきた。

「これは、サントスへ行く道だな」

「そうです。竹田良宏氏は、サントスで開業しています」

「ほう。仕事は順調のようかね？」

「それは、ご覧になればわかりますよ」

4

サントスは、サンパウロ市の海の玄関でもあり、世界一のコーヒーの輸出港でもある。日本人にも、この港は深い関係を持っている。第一回の移住者がブラジルに入ったのは、この港からだったし、その後も移住者の大部分が、船でサントス港に着き、ここから、サンパウロ、ミナスジェライス、マットグロッソ、パラナなどの各州へ散って行ったからである。

今でも、サントスの街には、約三千人の日本人が住んでいて、主に野菜の栽培や漁業に従事し、市場に大きな力を持っている、といわれている。

山を切り開いたハイウエーを通り抜け、二人を乗せたムスタングは、サントス市内に入った。

サントス港は、直接海に面してはいない。サントス川の小島の上に発達した港だが、埠頭やドックが揃い、天然の良港である。ここも、サンパウロ同様、近代化が進み、高層ビルが、車の中からも目につく。ブラジル全体が、活気に満ちている感じだったし、その広大な原野は、日高には、無限の可能性を秘めているように見える。

港が、河口から五キロも入ったところにあるせいか、街並みや、埠頭を離れたサントス川の両岸には、ヤシが林立し、砂丘が美しい姿を見せ、リオのコパカバーナのような海水浴場になっていた。

海の匂いの漂う低い丘陵地帯は、高級住宅地である。日高を乗せたムスタングは、その一角で止まった。青々とした芝生の前庭を持った、白い洒落《しやれ》た邸《やしき》で、車庫にはアメリカの高級車が顔をのぞかせている。夏の陽射しを受けた芝生のまん中では、スプリンクラーがものうげに回転し、水しぶきの中に、小さな虹が浮かんでいた。

「この家ですよ」

と、支配人にいわれても、日高が、半信半疑だったのは、眼の前の邸が、立派すぎたからである。

日本より土地は安いだろうし、竹田船医が、いくらぐらいの金を持ってブラジルへ来たのかもわからないが、彼と家族が移住して来てから、まだ一月とたっていないのである。そんな短時間で、眼の前にあるような邸を入手できるものだろうか。それに、玄関にある郵便受けの名前は、「田中」である。

「名前が違うようだが」

「奥さんの姓だそうですよ。とにかく、あなたの探している人は、あの家に住んでいます。ただし、さっきの約束は、忘れんでください」

「君は、一緒に来ないのか？」

「私は、車で待っていますよ」

支配人は、運転席から動こうとしなかった。日高は、大きな身体をゆすって、芝生の間の通路を通り、入口のベルを鳴らした。

チーク材で作られたドアが開き、写真で見た竹田良宏が顔を出して「日高さんですな」と、微笑した。日高は、邸の前に止まっているムスタングに眼をやった。あの支配人が、あらかじめ電話で知らせてあったに違いない。広い居間に通された。奥さんと子供は、釣りに出かけたとのことだった。

「快適な生活のようですね」

日高は、冷房のきいた室内を見回した。

「ええ。何とかやっていますよ。家内や息子も、この国が気に入ったようです」

「やはり医者の仕事を?」

「ええ。サントス市内に診療所があります。今日は日曜なので、こうしてのんびりしていますが」

「よく、すぐ仕事がありましたね?」

「運がよかったんですな。それに、ブラジルのような発展しつつある国では、医者のような技術職は需要が多いのですよ」

「日本で宮本船長が死んだことは知っていますか?」

日高は、核心に触れた。が、竹田は、平静な眼で、

「ええ」と肯《うなず》いただけだった。

「一週間おくれでも、日本の新聞は届きますのでね」

「佐藤一等航海士と、辻事務長も死にましたよ。殺されたんです」

日高は、友人の捜査一課長が、国際電話で知らせてくれたことを、急に思い出しながら話した。

竹田船医の顔が、暗くなった。

「本当ですか?」

「ええ。残念ながらね」

「日本で殺されたんですか? それとも、ブラジルで?」

と、竹田が聞いた。

「なぜ、ブラジルでと思うんです？　彼らもブラジルへ来ることになっていたんですか？」

日高が聞き返すと、竹田は、一瞬、狼狽《ろうばい》した表情になって、

「べつにそんなことはない。ただ、あなたがいったものだから、ブラジルでかと錯覚してしまったんですよ」

「なぜ、次々に殺されるんですかねえ？」

日高は、質問しておいて、煙草に火をつけ、じっと、相手を見た。

竹田船医は、元の落ち着いた表情に戻って、

「さあ、私にはわかりませんな」

「誰かに恨まれているという覚えはありませんか？　あなた方、第一日本丸の生存者六人が、誰かに恨みを買っているということは？」

「全く覚えがありませんな」

「第一日本丸の沈没の原因は、何だったんですか？」

「それは、宮本船長が、記者さんたちにお話ししたはずですがね」

「それはそうですが、僕は、直接、あなたから、うかがいたいと思いましてね。生々しい体験を」

「それじゃあ、私は駄目ですよ。私は、知らないんだから」

「知らないというのは？」

「あのとき、私は、事務長室で辻さんと、話をしていたんです。そしたら、突然、激しいショックを受けて、私は、壁に頭をぶつけて気を失ってしまったんですよ。気がついたら、ボートの中でした。辻さんが、私をボートに乗せてくれたんです。ですから、肝心の時のことを、全く覚えていないわけですよ」

「事故の原因は、何だったと思いますか？」

「今も申しあげたように、私は、いわば船のことには、専門外の人間ですのでね。宮本船長がいったようなことが原因じゃないですか」

「落雷、磁気機雷、衝突、この三つの中のどれかということですか？」

「まあね」

「しかし、磁気機雷というのは、どうも現実性がないんじゃないですか」

と、日高がいうと、竹田は、「そうでもありませんよ。これをご覧なさい」と、傍にあった英字新聞を手にとって、日高に見せた。そこに、AP電として、次のような記事がのっていた。

○AP電（十二月二十日）
アメリカ政府高官筋が、非公式に語ったところによると、現在、インド洋には、磁気機雷が浮遊している危険があり、同海域に展開中の第七艦隊に対しては、十分に注意するよう連絡ずみであるとのことである。これは、記者団が、十二月五日に起きた日本のマンモスタンカー「第一日本丸」の沈没に触れ、磁気機雷に接触した可能性があるかという質問に対して答えたものである。

記者団が、その磁気機雷は、ソビエト艦隊のものと考えてよいかと質《ただ》したのに対して、政府高官筋は、現在、インド洋に展開しているのは、アメリカ第七艦隊と、ソビエト艦隊のみであり、アメリカ艦隊が、磁気機雷を敷設《ふせつ》したことはないとだけ答えた。

「面白いニュースですね」

と、日高は、いった。本心だった。いろいろな意味で面白い。ぼかした表現にはなっているが、アメリカ政府筋は、第一日本丸の沈没の原因が、ソビエト艦隊の流した磁気機雷による可能性があると言明しているのだ。

なぜ、非公式にしろ、そんな声明を出したのかということを考えると、さまざまなことが考えられる。インド洋では、今、アメリカ艦隊と、ソビエト艦隊が、激しい勢力争いを展開している。

新聞記者の日高が得ている情報によれば、現在、インド洋に展開しているソビエト艦隊は二十六隻。この数は、増加する気配がある。それに対抗して、アメリカは、第七艦隊の攻撃空母一隻と、その護衛艦数隻を派遣しているが、いらだちはかくせない。そこで、インド洋のほぼ中心にあるジエゴ・ガルシア島に、二千九百万ドル（八十二億円）をかけて、Ｂ52も発着できる巨大な基地を建設しようという計画を立てている。現在も、小さな海軍基地があるが、これは、潜水艦がやっと寄港できる程度のものでしかない。

だが、この計画に対して、反対が多く、アメリカの軍部は苦慮していると聞いたことがある。そんなとき、世界一のマンモスタンカーが、インド洋で、原因不明の沈没をした。アメリカ当局者としては、これを利用しようと考えたのかもしれない。ソビエト艦隊の敷設した磁気機雷によってマンモスタンカーが沈没したということになれば、国民の眼を、インド洋に向けられるし、基地建設の予算もすんなり通るだろうという思惑があって、アドバルーンをあげたのだろう。この情報時代では、地球上のどこの出来事でも、世界の政治と結びついてしまうのだ。

「ところで」

と、日高は、また、友人の捜査一課長の言葉を思い出して、質問を元に戻した。

「本当に、殺人の原因について、思い当たることはありませんか？」

「ありませんな。みなさん、いい人ばかりでしたからねえ。全くわからない」

と、竹田は、当惑した顔で答えた。

「もう一つ、あなた方六人の生存者の間で、ブラジルへ行こうじゃないかという話し合いはなかったんですか？」

「特別に話し合いはありませんでしたよ。私だって、勝手に、移住して来たんですからね。まあ、タンカーでの長い航海中に、日本以外で住むとしたら、ブラジルなんかいいんじゃないかという話が出たことはありましたがねえ」

「失礼なことをうかがっていいですか」

「どんなことです？」

「この邸を買うお金は、日本にいるときに貯えられたんですか？」

「まあ、そうです。それに、ここへ来てから、日本人の方に、並々ならぬ援助もしていただきました」

と、竹田がいったとき、電話が鳴った。受話器を取って、二言三言話した竹田は、電話を切ってから、日高に向かって、申しわけなさそうに、

「急患が出たので、すぐ行かなきゃなりません。日曜日ですが、なにしろ、ここでは新入りですから、サービス第一です」

と、いった。

竹田船医が立ちあがると、日高も、帰らざるを得なくなった。

(こんなことで、捜査一課長が満足するかな？)

5

同じ日。

日本時間の午後二時。東京都のチャーター船「東海丸」九百トンは、小笠原諸島への職員の輸送をすませて、帰途についていた。

伊豆七島の八丈島に近づくにつれて、海は、大きなうねりを見せてきた。冬のこの辺りの海は、よく荒れる。九百トンの小さな船体は、揺れが激しくなったが、船長は、今日はまだいいほうだと思っていた。本当に海が荒れると、ベテランの船員でも、吐いたりするし、立っていられなくなってくる。

「右舷に、漂流物発見！」

という船員の声が、ブリッジにいる船長の耳に飛び込んできた。

船長は、双眼鏡を、右舷に向けた。黒潮海域に入っているので、大きくうねる海面は、青い、というよりも、黒ずんで見える。そこに、小さな白い破片のようなものが、ちりぢりに浮かんでいるのが見えた。

「船の破片かもしれませんな」

と、船長の横にいた一等航海士が、同じように双眼鏡を右舷に向けながらいった。

船長は、黙ってうなずきながら、警視庁から要請のあった「ユキI世号」というヨットのことを思い出していた。要請の内容は、ユキI世号を見つけたら、乗組員の河野哲夫とその家族に、東京に戻って、警察で証言してくれるように頼んでくれというものだった。

往路では、ユキI世号を発見できず、すでに八丈島沖まで南下したあと、東に航路をとってしまったのだろうと考えていたのである。

船長は、減速を命じた。

幸いなことに、白い破片は、波にもまれながら、ゆっくりと、東海丸の方向へ流れてくる。

船員たちが、舷側に身体をのり出すようにして、長いカギ竿で、破片の一つ一つを拾いあげていった。

船長は、甲板《デッキ》におりて行って、そこに並べられた白い破片をていねいに手にとって調べた。

「強化プラスチックだな」

と、船長は、一等航海士にささやいた。

破片は、さまざまな大きさをみせていたが、共通しているのは、引きさかれたような断面を持っていることだった。

そのうちに、救命《ライフ》ブイも見つかって拾いあげられたが、それも、約三分の一の破片だった。

そして、「ユキI」の文字が読めた。

船長や、一等航海士の顔が暗くなった。

「たしか、ユキI世号の船体は、強化プラスチックということだったな」

と、船長は、一等航海士に念を押した。

「そうです。警視庁からの依頼の中に、強化プラスチック製という言葉がありました」

「停船させたまえ」

と、船長はいった。

「どうやら、ユキI世号は、沈没したらしい。生存者がいるかどうか、探してくれ」

東海丸は、船足を止めた。

そのあと、再び、エンジンをかけ、ゆっくりと、輪を描くように、捜索活動を始めた。

船体の破片が見つかるたびに、拾いあげた。

折れたマストも見つかった。今や、ユキI世号の遭難は、確実になった。

第七章　南の島

1

二つの報告は、ほとんど同時に、捜査一課長と、十津川の手元に届いた。

特に、「ユキI世号」の報告には、次のような東海丸船長の意見がつけられていた。

ユキI世号の破片は、直径約一キロの広い範囲の海面に浮遊していた。

また、破片がすべて、ギザギザの断面を持っていたこと、救命ブイまで切り裂いたように破片になっていたことから考え、ユキI世号は、強烈な衝撃を受けて、強化プラスチックの船体が、バラバラに砕け散り、沈没したものと推定される。まず、考えられるのは、落雷だが、私の経験からみて、落雷による沈没で、強化プラスチックの船体が、このように粉々に砕け散ることは考えられない。

ってきたのだから」

「どう思うね？」

と、課長が、聞いた。

十津川は、すぐには返事ができなかった。河野二等航海士まで、すでに死んでいたのかというショックのためだった。遺体は、まだ発見されていないようだが、船体がバラバラになっていたのでは、絶望と見るべきだろう。

「参りました」

と、十津川は、正直にいった。

「たぶん、いや、間違いなく、爆発でしょうな」

「君も、そう思うかね？」

「ほかに考えられません。私は、時限爆弾じゃないかと思うのです」

「すると、同じ犯人の仕業だと思うのか？」

「認めたくありませんが、可能性はありますな。時間的にも、可能です。千葉の金谷ヨットハーバーに繋留《けいりゅう》中のユキI世号に、時限爆弾を仕掛けてから、車で、東名高速を飛ばし、大井川鉄橋で、佐藤一等航海士を待ち伏せることは、十分に可能です」

「日高特派員からの報告のほうはどうだね？　竹田船医を見つけ出してくれたことは有難いが、この報告に関する限り、今の君にはあまり役に立たんだろう？」

「そうでもありません。かなり役に立ちます」

「日高が、私の友人だからといって、無理をすることはない。竹田が、本当のことをいっていると思うかね？」

「いや。明らかに、嘘をついていますね。彼は、今度の事件について、何かを知っているはずです」

「なぜ、そう思うのかね？」

「日高さんの報告で、いちばん面白いと思ったのは、連続殺人を伝えたとき、『いきなり、ブラジルで殺されたのか、日本でかと聞き、そのあと、狼狽した顔になった』というところです。これは、二つのことを示していると思います。一つは、六人の生存者が、何らかの意味で、ブラジルを頭に描いていたということです。それで、とっさに、ブラジルという言葉になって出たような気がします。もう一つは、自分も危ないのかという気がしたんだと思います。それで聞いた」

「だが、殺人事件が、すべて日本で起きたと聞かされて安心したか」

「そのとおりです」

「竹田船医は、犯人を知っていると思うかね？」

「わかりませんな。いや、なぜ、次々に殺されるか、その理由は知っているが、犯人は知らない。そんなところじゃないかと思います」

「ほう」

と、課長は、膝をのり出した。

「そう考える根拠は、何だね？」

「とっさに、日本かブラジルかと聞いたのは、連続殺人の動機を知っていたからでしょう。つまり、自分にも狙われる理由があったから、竹田船医は、こんな聞き方をした」

「しかし、もしそうなら、なぜ、すぐ安心したのかね。ブラジルにいれば安心だと思ったのだろうか」

「たぶん、そうでしょう。ほかの理由は、ちょっと考えられません」

「しかし、犯人を知らないだろうというのは？」

「竹田船医は、安全なブラジルにいる。犯人が、警察に逮捕されれば、その安全は、完璧なものになります。それなのに、犯人のヒントさえいわなかったのは、かくしたというよりも、犯人がわからないのではないかと思うのですよ」

「犯人が逮捕されたら、自分の暗い秘密がバクロされるからかもしれんぞ」

「その可能性もありますな」

と、十津川は、逆らわずにうなずいた。

「ところで、佐藤一等航海士と、辻事務長の家からは、何か出てきたかね？」

「ついさっき、小川刑事と今西刑事が帰って来ましたが、予想どおり、二人とも、帰国した直後に、ブラジル関係の本を、何冊か買い求めています。シオリをはさんだ本もあったということですから、よく読んだに違いありません。ただ、二人とも、その本を、紐でしばって、古新聞と一緒にしてあったそうです」

「それは、どういうことかね？」

「ブラジルに興味を持った。が、やはり、日本に未練があって、移住する気にはなれなかったということかもしれません」

「今度の連続殺人事件の謎を解くようなものは、何か見つかったかね？」

「残念ながら、見つかりませんでした。どうも、われわれは、犯人にふり回されているような気がします」

十津川にしては珍しく、弱音を吐いた。

2

しかし、自分の部屋に戻ると、十津川は、いつもの明るさに戻って、「さあ、集まってくれ」と、三人の部下を呼びつけた。もちろん、内心は犯人に対する屈辱感でいっぱいだった。こちらはまだ、犯人の名前さえわかっていないのに、六人の生存者のうち、四人までが消されてしまっているのだ。家族を入れれば、八人になる。いやでも、プロの刑事としての自尊心が傷つき痛む。焦燥感も深い。

「これからが勝負だから、がんばってくれ」

と、十津川は、亀井刑事たちの肩を叩いた。

過去にこだわっていたら、犯人の思うツボにはまるだけだ。

「いいかね。残る小島水夫長だけは、絶対に殺させてはいかん。犯人が、彼とその家族を見つけ出す前に、われわれが、見つけ出すんだ」

「小島水夫長は、いったい、どこにいるんでしょうな？」

と、亀井刑事が、腹立たしげに、舌打ちをした。

「自分が狙われてるのは、わかっているんだろうから、われわれに連絡してくれればいいのに」

「腹を立てても仕方がない。われわれで見つけ出すんだ」

「しかし、やみくもに探すわけにもいきません。小島水夫長が、車で出かけてから、すでに丸三日たっていますが、どこからも、発見の知らせが入って来ません」

と、今西刑事が、溜息をついた。

十津川は、彼に、自分の煙草をすすめてから、「弱気になりなさんな」と、笑いかけた。

「頭を働かせて、われわれで、小島水夫長が、今、どこにいるか考えるんだ。日本地図を持ってきてくれないか」

小川刑事が持ってきた日本地図を、十津川は、机の上に広げた。

「いいか。彼が、この日本のどこかにいることだけは確かなんだ。小島水夫長だけなら、船員手帳を持っているから、外国航路の船にでも、もぐり込めるかもしれないが、家族が一緒だ。しかも、河野二等航海士の場合と違って、小島の家族は、パスポートを持っていない」

「しかし、いったい、どこにいるんでしょうか？　いざとなると、日本も広いですな」

背の高い今西刑事は、身体を深く折り曲げて、日本地図をのぞき込んだ。確かに、いざ探すとなると、日本という国は、嫌《いや》になるほど広いのだ。

「北の端の北海道でしょうか？　それとも、どこかの離れ島でしょうか？」

亀井刑事が、腕組みをして、十津川に聞いた。

「どちらも違うな」

と、十津川は、小さく首を横にふった。

「まず、離れ島というのを考えてみよう。小島は、自分が狙われているのを知っている。だからこそ、あわてて逃げ出したんだ。そこへ行ったら、簡単にほかに逃げようのない離れ島には、心理的に行けないはずだよ。それに、離れ島へは、車で行けない。北海道のほうは、可能性がゼロじゃない。小島水夫長が、スキー好きなら、行ったかもしれない。だがね。この夫婦は、スキーに興味がない。七歳のユカという女の子も一緒だ。私が、小島水夫長だったら、七歳の女の子を連れて、寒い北海道を逃げ回らんね。万一、子供がスキーがしたいといったとしても、北海道へ行ってから、小島水夫長は、辻事務長夫婦が、スキー場で射殺されたニュースを聞いたはずだよ。自分も狙われていると感じていれば、ニュースには、敏感のはずだからね。そうなれば、不吉な気がして、スキーはできなくなるし、雪の北海道からは、移動していると思うね」

「すると、南ですか？」

小川刑事がいい、三人の刑事の眼が、四国から、九州へと、地図の上を移動していった。

「九州ですか？」

と、亀井刑事が聞く。

「いや。もっと南だ」

「というと、あとは、沖縄ですが」

「そのとおりさ」

「しかし、なぜ、沖縄とお考えですか？」

「さっき、今西君が、今日で丸三日も、小島水夫長の消息がつかめないと溜息をついた。それで、考えたんだよ。小島水夫長は、家族連れだ。しかも、ホンダシビックに乗っている。小島本人は、サングラスをかけたりして、人相をわからないようにしているだろうが、車は変えようがない。ナンバーもわかっているし、ホンダシビックという車は、ちょっと目立つスタイルをしている。それなのに、全国の警察に手配してから丸三日間、何の報告もないのは妙だとは思わないか。どこかで、車を乗り捨てて、飛行機か、列車に乗ったとすれば、乗り捨てた車が見つかっているはずだ。となると、小島水夫長と家族は、車からおりず、しかも、ハイウエーや、一般道路を走らなかったということになる」

「どういうことですか？　それは」

三人の刑事の眼が、十津川に集まった。

「簡単なことだよ」と、十津川はいった。

「車に乗ったまま、道路を走らずに移動する方法といえば、一つしかないじゃないか」

「カーフェリーか」

と、今西刑事が呟いた。

十津川が、うなずいた。

「小島水夫長の住所は横須賀だ。近くの川崎からは、フェリーが出ている」

「しかし、今は、日本中のいたる所に、フェリーが行っています。北海道は除外しても、大阪、四国、九州も考えられます。沖縄と限定するのは、危険じゃないですか？」

小川刑事が、慎重ないい方をした。が、十津川は、首を横にふって、

「いや。違うね。今もいったように、小島水夫長が家を出てから、丸三日間が過ぎているんだ。その間、彼の車について、何の情報も入らないということは、その間ずっと海の上にいた可能性が強いと思うのだ。君のいうように、四国や九州にもカーフェリーは動いているが、

日数が合わない」

十津川は、時刻表を取り出し、そのページを繰りながら、

「東京から四国、九州へのフェリーは、だいたい二十時間から二十五、六時間の所要時間だ。もし、二十四日に家を出た小島水夫長の一家が、その日にカーフェリーに乗ったとすれば、二十五日には、四国か九州に着いているはずだ。今は二十六日だし、あと五時間で二十七日だよ。すでに、四国か九州で、小島水夫長のホンダシビックが目撃されていなければおかしい。これは、北海道でも同じことだ。それで、私は、もっと先まで、カーフェリーで行ったのではないかと考えてみた。いまだに目撃の報告がないのは、現在も、フェリーの上にいるためではないかとだ。それに該当するフェリーは、沖縄行きしかない」

「しかし、東京から沖縄行きのフェリーは、まだないはずですが？」

「直行便はないよ。だが、鹿児島から奄美《あまみ》経由で那覇《なは》行きのフェリーがある。クイーン・コーラルという五千トンの新造船だ。東京から鹿児島行きの直行便もないが、東京――名古屋、名古屋――鹿児島というのがあるから、乗りついで行けば、一般道路を全く走らずに、沖縄まで行くことが可能だ。全部の所要時間を合計すると、だいたい七十二時間になって三日間という日数に一致するんだ」

「もし主任のいうとおりだとすると、小島水夫長一家は、ちょうど、最終コースの鹿児島――那覇のフェリーに乗っているころですね」

「そのとおりだ。この時刻表によれば、クイーン・コーラルは、明日の午前十一時に那覇港に着くはずだよ」

「小島一家が、それに乗っていれば助かりますが」

「私の推理が当たっているかどうか、確かめたい。すぐ、船舶電話で、クイーン・コーラルを呼び出してみてくれ」

今西刑事が、手を伸ばして、受話器を取った。

船舶電話局に頼んで、クイーン・コーラルを呼び出してもらうのに三十分ほどかかった。

相手が出たところで、十津川が代わった。

事務長《パーサー》を呼んでもらってから、十津川は、こちらの身分をいった。

「小島史郎という男が、家族と一緒に、その船に乗っているかどうか、至急に調べてもらいたいのです。年齢は四十五歳。がっしりした身体つきの男です。晴子という妻君と、七歳になるユカという一人娘が一緒に乗っているはずなのです」

「小島史郎さんですね」

「ひょっとすると変名を使っているかもしれません。車のほうから調べてください。車は赤のホンダシビックの最新型で、ナンバーは横浜××××番です」

「わかりましたが、しばらく時間をくれませんか」

「どのくらいかかりますか？」

「三十分は、みてもらえませんと」

「わかりました」

正確に三十分して、今度は、クイーン・コーラルのほうから、事務長の声で電話がかかった。

「さっきいわれた横浜ナンバーのホンダシビックは、確かに積まれています」

「そうですか」

と十津川の声が、思わずはずんだ。予想が、ずばり適中したのだ。

「それで、小島史郎のほうはどうでした？」

「乗船名簿に、小島史郎という名前はありませんな。だが、山田一郎という方が、その人らしく思われます。奥さんと女のお子さんを連れていますから。それでこの方をどうしますか？」

「いや。どうしなくても結構です。また、何もしていない人ですから、逮捕もできません。クイーン・コーラルが那覇に着く正確な時間がわかりますか？」

「順調な航海ですから、今のところ、予定どおり、明日の午前十一時に着きますが」

3

「見つけたぞ」

と、十津川は、部下の亀井刑事たちに笑ってみせた。

「小島水夫長は、今、クイーン・コーラルの上だ」

「犯人も、同じ船に乗っているんじゃないでしょうか？」

亀井刑事が、不安気に聞いた。

「かもしれんな」

と、十津川は、落ち着いた声でいった。

「とすると、小島水夫長は、危険じゃありませんか？」

「いや。大丈夫だ。犯人は、今までの事件からみて、冷静で、利口な男だ。密室になっている船の中で、小島水夫長を殺すような馬鹿はしないはずだ。小島のほうも、用心しているだろうし、家族が一緒だ」

「クイーン・コーラルに犯人が乗っているかどうか、調べられませんか？」

小川刑事が、眼鏡を押えながら聞いた。

「まず、無理だな。クイーン・コーラルの事務長を呼び出して、どういえばいい？　犯人の人相でわかっているのは、一七五センチくらいの若い男ということだけだ。こんな若者はいくらでもいるんじゃないかな。そのうえ、犯人は、もうライフルを持っていないんだ。車も、乗りかえていれば探しようがない。同じ黒の中古カローラに、まだ乗っているとしても、肝心のナンバーがわからなくては、どうしようもないだろう」

と、十津川はいってから、

「すぐ、沖縄県警に連絡してくれ」

と、今西刑事に命じた。

「那覇に、クイーン・コーラルが着き次第、小島史郎のホンダシビックを押え、家族と一緒に拘置するように頼んでくれ。理由は何でもいい。殺人容疑でもかまわんとね」

今西刑事が、電話で沖縄県警へ連絡をとっているのを横眼に見て、亀井刑事が、

「われわれは、いつ、沖縄へ飛びますか？」

と、十津川に聞いた。

「もちろん、明日の一番の飛行機で、君と今西君に飛んでもらうよ。一番でも、羽田発沖縄行きは、午前十時十分だ。クイーン・コーラルの那覇到着には間に合わんから、その間は、沖縄県警に頼むより仕方がない」

十津川は、そのあと、沖縄県警に連絡をすませた今西刑事を含めた三人に向かって、

「次は、今度の連続殺人事件の動機を考えてみようじゃないか。小島水夫長が、話してくれ

れば、簡単だが、私は、彼が話すとは思えないのだ。その気なら、とうに、警察に保護を求めているはずだからね」

と、いった。

「動機は、憎悪ですかな？」

と、亀井刑事が、あまり、自信のなさそうな声でいった。

「金が目的じゃないことだけは、確かですね」

と、小川刑事。

「私も、恨みからの犯行と思います」

と、最後に、今西刑事がいった。

「私も、憎しみからの犯行だと思う」

十津川は、三人の部下の顔を見回してから、

「家族までも、容赦なく殺しているところからみて、並々ならぬ憎悪だ。六人の生存者に対して、それほど激しい憎しみを抱くというのは、どういう場合だろう？」

「大事なタンカーや原油を失《な》くしたのはけしからんといった、妙な正義派の犯行じゃありませんね」

亀井刑事が、鼻の頭をこすりながらいった。

「そんなものじゃない」

と、十津川はいってから、クスンと鼻を鳴らした。いぜんとして、カゼが治らない。今度の事件が解決するまで、治らないのかもしれない。小川刑事が、ガスストーブの火を強くした。建物は全館暖房になっているが、五時を過ぎると、スチームは冷え、各部屋でガスストーブをつけなければならなかった。

「しかし、そうなると、ほかに、六人を激しく憎む理由は、ちょっと考えられませんが」

と、亀井刑事が、腕を組んで考え込んだ。

十津川は、新しい煙草に火をつけてから、

「考えられることが一つだけある」

と、いった。

4

「とっぴすぎる理由だが、ほかに、考えられないのだ。私は、『第一日本丸』の沈没のところから考え直してみた。それで、宮本船長が、羽田で記者会見したときの言葉を思い出してみた。第一日本丸は、五〇万トンのマンモスタンカーにもかかわらず、救命ボートは、二隻しか積んでいない。乗組員が三十二名だからそれでもいいのかもしれないし、宮本船長も、一隻でも、三十二名全員を収容できるように作られていると、記者会見でしゃべっている。

たぶん、そのとおりなのだろう。

だが、一隻の救命ボートは、宮本船長たち六人が占領してしまったのだ。もう一隻に、残りの二十六名が乗ったわけだよ。それでも大丈夫だろうが、もし、そのために、転覆したとしたらどうだろうか？　いや、もう一歩すすめてだな。宮本船長は、ほかの乗組員が、もう一隻のボートに乗るのを見てから、退船したと証言したが、あれが嘘だと考えたらどうだろう。事故が起きた瞬間、片方のボートは、使用不能になった。宮本船長以下六名は、もう一隻に乗って、脱出してしまい、ほかの二十六名は、取り残されたと」

「すると、死んだ二十六名の遺族の誰かが、殺されたようなものだと考えて、生存者の六人を、次々に殺していったということですか？」

「いや。遺族じゃないな。推測だけで、殺人はやらんだろうし、遺族が疑惑を持ったとしたら、まず、真相究明のために、裁判に訴えると思うね。ところが、犯人は、いきなり殺している」

「遺族でないとすると――」

と、小川刑事はいいかけて、思わず、落ちそうになった眼鏡を手で押えた。

「死んだと思われている二十六名の中に、生存者がいると？」

「そのとおりだよ。二十六名の中に、奇跡的に助かった人間がいるのではないかと、私は考えたのだ。その男なら、復讐の鬼になって、六人の生存者を、次々に殺してもおかしくはない。それも、多数じゃない。たぶん、一名だろう。同じ犯人だと思われるし、多くの船員が助かったのなら、第五白川丸に発見されていた可能性が強いからね。私は、二十六名の中の一人が、奇跡的に助かったと考えたのだ。彼は、航行中の船に助けられたんじゃない。もし、そうだったら、その船の船長が打電して、新聞に出たはずだからだ。とすると、どこかの小さな島に漂着したと考えるのが妥当だ。復讐に燃えた男は、ひそかに日本に帰国し、ライフルを手に入れ、復讐を開始したのだ」

「しかし、二十六名の中の誰が助かったんでしょうか？」

「確かに、二十六名の中の一人だが、限定できないことはない」

十津川は、ニュージャパンライン本社で貰ってきたコピーを机の引出しから取り出して、黒板に、鋲《びょう》で止めた。

「犯人は、二十代で、銃の扱いに慣れている。車の運転もだ。この線で追っていけば、二十六人の中の誰かわかるかもしれん」

5

翌十二月二十七日。朝から、東京は、久しぶりの雨だった。氷雨《ひさめ》である。

亀井と今西の両刑事を、羽田に向かわせたあと、十津川は、小川刑事に、ニュージャパンライン本社へ行くように命じた。

十時半には、小川刑事が帰って来た。

「会社で調べてもらったところ、二十六名のうち、車の免許を持っている者は、さすがに多くて、十八名もいます。その中から、少しでも銃を扱ったことがある人間となると、ぐっと少なくなって、この五人になります」

小川刑事は、メモしてきたものを、十津川に示した。

田中利夫（二十八）
松本久太（二十八）
赤松淳一（二十五）
大石　宏（二十五）
伴　英寿（二十三）

「このうち、田中と松本は、仲がよくて、埼玉県にあるクレー射撃場の会員になっています。一緒に行った社員の話によると、二人ともなかなかの腕だそうです。赤松は、十八歳のとき自衛隊に入り、二年間いてからやめ、海員学校へ入り直した男です。自衛隊時代に実弾射撃の訓練を受けています。大石は、父親が秋田で猟師をしているので、十五、六から猟の経験があり、今でも休暇で帰郷したときには、父親と一緒に猟をするそうで、免許も持っています。一番若い伴は、最近になって、田中、松本と一緒に、クレー射撃場に行くようになったそうですが、若いだけに、腕をあげるのも早かったようです」

「五人の住所は？」

「五人とも独身なので、品川にあるニュージャパンラインの独身寮に入っています。この寮に電話してみたんですが、この五人が、ひそかに帰ったという形跡はないそうです」

「郷里に帰った形跡はないのかね？」

「郷里は、全国にわたっています。ニュージャパンライン本社で、それぞれの郷里に電話連絡してもらいましたが、五人とも、帰っていません」

「すぐで悪いが、空港へ行ってくれないか。この五人の中の一人が、奇跡的に助かり、ひそかに、日本へ帰っていたとすると、たぶん、飛行機に乗ってだ。遭難現場から考えて、船では時間がかかり過ぎる。復讐に燃えていたのだから、一日でも早く、帰国したかったはずだからね。インドのニューデリーかカルカッタ、またはボンベイ。スリランカのコロンボあたりからの航空便で、帰国していると思うのだ」

「本名で飛行機に乗ったでしょうか？」

「偽名でと考えがちだが、私は、本名でと思うね。国際便はパスポートが必要だ。それを手に入れようとすれば、かえって、ごたごたして、身元がわかってしまう恐れがある。それより、彼らは、船員手帳という便利なものを持っているから、それを使ったと思うのだよ。それにだ。第一日本丸というマンモスタンカーの沈没は世界的ニュースでも、死んだ船員の名前を一人一人覚えている者はいない。君だって二十六名の名前を、半分も覚えてはいないはずだ」

「そうですな」

と、小川刑事は、頭をかいた。

「五人の中の一人が、船員手帳を使っても、第一日本丸の名前を出さない限り、ニュースダネにはならない。特に、小さな島に漂着し、ひっそりと、帰国した場合にはね。だから、本名で帰国したものと考えて調べてくれ」

「期間はどう限定しますか？」

「宮本船長の死も、他殺だったと、私は確信している。あの殺人は、十二月十八日に起きている。とすると、犯人は、少なくとも、この日には帰国していたはずだ。だから、最大限に見て、第一日本丸が沈没した十二月五日から十八日までの間の乗客名簿を調べてほしい。羽田には、パンナムや日航のほかに、ＢＯＡＣやルフトハンザも入っているから、二、三人連れて行ったほうがいいな」

小川刑事が、羽田へ出かけるのを見送ってから、十津川は、煙草に火をつけ、壁の時計を見上げた。

あと五分で、午前十一時である。クイーン・コーラルが那覇に着く時間だ。

6

午前十一時。

五千トンの新型フェリー「クイーン・コーラル」は、ゆっくりと那覇港に入港した。千二百人の乗客と、七十九台の車を乗せ、鹿児島から、奄美《あまみ》大島の名瀬《なぜ》、徳之島《とくのしま》の亀徳《かめとく》、沖永良部《おきのえらぶ》島の知名《ちな》、与論《よろん》島の茶花《ちゃばな》と寄港しての到着である。

沖縄はさすがに暖かい。十二月末でも、那覇の最低気温が一五度。日中は二〇度を越えることも珍しくない。

この日も、快晴で、底抜けに明るい空から降り注ぐ太陽は、十二月末とは思えない強さだった。鹿児島湾を出てから、かなり揺れたので、蒼い顔でベッドに寝ていた若者たちも、青い空と、コバルトブルーの海を見て、急に元気を取り戻し、甲板に飛び出してきた。

小島史郎と妻の晴子、それに七歳の一人娘も、一等甲板《デッキ》から、那覇の街を見下ろしていた。娘のユカが、はしゃいで、早くおりましょうとせがむのを、小島は、「まあ、ゆっくりしよう」と、笑顔で制した。

クイーン・コーラルがタグボートの力を借りて完全に接岸すると、車が次々に吐き出されて行く。オートバイに乗った若者数人が、「うおッ」と、解放感を叫び声に表わして、真っ先に飛び出して行った。

車は二つの口からおろされているが、時間がかかる。

小島は、落ち着いて、煙草に火をつけた。

「おれが前に来たのは、沖縄が日本に復帰する前だった。ここも、ずいぶん、変わったねえ」

小島は、那覇の街に眼をやっていった。一昔前の那覇には、沖縄独特の赤瓦《がわら》を白いしっくいで固めた屋根が数多く見られたのに、今は、見わたす限り、コンクリートの白っぽい建物ばかりだ。ただ、どの家も、何となく中国風に見えるのは、中国文化の影響が強かった琉球の歴史の表われだろうか。

「お父さん」と、小柄な、妻の晴子がいった。

「本当に、ここで一カ月過ごすんですか？」

「ああ。そのために、一カ月の休暇届けを会社に出してきたし、貯金も下ろしてきたんじゃないか。どこかきれいな海岸に、家を借りて、のんびりと一カ月間、沖縄で過ごしたいんだ。正直にいって、まだ、あの海難事故のショックが抜け切れていないんだよ」

「でも、何だか心配で――」

「死んだ宮本船長のことを気にしているのか？　あれは事故だよ」

「でも、佐藤さんと辻さんが、誰かに殺されたと、ラジオでいっていたわ」

晴子がいうと、一瞬、小島の顔が曇った。が、がっしりした身体を、小さくゆするようにしてから、

「あれは、きっと、あの二人が誰かに恨まれていたのさ。おれには関係がないよ」

「沖縄に来たのは、本当に静養のためなのね？」

「そうだとも。横須賀にいたんじゃ、じっくり休めないからな。それに、ユカもちょうど冬休みだし、日本にもこんなきれいな海があるんだというところを見せてやりたかったんだよ」

「誰かから逃げているってことはないんでしょうね？　この船に乗るとき、山田一郎なんて偽名を使ったりしているから、何となく不安で」

「あれは、マスコミがうるさいからだよ。マンモスタンカーの生き残りというんで、さんざん追い回されたからね」

小島は、笑ってみせ、「さあ、おりよう」と、娘のユカを抱きあげた。

家族三人は、階下《した》におり、赤いホンダシビックに乗り込んだ。ほかの車は、すでに、あらかた那覇の街に出てしまっている。運転席に腰を下ろした小島は、サングラスをかけてから愛車をスタートさせた。

が、フェリーから埠頭に出た瞬間、車の前に、二人の警官が立ちふさがった。

小島は、はっとした顔で、ブレーキを踏んだ。

警官の一人が、窓から、運転席をのぞき込んだ。

「小島史郎さんですね」

「いや。おれは、山田だ」

と、小島がいうと、中年の警官は、小さく笑って、

「じゃあ、運転免許証を見せていただきましょうか」

と、切り返した。小島の顔が赤くなった。

「わかったよ」と、彼は、首をすくめた。

「確かに小島だが、警官に逮捕されるような真似はしていないよ。いったい、おれをどうしようというんだ?」

「東京の警視庁から、あなた方を引き止めておいてくれという要請がありましてね」

「嫌だといったら?」

「連続殺人事件の容疑者として、来ていただくことになるかもしれませんね。もちろん、そんなことはしたくない」

「オーケイ」

と、小島は、警官に向かっていった。

「われわれの後について来てください」

二人の警官は、近くに止めてあるパトカーに乗り込んでから、小島に向かって片手をあげてみせた。

7

沖縄県警から、小島史郎と家族を見つけ、那覇市内にある県警本部に連行したという報告が入ったのは、午前十一時二十分である。

十津川は、ほっとした。県警本部の建物の中にいれば、犯人も、小島水夫長とその家族を狙うことはできまい。十二時十分になれば、亀井刑事と今西刑事の二人が、那覇空港に着く。あの二人が、小島水夫長と家族を守ってくれるだろう。

また、電話が鳴った。

今度は、防衛施設庁の係官からだった。M16小銃《ライフル》について問い合わせていたことへの回答が、やっと、今日になって、在日アメリカ軍からあったのだという。

「ずいぶん、米軍はのんびりしていますな」

十津川の口から、自然に皮肉が出る。凶器の小銃が発見されてからでは、有難さが半減してしまう。

「そういわんでください。米軍相手の交渉は、いろいろと骨の折れるものでしてね」

と、担当者は、電話の向こうで苦笑してから、

「それに、PXで銃を堂々と売っているお国柄ですからねえ。それで、米軍からの報告ですが、盗難にあった日時は不明。場所は東京の霞が関キャンプ。M16小銃と実弾二十発。銃のナンバーは1692285、以上です。たぶん、遊ぶ金ほしさにGIが盗み出して、日本人に売りつけたんでしょうな」

十津川は、そのナンバーを手帳に書き止めながら、一致していると、満足した。野沢温泉で発見され、今、科研に送られているM16小銃にあったナンバーと一致していたからである。

少しずつだが、捜査は進展している。その確かな手応えが、十津川には嬉しかった。

8

亀井刑事と今西刑事の二人を乗せた日航ジャンボ機は、定刻の十二時十分に、明るい那覇空港に着陸した。

東京は、氷雨だったが、飛行機のタラップをおりたところで、二人の刑事は、南国の太陽の明るさに、眼をぱちぱちさせた。やはり、日本は広い。

滑走路には、米軍のマークをつけた軍用機も並んでいて、それが、いまだに、米軍と共用されている那覇空港の現実を示していた。

亀井刑事は、待合室に向かって歩きながら、コートを脱いだ。今西刑事も、「いい天気だ」と、ハンカチで額《ひたい》の汗を拭いた。気温は二〇度にはなっているだろう。十津川警部補も、ここに来れば、カゼが治るかもしれない。

待合室には、沖縄県警の刑事が、迎えに来てくれていた。いかにも、南国生まれの男といった感じの、眉の太い、色の浅黒い、精悍《せいかん》な顔つきの三十二、三の刑事だった。

「玉城利夫」と書かれた名刺をくれてから、

「玉城《たまぐすく》と読みます」

と、律義に教えてくれた。

空港の入口には、観光客目当てのタクシーがずらりと並んでいる。その間を抜けて、玉城刑事は、二人を、待たせてあったパトカーに案内した。

亀井刑事たちが乗り込むと、パトカーは、市内の県警本部に向かって走り出した。右側通行の道路には、本土と同じように、車があふれている。沖縄ナンバーの車に混じって、時たま、本土ナンバーの車が走り過ぎていくのは、カーフェリーで運ばれて来た車だろう。

「小島水夫長は、どうしています？」

と、亀井刑事が聞くと、玉城刑事は、

「早く釈放しろと、怒っています。あなた方が来るまで、我慢してくれとなだめているんですがね。奥さんは、蒼《あお》い顔をしているし、子供は、人形を与えてあやしているんですが、両親の緊張がぴーんとくるのか泣き出したりして、手を焼いています」

と、溜息をついた。ごつい顔の玉城刑事が頭をかく姿が何ともユーモラスで、亀井刑事は、つい笑ってしまった。

玉城刑事の言葉に、誇張はなかった。

亀井刑事と、今西刑事が、県警本部に着いて、小島水夫長に会ったとたん、いきなり噛みつかれた。

「君たちに、おれと、おれの家族を拘置する権利があるのか？」

と、小島は、叫んだ。

亀井刑事は、相手のご機嫌をとるように、

「まず、お詫びしますよ」

と、いった。

「不愉快になられたことはわかります。が、これも、あなた方を守るためにやったことなのですよ」

「いったい、何からおれたちを守るというんだ？」

「それは、あなたがよく知っていることじゃありませんか」

「おれが？」

と、小島は、眼をむいた。が、亀井刑事は、その怒りの表情に、虚勢の色を見たように思った。

「そうです。あなたが、よくご存じと思うんですがね」

「何をいってるのかわからんね。おれは、この沖縄で、家族と一緒に静かに楽しみたいんだ。それを妨害する権利は、あんた方にはないはずだぞ」

「ありません。しかし、あなただって、死にたくはないでしょう？　家族は、もっと死なせたくないはずだ。ざっくばらんに伺いますが、あなた方を狙っているのは、いったい、何者ですか？」

「――――」

小島は、黙ってしまった。が、亀井刑事は、かまわずに言葉を続けて、

「おわかりのはずですよ。あなた方第一日本丸の生存者が、次々に殺されている。ブラジルへ移住した竹田船医は、まだ殺されずにいるが、宮本船長は、自殺に見せかけて殺されたし、佐藤一等航海士と、辻事務長は、射殺されました。ヨットで脱出した河野二等航海士も、ヨットごと粉々に飛ばされた。次は、明らかにあなたの番ですよ」

「おれは、人に恨まれるようなことはしていないつもりだよ」

「本当に？」

「第一、いったい誰が、おれを殺すというのかね？」

「それは、こちらが知りたいことです。心当たりは、本当にないんですか？」

「あるはずがないじゃないか。もし、そんな奴がいるなら、きっと、そいつは気狂いだ。気狂いに、動機なんかないだろう？」

「脅迫状を受け取ったことはありませんか？」

「ない。一度もないよ」

「なぜ、沖縄へ来たんですか？」

「今もいったように、きれいな海を、娘に見せてやりたかったんだ。家を留守にすることが多いから、家族サービスだよ。邪魔はしないでほしいね」

「あなたは、べつに事件の容疑者というわけじゃありませんから、われわれも、あなたを束縛するわけにはいきません。ただし、われわれは、あなたとご家族を守りますよ」

「それはどうも。おれはね、海岸の小さい家を借りて、一カ月ばかり家族と過ごしたいんだが、かまわないかね？」

「かまいませんよ」

と、亀井刑事はいった。

9

亀井刑事が、小島水夫長に質問を浴びせている間、今西刑事のほうは、妻の晴子に当たってみた。

小柄で、平凡な感じの女である。明らかに怯《おび》えていた。が、だから知っていることをすべて話してくれるとは限らない。怯えから口が堅くなってしまう人間もいるからである。

「脅《おど》かすわけではありませんが、今、あなた方は、危険な状態におかれています。相手は、まだ、はっきりと誰かはわかりませんが、何者かが、あなた方を狙っているのです」

今西刑事がいうと、晴子は、助けを求めるように夫のほうにちらりと眼をやってから、

「あたしは人に恨みを買うような覚えは全然ありません。主人もないと申しておりますけど」

「ご主人が、何かそれらしいことをおっしゃったことはありませんか？」

「といいますと？」

「誰かに恨まれているとか、脅かされているといったことです」

「今も申しあげたとおり、主人がそんなことを口にしたことはありませんわ」

「今度の沖縄行きはご主人がいい出されたんですか？」

「はい」

「突然に？」

「ええ。でも、それが――」

「沖縄行きの理由を、ご主人はどういわれました？」

「沖縄で静かに身体を休めたいし、子供に、南のきれいな海を見せてやりたいといっていましたわ」

「それだけですか？」

「ええ」

「ご主人が、遭難から帰られたあと、何か妙なことはありませんでしたか？」

「べつにありませんでしたけど――」

「よく考えてみてください。どんなことでもいいんですがね」

「これといって――」

晴子は、当惑した顔で、考え込んでいたが、

「ちょっとしたことがあるにはありますけど、でも、あれは、あたしたちに関係があったかどうか」

「話してください」

「夕方、買い物に出たら、五、六十メートル離れた電柱のかげに男の人がいて、あわててか

くれたんです。でも、あたしたちには関係がないと思いますけど」

「なぜです？」

「だって、あたしや主人が見張られる理由なんて考えられませんもの。きっと、刑事さんが、事件の張り込みをなさってたんだと思いますわ」

「どんな男でした？」

「よくわからないんです。あたしは、自分に関係ないと思ったから、すぐ、マーケットへ行ってしまったので――」

「でも、ちらりとは見たわけでしょう？」

「ええ」

「若い男でしたか」

「サングラスをかけていたんで、よくわかりませんでした。三十歳ぐらいだったと思いますけど、もっと若かったかもしれないし、もっと年とっていたかもしれないし――」

「背の高さは？」

「わかりませんわ。ああ、茶色っぽいコートを着て、襟を立てていました。だから、よけい警察の人だと思ったんです。それに、あたしの家の近くで、夜おそくＯＬの女の人が襲われたことがあったんで、その調べかもしれないと思ったし――」

「その男を見たのは、いつのことです？」

「たしか、主人が帰って来た翌々日でしたから、十二月十二日でしたわ」

「ほかの日は？」

「注意してなかったから、わかりません。いたかもしれませんけど」

10

そのころ、小川刑事と二人の若い刑事は、羽田空港で分厚い乗客名簿と格闘していた。

羽田には、十津川がいったように、日航をはじめとして、パンナム、ＢＯＡＣ、ルフトハンザなどが、インド経由ヨーロッパ行きの便を乗り入れている。

三人の刑事は、手分けして、各航空会社の事務所で、十二月五日から十八日までの乗客名簿を見せてもらった。

簡単な仕事ではなかった。

乗客の数の多さもあるが、それ以上に、国際線のため、日本人の名前が、ローマ字になっているためだった。

それでも、フルネームが書いてある場合はいい。名前のほうがイニシアルだけの場合は、果たして、五人の中の一人かどうか判断がむずかしかった。
H. OHISHIとあったとき、探している大石宏なのか、それとも、大石晴男といった全く別の名前なのか、見当がつかないからである。そんな名前にぶつかると、小川刑事たちは、仕方なく全部、手帳に書き止めていった。

パンナムの事務所で、名簿を見ていた小川刑事は、十二月十五日午後四時三十分到着の便に、次の名前を発見した。

JUNICHI AKAMATSU

フルネームで書いてある。赤松淳一だ。

この客は、インドのボンベイ空港から乗っている。そして、ボンベイは、第一日本丸の遭難現場に近い。

ほかに、二人の刑事が次の二人の名前を日航と、ＢＯＡＣの乗客名簿から見つけ出した。

H. OHISHI

TOSHIO TANAKA

の二つの名前である。片方は、五人の中の名前、大石宏と考えられないこともなかったし、もう一つは、田中利夫と考えてもおかしくはない。

だが、小川刑事は、結局、この二つを捨てることにした。前者が、ローマからの乗客であり、後者が、バンコクからの乗客だったからである。

このあと、十二月十五日の午後に勤務した空港の入国管理官に当たってみると、その中の一人が相手の名前は忘れてしまったが、船員手帳を持った若い男がいたのを覚えていてくれた。

11

赤松淳一（二十五歳）
本籍　東京都八王子市上川口
現住所　品川区××町×丁目　ニュージャパンライン独身寮
身長　一七五センチ　体重　七〇キロ
自衛隊に二年間勤務のあと、海員学校へ入学。卒業後ニュージャパンラインに入社。

今、十津川の前に、一人の男の履歴書と写真がある。がっしりとした体格、眉が寄っていて、抜け目のなさそうな顔つきの若い男である。

この男が、十津川たちの必死に探していた連続殺人事件の犯人とみて、まず間違いないだろう。十津川は、そう確信した。

十二月五日。インド洋で、マンモスタンカー第一日本丸が沈没し、二十六名の行方不明を出した。その中の一人、赤松淳一だけが、奇跡的に助かり、十二月十五日午後、パンナム機で、ひそかに帰国していたのだ。そして、復讐を始めた。

「まず、間違いありません」

と、十津川は、捜査一課長に向かって、自信を持っていった。現金なもので、彼は、カゼをひいているのを忘れている。興奮すると、身体が熱くなって、一時的にカゼの症状が消えるのかもしれない。

十津川は、赤松淳一の写真を、課長の前に置いた。

「これが、われわれの探していた犯人です。今まで、われわれは、姿の見えない幽霊を相手にして戦って来ましたが、これで、やっと対等の戦いができるわけです」

「舞台は沖縄か」

「そのとおりです」

「犯人も、すでに沖縄に着いていると思うのかね?」

「恐らく。ひょっとすると、小島水夫長と同じカーフェリーで、那覇に着いているかもしれません。私も、すぐ沖縄へ飛びます」

「今度こそ勝てるだろうな」

「勝たなきゃなりません。ハンディはなくなったし、相手はもうM16小銃を持っていませんからね」

十津川が微笑したとき、電話が鳴った。

課長が受話器をつかみ、「わかりましたか」と、笑顔で応対していたが、ふいに、

「何ですと？」

と、急に大声を出した。

電話を切ったあと、課長は、むずかしい顔で十津川を見た。

「科研からの電話だったよ。弾丸の鑑定結果が出た。野沢温泉で辻事務長夫婦を射殺した弾丸は、大井川鉄橋で、佐藤一等航海士を射殺した弾丸と同じ銃から発射されたものだったそうだ」

「予想どおりですな」

「だが、銃が違っているというんだ」

「と、いいますと？」

「野沢温泉で発見されたM16小銃を、科研で試射したそうだ。そして、弾丸に刻まれた条痕を比べてみた。ところが、その条痕が、二つの事件の弾丸と一致しなかったというんだ」

「どういうことですか？　それは」

と、十津川の顔色も変わった。

「わかっているはずだ」と、課長は、怒ったような声でいった。

「M16小銃が、もう一丁あったということだよ。今、君は、犯人はもうライフルを持っていないといったが、まだ、M16小銃を持っているんだ」

第八章　沖縄の攻防

1

男は、有名な「守礼之門」の近くで車を止めた。

この辺りは、那覇市内でも高台になっていて、眼下に、那覇の市街が広がり、その向こうに、東シナ海が青く光っているのが望見できる。

朱く塗られた守礼之門の前では、観光客が、しきりに記念写真をとっている。その観光客を狙って、写真屋も出ていた。盛装した沖縄美人が一緒で、金を出せば、並んで撮ってくれるのだ。

男は、陽焼けした顔で、腕を組んだ。大きなサングラスをかけているので表情はわからないが、眉が険しく寄っていた。

男は、小島水夫長と、同じフェリーに乗って那覇港に着いた。

標的は、完全に彼の手中にあったのだ。船の中で殺さなかったのは、できなかったからではない。チャンスはあった。見逃したのは、海に浮かぶ船の上では、自分の逃げ場がない。ただそれだけの理由でしかなかった。

クイーン・コーラルの中で、男は、べつに焦りは感じなかった。彼は、自分の腕に自信を持っていた。沖縄に上陸すれば、いくらでもチャンスがあると考えていたからである。

だが、那覇港に着いたとたんに、第一の齟齬《そご》が待ち受けていた。埠頭に、沖縄県警の警官が張り込んでいたからだ。

最初、男は、自分を逮捕するために、張り込んでいるのかと思って、はッとなった。が、二人の警官は、彼にも、彼の車にも見向きもしなかった。男は、一時にせよ、冷や汗をかいたことが馬鹿らしかった。のろまな警察は、まだ、自分のことを何もわかっていないに違いないのだ。びくつくことはない。

男は、車をフェリーから出し、百メートルばかり離れた場所に止めて、小島水夫長の車が出てくるのを待った。

ところが、小島水夫長と家族の乗ったホンダシビックは、二人の警官に止められ、県警本部に連れて行かれてしまったのだ。

男は、県警本部の近くに車を止めて、小島水夫長と家族が出てくるのを待つことも考えたが、それは、危険すぎると思って、中止した。自分の名前も、顔も、まだ、警察にはわかっていないという自信はあった。もし、わかっていたら、新聞に出るはずだからである。

だが、不審な車が、県警の建物の近くに、じっと止まっていれば、怪しむだろう。不審訊問で捕まっては、馬鹿馬鹿しい。それに、男は、車にM16小銃《ライフル》を積んでいたから、不審訊問を受けたくはなかった。

だから、いったん監視をやめて、「守礼之門」のある高台に車を回したのである。

男は、組んでいた腕をとき、煙草に火をつけた。

(警察は、これから、小島水夫長と家族をどうするだろうか？)

小島は、犯人でも容疑者でもないのだから、彼の意に反して、いつまでも拘置しておくというわけにはいくまいと、男は結論を出した。結局は釈放するはずだ。

(だが、その前に警視庁の刑事を呼ぶだろう)

と、思った。

警視庁の刑事が駆けつけて来て、小島に訊問する。何を質問するかも男にはわかっている。

犯人に心当たりはないかということと、連続殺人の動機だ。

(だが、小島には、どちらも答えられないはずだ)

答えれば、自分も破滅することを知っているからだ。

結局、小島と家族は、釈放されるだろう。

問題は、そのあと、彼らが、沖縄のどこへ落ち着くかだ。狙撃しやすい場所に行ってほしい。

男は、ポケットからメモを取り出し、煙草をくわえたまま、眼を通した。

小島　史郎（四十五）
　妻　晴子（三十六）
　娘　ユカ（七）

使用している車は、赤《レッド》のホンダシビック、ナンバーは、横浜××××番。

会社に一カ月の休暇届けを出し、十二月二十四日、川崎より名古屋行きのフェリーに乗船。

そのあと、フェリーを乗りつぎ、沖縄へ行く可能性が強い。

小島史郎は、以前、沖縄に来たことがあり気に入っている。ボートで釣りをするのが好きで、二年前、八丈島の貸別荘を一週間にわたって借り、家族と過ごしたことがある。

（沖縄の貸別荘というのは、ちょっと聞いたことがない）

男は、自問自答した。

（といって、一カ月も、ホテルに泊まることもしないだろう）

とすると、民宿が考えられる。だが、今は夏のシーズンではない。民宿もないに違いない。

すると、残るのは、どこか空いている家を、一カ月借りることだと、男は考えた。

彼は、途中で買った沖縄の地図を、膝の上に広げた。

釣りができて、景色がよくて、子供が喜びそうな場所は、沖縄のいたるところにある。沖縄の海岸線のほとんどが、環礁《リーフ》に囲まれているからである。沖縄の海は、本土のそれに比べれば、まだ荒らされていないから、舟を出せば、どこでも魚が釣れるだろうし、環礁の中には、色とりどりのサンゴがあり、熱帯魚が、子供を喜ばせるだろう。

（小島史郎は、自分が狙われているのを知っている。戦場の兵士は、戦闘が始まると、最も身近にある穴にもぐり込む。それと同じで、小島も、よりよい海岸をと、沖縄中を走り回るようなことはしないはずだ。多少は不満足でも、なるべく早く、隠れ場所を見つけて、そこへもぐり込むだろう。それが追われる者の心理だ。だから、那覇市からそう遠くない場所に、家を借りるに違いない）

2

午後二時三十分。

玉城刑事は、小さな身体を丸めるようにして階段を上がり、小島水夫長と家族を待たせてある部屋に入って行った。

「やっと、適当な家が見つかりました」

と、玉城刑事は、亀井刑事と今西刑事の二人に、まず報告した。

「一カ月間、貸してもいいというのですよ」

「警備のしやすい場所ですか？」

と、亀井刑事は聞いた。気になるのはそれだった。

「それは、大丈夫です。私が、この眼で確かめてきました。六畳と四畳半の小さな家ですが、沖縄の民家は、みんなそうですが頑丈な石垣に囲まれています。家の周囲は、砂浜で、犯人が隠れて待ち伏せするような場所はありませんし、数軒ある家は、すべて、身元がはっきりしています」

「場所は、どこですか？」

「糸満《いとまん》です」

と、玉城刑事は、地図を広げた。

糸満は、那覇市から南へ、約十キロのところにある町である。亀井刑事も、糸満が、漁師の町として有名なことぐらいは知っていた。那覇の県警本部から、そう遠くないことも気に入った。

だが、小島史郎に話してみると、彼は不満そうな表情になった。

「当てがいぶちというのは、おれは嫌いなんだ」

と、小島は、眉《まゆ》をしかめて、

「自分の気に入った場所に家を借りる権利は、おれにだってあるはずだよ」

「確かにそのとおりですが、あなたが狙われていることも忘れないでください」

と、亀井刑事は、辛抱強く、小島をなだめた。

小島の娘のユカは、完全に退屈してしまっていた。妻の晴子は、心配そうにじっと考え込んでしまっている。

東京に残っている十津川が、午後五時三十分那覇空港着の日航機で、こちらに来るという連絡が入っていたから、亀井刑事や今西刑事にしてみれば、十津川が着いてから、小島水夫長と家族を移動させたかった。

だが、小島の態度を見ていると、これからあと、三時間も待たせたら、どうツムジを曲げられるかわからなかった。肝心の小島水夫長にそっぽを向かれてしまったら、彼と、彼らの家族の護衛に、いかに多くの警官を動員したところで、無力に等しくなってしまうだろう。

「じゃあ、すぐ、海を見に行きましょう」

と、亀井刑事は、小島にいった。

「その前に、一つだけ教えていただきたいことがある」

「犯人に心当たりはないし、佐藤一等航海士や辻事務長が殺されたのは、おれとは関係ないよ」

「犯人はわかったんですよ」

亀井刑事がいうと、小島はびっくりした顔で、「え？」と、亀井刑事を見、今西刑事を見た。

「どうわかったんだい？」

「ついさっき、東京から連絡がありましてね。連続殺人の犯人は、赤松淳一に間違いないだろうというのです。もちろん、あなたは、赤松淳一を知っていますね？」

「赤松？」

小島の角張った顔が、蒼くなった。そのまま、じっと、黙り込んでしまった。

「知っているはずですよ」と、亀井刑事は、続けた。

「同じ第一日本丸の乗組員だったんでしょう？　違いますか？」

「ああ、知ってるさ」と、小島は、いくらか自棄《やけ》ぎみにいった。

「赤松淳一という若い船員がいたのは覚えているよ。だが、あいつが、なぜ、おれを狙うんだ？　そんなことは、おれには信じられないね」

「理由は、あなたがよく知っていると思うんだが？」

「おれが知ってるわけがないじゃないか。それより、赤松を見たのかね？　日本のどこかで？」

「赤松淳一は、十二月十五日に、羽田におりている。奇跡的に助かって、日本に帰って来たんですよ。そのあと、彼は、あなた方、六人の生存者を、次々に殺しはじめたんです。脅かしたくはないが、今度狙われるのは、間違いなく、あなただ」

「信じられないね。なぜ、赤松が、おれを殺そうとするんだ？　赤松が、おれの前に出て来たら、おれは喜んで握手してやるよ」

「赤松淳一というのは、どういう男です？」

「どうって、まじめな、いい若者さ。悪人じゃないよ」

小島は、口の中で、「なぜ、あいつが、おれを？」と、くり返した。

亀井刑事は、第一日本丸が遭難したとき、六人だけが、ほかの二十六名を見捨てて逃げたのではないかと聞きたかったが、その質問だけは、胸の中に収めてしまった。たとえ、それが事実でも小島水夫長が、肯定するはずがないからだ。

沖縄県警の玉城刑事が先に立って、小島水夫長と家族は、県警の建物を出た。亀井刑事と今西刑事が、そのあとに続いた。

西陽が、県警や、県庁の建物に、濃い影を作っていた。十津川から、犯人はまだM16小銃を持っているという連絡を受けていた亀井刑事と今西刑事は、油断なく、周囲を見回した。

小島水夫長と家族が、ホンダシビックに乗って、エンジンをかける。玉城刑事の乗ったパトカーが、先頭になって走り出し、ホンダシビックが、それに続いた。と、思った瞬間、小島は、いきなり、ハンドルを切って、Uターンし、北に向かって突っ走った。

亀井刑事と今西刑事は、やっと、後続車に乗り込んだところだったし、玉城刑事のパトカーは、知らずに、二、三十メートル先まで走ってしまっている。

玉城刑事のパトカーが、やっと気がついて、あわててUターンしたときには、小島水夫長のホンダシビックは、すでに、国道五八号線を北に向かう車の列の中にまぎれ込み、その特徴のある車体は見えなくなってしまっていた。

3

県警の建物から、十二、三メートル離れた地点に車を止め、運転席に身体を沈めるようにして、見張っていた男も、同じように狼狽した。

男は、小島水夫長とその家族が、移動するとしても、陽が落ちてからになるだろうと読んでいた。鼠《ねずみ》は、暗がりを選んで逃げるものだからだ。

三時前に、ここに来ていたのは、念のためという気持ちがあったからである。県警から、小島水夫長と家族が、刑事に守られるようにして出て来たとき、意外な気がした。

男は、銃に取りつけるスコープで、彼らを見た。小島水夫長は、明らかに不機嫌に見える。きっと、午前中から警察に止められ、訊問されて、うんざりしているのだろう。明るいうちに移動することになったのは、小島水夫長が、強く望んだからに違いない。

意外だったが、男は、べつにあわてなかった。まず、沖縄県警のパトカーが走り出した。

（南の海岸へ行くのか）

と、男は、呟き、ゆっくりと、スターターキイを回した。尾行するには、十メートル以上離れたほうがいい。そう考えて、煙草をくわえたとき、いきなり、ホンダシビックが反対方向へ走り出したのである。

男も、その後を追おうとして、辛うじて、自分を押えた。県警のパトカーがＵターンし、もう一台も、ホンダシビックの後を追ったからである。そこへ割り込んだら、捕まりに行くようなものだ。男は、まだ、東京ナンバーの車に乗っていたからである。フェリーで、他県ナンバーの車が乗り入れて来ているといっても、圧倒的に多いのは、地元、沖縄ナンバーの車だ。東京ナンバーの車が走れば、いやでも目につく。

男は、車を動かさずに、じっと待った。

県警のパトカーが、ホンダシビックに追いついたら、いったん、ここへ連れ戻すだろうと、考えたからである。

しかし、三十分たっても、パトカーもホンダシビックも戻って来なかった。その代わりのように、一台、二台と、県警のパトカーが、あわただしく北に向かって走って行くのが見えた。

（ふーん）

と、男は、鼻を鳴らした。

（沖縄の中部か北部で、新しい事件が起きたのか、そうでなければ、小島水夫長の車を発見できなかったので、応援を求めてきたかの、どちらかだな）

4

小島水夫長の運転するホンダシビックは、国道五八号線を、北に向かってひた走りに走り続けた。

完全舗装された広い道路である。信号は、ほとんどない。

妻の晴子は、蒼い顔で、しきりに背後《うしろ》に眼をやった。

「こんなことをして、大丈夫なの？」

と、心配そうに聞いた。七歳のユカだけは、沖縄の街の景色を見て、ひとりではしゃいでいる。

「大丈夫だよ」

と、小島は、怒ったような声を出した。ちらちらと、バックミラーに眼をやるが、パトカーの姿は見えない。小島は、やっと、スピードを落とし、掌に浮かんだ脂汗を、片方ずつ拭き取った。

「おれたちは、ここに、休暇を楽しみに来たんだ。それなのに、あんな刑事たちに取り囲まれてたら、息ができなくなるじゃないか」

「でも——」

「いいか。おれは、犯人じゃない。佐藤さんや、辻さんが殺されたときは、フェリーに乗ってたんだ。それは、お前が一番よく知ってるはずだよ」

「ええ」

「じゃあ、何も心配することはないじゃないか。それでも、お前が心配なら、一カ月の休暇を楽しんだあとで、警察に謝るよ。それでいいだろう」

「ええ。それなら」

晴子は、やっとうなずき、それ以上は、いわなかった。夫が、気短かなことは、よくわかっていたし、彼女自身も、警察にうるさくつきまとわれるのは、楽しくはなかった。

「熱帯魚が早く見たいわ」

と、ユカが無心にいった。

「よし。すぐ、見られるぞ」

と、小島は、バックミラーの中のユカを見て微笑した。

那覇の市内を抜けると、急に、緑が多くなった。

両側に、米軍基地が見え出した。厳重な金網の向こうに、見事な芝生が広がり、白い高級住宅が立ち並んでいる。それが、五百メートル、千メートルと、えんえんと続く。プールや、ゴルフ場まで見え、パイプをくわえたアメリカ人将校が五、六人、のんびりと歩いている。まさに、沖縄は、基地の島だ。

「向こう側に住みたいとは思わないか？」

と、ふいに、小島が聞いた。晴子は、戸惑いの眼で、夫を見た。

「向こう側って？」

「あの金網の向こう側さ。ゆったりとした芝生があって、洒落《しゃれ》た邸があって、プールもある。そんな所に住みたくないかって、いったんだ」

「すてきだけど、金網の中なんて」

「向こう側に住めば、こっち側の人間が、金網の中に入っているように見えるさ」

「でも、あたしは、英語はできないし、外人と一緒じゃあ息が詰まるわ」

と、晴子は、笑った。

小島は、「やっぱりそうか」と、残念そうにいったが、それっきり、金網の向こうの話はしなかった。

沖縄は、那覇から北に行くほど、昔のままの素朴さが残っている。言葉をかえれば、開発がおくれているということだが、昔ながらの赤瓦の屋根も見えるし、海もきれいだ。

昔風の漁村が点在している。

小島は、中部地区の恩納村《おんなそん》に入ったところで、車を脇道に入れた。

この辺りは、環礁《リーフ》の美しい海岸線が続いている。

小島は、車に妻子を待たせておき、漁村に足を運び、一カ月ばかり、空いている家を貸してもらえないかと聞いて回った。「やあ、おばさん」といった、小島のざっくばらんな話し方が、好感を持たれたこともあったし、沖縄にも過疎現象が起きていたこともあって、砂浜に近い家を借りることができた。

昔風の赤瓦の屋根も、小島は気に入った。高い石垣に囲まれて、広い庭もある。妻の晴子は、庭に咲いている真っ赤なハイビスカスが、気に入ったらしく、一輪、手折《たお》って、ユカの髪にさしてやった。

「あたしは、ハイビスカスって、夏だけ咲くものかと思っていたけど、冬でも咲くのね」

「ここでは、一年中、咲いているよ」

と、小島は、笑った。

海が近いので、砂地の庭にまでヤドカリが入り込んでのそのそと歩いている。ユカは、早速、それを追い回して喜んでいた。

小島は、家族と一緒に、砂浜に出てみた。

七色のサンゴ礁の海が、眼の前に広がっている。サバニと呼ばれる小舟が、浜に並んでいた。

「ペルシャ湾も、ここと同じくらいきれい？」

と、晴子が聞いた。彼女は、夫の乗っていたタンカーが、ペルシャ湾との間を往復していたので、何気なく聞いたのだが、小島は、

「ああ、青いきれいな海だ」

と、うなずいてから、ふっと、眉を寄せた。

しかし、それに晴子が気づくより先に、小島は、ユカを抱きあげて、

「明日、天気がよかったら、あのサバニを借りて、海を散歩してみようか。リーフの中なら、波もないし、きれいな熱帯魚が見えるぞ」

と、いった。

家に戻って、晴子が部屋の掃除をしていると、人をもてなすことの好きな沖縄の人たちらしく、村の人たちが、祝い物を持って集まって来た。豚肉を使った沖縄料理を作って持って来てくれた主婦もいたし、沖縄特産の泡盛《あわもり》を持って来た老人もいた。そんなことも、晴子を喜ばせたようだった。

5

十津川は、沖縄県警本部に着いて、先に来ていた亀井刑事と今西刑事の情けなさそうな顔を見たとたんに、事態をのみ込んだ。

「小島史郎に逃げられたな」

と、十津川がいうと、亀井刑事は、文字どおりカメのように首を縮め、今西刑事は、大きな身体を小さくした。

「わかりますか?」

「そのショボくれた顔を見れば、子供でもわかるさ」

と、十津川は、苦笑した。

「小島水夫長に逃げられたのは、すべて私の責任です」

と、傍から、玉城刑事が、十津川に向かって、いかつい顔で謝った。

「まあ、過ぎたことはいいでしょう」と、十津川は、いった。

「小島が、どこへ行ったか見当もつきませんか?」

「海辺の家を一カ月ばかり借りて、休暇を楽しむといっていたので、今、海岸をしらみ潰しに、当たっています」

「犯人も、小島を見失ってくれていると助かるんだがね」

「それは、たぶん、大丈夫だと思います。小島のホンダシビックを追いかけている間、不審な車は見当たりませんでしたから」

「犯人は、赤松淳一に、間違いないんですか?」

と、今度は、今西刑事が聞いた。十津川は、

「まず、間違いない。小川刑事が、東京に残って、確認の作業をしているが、赤松だよ」といい、持って来た鞄の中から、焼き増しした赤松淳一の写真を取り出して三人に渡し、残りを机の上に置いた。

「すぐ、配って来ましょう」

と、玉城刑事は、写真の束を持って、部屋を飛び出して行った。

亀井刑事と、今西刑事は、赤松淳一の写真を見つめた。

「この男が、連続殺人の犯人ですか」

と、亀井刑事は、小さな溜息をついた。

「こんな若僧に、われわれが引きずり回されていたと考えると、シャクに障りますな」

「若くても、危険な奴《やつ》は危険だよ」

と、十津川は、切り捨てるようないい方をした。

十津川は、立ち上がって窓の所まで足を運び、夜の気配の濃くなった那覇の街を眺めた。明かりが美しい。その向こうに、黒々と広がっているのは海だろうか。

小島水夫長と家族は、この沖縄のどこかにもぐり込んでしまった。

犯人の赤松淳一は、今ごろ夜の国道を、車を飛ばして、小島水夫長を探し回っているのか。

犯人は、まだM16小銃《ライフル》を持っている。

彼が、自分たちより先に小島を見つけてしまったら、小島も家族も、まず、間違いなく、ライフルの餌食《えじき》になってしまうだろう。

十津川は、犯人が若者だからといって、軽くは見ない。相手は、あらかじめM16小銃を二丁用意しておき、いざというとき、その一丁を警察にわざと発見させるようなことまでする男なのだ。

夜半になっても、小島水夫長と家族は見つからなかった。

幸い、殺人事件の知らせも入って来なかった。それが、十津川の焦燥を辛うじて、抑えてくれた。犯人も、小島を見つけ出せずにいるのだ。そう、十津川は祈った。

6

十二月二十八日の朝が来た。

県警で用意してくれた朝食を食べたが、十津川も、二人の部下も食欲がでない。

午前九時を過ぎたとき、玉城刑事が、顔を真っ赤にして飛び込んできた。

「見つけましたよ！」

と、玉城刑事が、叫んだ。

「小島水夫長を見つけましたよ」

「どこで？」

と、十津川たちは、思わず椅子から立ち上がった。

「案内します。すぐ行きましょう」

と、玉城刑事は、促した。

十津川たちは、玉城刑事の運転するパトカーで、北に向かった。

「われわれは、幸運でした」

と、玉城刑事は、運転しながら、小島水夫長と家族を発見したときの模様を説明してくれた。

「今朝になって、小島夫婦の子供が腹痛を起こしましてね。それで、例のホンダシビックに乗せて、医者の所まで国道を走った。それが、われわれの眼に触れたわけです。もし、子供が腹痛を起こしてくれなかったら、まだ見つけられずにいたと思います。何しろ、小さな漁村にかくれてしまっていたわけですから」

「それで、小島は？」

「借りた家にいます。県警の警官が二人ついていますから大丈夫です。もう逃がしやしませんよ」

「場所は？」

「恩納村の外《はず》れです」

十津川は、地図を広げた。那覇市から約四十キロ。有名な米軍の嘉手納《かでな》基地の先だった。

一時間で、恩納村に着いた。

国道五八号線から左に入ると、とたんに舗装道路が消えて、土埃《つちぼこり》の舞いあがる細い道に変わった。道の両側に、人間の背より高いサトウキビ畑が広がっている。今が、サトウキビの収穫期なのか、畑で働く人の姿が見えた。道が悪く、車は、やたらにバウンドする。それをがまんしているうちに、サトウキビ畑がなくなり、漁村に入った。一つ一つの家が厚い石垣で囲まれ、ハイビスカスの赤い花が、その石垣の向こうに咲き乱れていた。

車は、その一軒の家の前で止まった。

前に、赤《レッド》のホンダシビックが止まっていた。

それを見て、十津川は、やっと、安心した。これで、また、犯人と対等の立場に立てたのだ。

十津川たちは、車をおりて、その家に入って行った。小島水夫長は、縁側に腰を下ろし、仏頂面《ぶっちょうづら》で、県警の刑事の質問に答えていた。妻の晴子が、心配そうにそれを見守っている。腹痛を起こしたという子供は、もう元気になって、庭で、ヤドカリを突っついて喜んでいた。

「小島水夫長は、ここから動かんといっています」

と、彼と話をしていた刑事が、十津川たちの所へ来て報告した。

「それに、事件については、何も話してくれません」

「まあ、いいでしょう」

と、十津川は、あっさりといい、

「周囲の地形を見て来ようじゃないか」

と、亀井刑事たちを誘った。

石垣の間の道を歩いて、浜に出た。陽射しが強く、海が眩《まぶ》しい。

左を見ると、細く食い込んだ入江をはさんで、大きく突き出した岬が見えた。十五、六メートルの高さの絶壁になっている岬で、岬の先端に、小さな鳥居らしいものが見えた。こちらの浜は、その岬から見下ろされているような形になっている。

「あれは？」

と、十津川が、指さすと、玉城刑事が、

「万座毛《まんざもう》という名所です。あの断崖の上が、朝鮮芝の広場になっていましてね。二五〇年前に、尚敬王《しようけい》という方が、その見事さに感心されて、万人を座らすに足るといわれたことから、万座毛の名がついたといわれています。今は、観光客に踏み荒らされて、自慢の朝鮮芝もはげてしまっていますが」

「あの岬から見ると、こちらは、丸見えでしょうな」

「そうですね。直線距離は、二、三百メートルでしょう」

「楽にライフルの射程距離に入るな」

「すぐ、警官をやりましょう」

と、玉城刑事が、パトカーに駆け戻って行った。

右手は、ずっと砂浜が続いていて、狙い射ちされる危険はなさそうである。

「犯人は、もう、小島水夫長を発見しているでしょうか？」

と、亀井刑事が聞いた。

「わからないが、発見されていると考えたほうがいい。これからは、たぶん、持久戦になるぞ」

十津川は、自分にいい聞かせるようにいい、海から吹いてくる風を、手でさえぎるようにして、煙草に火をつけた。

「相手は、冷静で忍耐強い男だ。われわれが、ここにいる限り、近づいては来ないだろう」

「一刻も早く、犯人を捕えてやりたいものですが」

今西刑事が、いらいらしたようにいった。

十津川は、「私だって、同じだ」と、いってから、

「それで、今、ふと考えついたんだが、軽く罠《わな》をかけてみようじゃないか。たぶん、引っかからないだろうが、それでも、もともとだ」

「どんな罠ですか？」

「小島のホンダシビックを借りて、君たちの一人が運転し、国道五八号線を流してみるんだ。いわばエサだ。うまくいけば、引っかかるかもしれん。シビックのあとを、少し離れて、玉

城刑事に、つけてもらう。君たちの運転する小島の車を追っかける車があれば、それが犯人の車だ」

7

男は、国道五八号線沿いにある三階建てのレストランで、遅い朝食をとっていた。嘉手納《かでな》基地の近くである。

時おり、轟音《ごうおん》をひびかせて、頭上を、巨大な米軍のジェット輸送機が飛び去って行く。カレーライスを食べ終わってからも、男は、テーブルから動かず、煙草に火をつけて、窓の下の国道五八号線を見下ろしていた。

昨夜は、とうとう、小島水夫長の車を見つけ出せなかった。それが、サングラスの下の彼の眼を険しいものにしていた。

眠気ざましにコーヒーを注文する。苦いだけで、味に丸みのないインスタントコーヒーである。それを無理にのどに流し込んだとき、男の顔が、急に緊張した。

眼の下の国道を、探し求めているホンダシビックが、ゆっくりと走り過ぎたからだ。プレートのナンバーも横浜である。コーヒーを置き、あわてて立ちあがって、下に止めてある車の所へおりようとしてから、男は、「おやっ」と、呟いた。

男は、また、腰を下ろしてしまった。

ゆっくりと、那覇市の方向へ走り去って行く車。間違いなく、小島史郎の車だ。男が一人で運転していたようだが、顔は、はっきりは見なかった。

だが、ちょうどすれ違ったパトカーが、全く、小島のホンダシビックを無視したのが、男に引っかかったのだ。

昨日、小島は、車で逃げた。警察は、必死で、探していなければおかしいのだ。連続殺人事件の犯人に狙われている人間なのだ。沖縄の全パトカーは、見つけ次第、押えるように命令されていなければおかしい。それなのに、あんなにゆっくりと走っている小島の車を、反対方向から走って来たパトカーが、平気で見過ごしたのは、あまりにも不自然だ。沖縄がそんなに呑気《のんき》とも思えない。

急に、男の口元に冷笑が浮かんだ。

(罠か)

と、彼は呟いた。

罠なら、あの車をつけている警察の車が、少なくとも、もう一台いるはずだ。もちろん、パトカーじゃない。

男は、手帳を取り出すと、小島のシビックのうしろを走っていく車のナンバーを、片っぱしから、書き止めていった。

三十分ほどすると、今度は、反対車線を、小島の車がこちらに向かって走って来た。戻って来たのだ。

(案の定か)

と、男は、笑い、ホンダシビックに続く車のナンバーを見ていった。

(あった!)

さっき、手帳に書き止めたと同じナンバーの車だ。白のニッサンセドリックだった。男は、そのナンバーをボールペンで囲んでから、腕時計に眼をやった。

午前十一時四十三分。

小島の車を運転している警官が、罠にこだわっていたとすれば、もう一度、引き返してくるかもしれない。

十二時十八分に、また、小島の車が戻って来た。

男は、微笑し、その時刻を手帳に書き込んだ。ここを通過して、三十五分で戻って来た計算になる。どこまで行って引き返して来たかはわからないが、常識で考えて、小島水夫長のいる場所まで戻ってから、またやって来たと見ていいだろう。そして、車のスピードは、約四十キロ。これで、小島のいる場所の大体の見当がつく。

男は、代金を払って、店を出た。が、すぐには車に戻らず、近くにあったパチンコ屋に入り、落ち着いて玉をはじき始めた。

二時間近く、男は、玉をはじいていた。五百円買った玉が、いつの間にか、箱いっぱいになった。それを、全部、煙草に替えてから、やっと、自分の車に戻った。もう、警察も、下手な罠は、あきらめた時分だ。パチンコで手に入れたケントの箱をあけ、一本くわえて火をつけてから、北に向かって、車をスタートさせた。時速四十キロで、ゆっくりと走らせて行く。

十七、八分たったところで、窓の外に注目した。左手に「恩納村」の道路標識が眼に入った。

(この辺りか)

と、思って、ブレーキを踏みかけて、男は、あわてて足を離した。反対車線に、見覚えのある白のニッサンセドリックが止まっていたからである。

男は、スピードをあげて、通り過ぎた。腋《わき》の下を冷や汗が流れた。

一キロほど走ったところで、車を端に寄せて止め、地図を広げた。

恩納村のあたりに、小島水夫長と家族がいることは、まず、間違いない。だが、この辺りを探し回ったら、たちまち、挙動不審《きょどうふしん》で、捕まってしまうだろう。警察はピリピリしているに違いないから、少しでも怪しいとなれば、容赦なく職務質問をしてくるはずだ。

男は、地図の上に、万座毛の岬が突き出ているのを見つけた。観光絵ハガキによれば、万座毛の先端は、高い絶壁になっている。ここに立てば、周囲の浜や、村が見下ろせるだろう。

男は、車をUターンさせて、万座毛に向かった。だが、近くまで来て、彼は、舌打ちをした。万座毛への入口のところに、県警のパトカーが止まり、制服姿の警官が、緊張した顔で、立っていたからである。

だが、男は、あわてて引き返すような馬鹿な真似はしなかった。何気ない顔で、少し離れた場所に車を止め、カメラをぶら下げて外へ出た。

警官が、ジロリとこちらを見た。が、男は、その視線を無視して、万座毛の入口のところに並んでいる土産物屋に近づいて行った。

小さな屋台の土産物屋が、十五、六軒並んでいる。売っているのは、二、三百円の貝細工から、五、六千円のサンゴ細工や、ハブ酒、沖縄人形などである。クバという木の葉であんだクバ笠も売っている。東南アジアでよく使われるのと同じ、頭のところが尖《とが》ったスゲ笠である。

若い観光客が、クバ笠をかぶってみたり、貝細工のネックレスを首にかけたりしている。男も、その中に入って行き、クバ笠を一つ買って、頭にのせた。そのあとコーラを買い、それを飲みながら、わざとゆっくり万座毛のほうへ歩いて行った。

断崖の端に、ポツンと鳥居だけが立っている。ご神体もなければ、社務所もない。鳥居の向こう側は海である。沖縄の島々では、海の彼方に、ニライカナイという浄土があると信じられているから、この鳥居は、その信仰のしるしなのかもしれない。いつもなら、この鳥居をバックにして写真を撮っている観光客が多いのに、今日は、何となく近づかないのは、そこに、いかめしい制服姿の警官が二人も立っているからだった。

男の口元に苦笑が浮かんだ。

彼は、アベックの写真を撮ってやったりしたが、崖っぷちには近づかず、そのまま、ゆっくりと、自分の車のところへ引き返して来た。ここは危険地帯だ。

元の場所まで来て、男の顔色が変わった。

止めておいた車の運転席を、警官がのぞき込んでいたからである。若い警官は、続いてリアシートものぞき込み、前に回って、車のナンバーを書きとめている。男は、土産物屋をひやかすふりをしながら、横眼で、警官の様子をうかがった。警官は、ほかの車にも近づいて、車内をのぞき込み、ナンバーを手帳に書き止めている。万座毛に来るすべての車をチェックする気らしい。それを見て、男は、いくらか安心して、自分の車に戻った。この車がマークされたのではなかったのだ。

男は、再び五八号線に入り、北に向かって、車を走らせた。走りながら、男は考えた。

あれだけ、警官がいたことから考えて、恩納村に、小島水夫長がいることは、まず、間違いあるまい。それも、あの万座毛から狙撃できる位置だろう。だが、万座毛に、二人の警官が配置されていたのでは、あそこから、ライフルで狙撃することは不可能だ。

男は、車を止め、また、地図を広げた。このままでは、小島水夫長のいる家がわかっても、近づくことも、狙撃することもできないと、彼は考えた。

小島がほかの場所へ移動するときが、狙い時だが、警察が、移動させないとすると、いつまで待てばいいのか見当がつかなくなる。

(向こうが、罠をかけたように、こっちからも、一つ、罠をかけてみるか)

と、男は、ひとりで、小さく笑った。相手をかく乱させるだけでも、手をこまねいているよりましのはずだ。

煙草をくわえ、もう一度、地図を見る。

北から南へ細長く横たわる沖縄本島には、二つの幹線道路が、北から南へ走っている。西側の海岸線を走る国道五八号線と、東側の海岸沿いに走る国道三二九号線である。この二つの幹線道路をつなぐために、ところどころに、横断道路がつくられている。

恩納村に小島水夫長がいる以上、国道五八号線の警戒は厳重のはずである。男は、ひとまず、反対側の国道三二九号線に回ってみることにした。

地図を見ながら、海中公園のある名護市まで北上し、そこから、東海岸に出た。南下して、石川市内に入る。基地の町である。近くの金武《きん》湾には、海兵隊《マリン》の大きな駐屯地がある。

男は、市内の食堂で車を止め、小島水夫長のことなんか、すっかり忘れ去ってしまった顔で、店に入って行った。

インフレは、沖縄にも押し寄せていて、ラーメンが二百円以上する。それが一番安かった。

男は、ラーメンを頼んでから、店内を見回した。

観光客目当ての店らしく、客も、地元の人は少なく、リュックサックをかついだ若者や、カメラを下げたアベックが多い。冬休みを利用して暖かい沖縄にやって来たといった学生風の若者もいた。そんな客が注文するのは、沖縄名物の料理があるのに、決まって、ラーメンである。

男は、彼らを注意深く観察した。が、気に入った人間は、残念ながら見当たらなかった。

仕方なく、ラーメンをもう一つ注文し、じっと待った。いい獲物を捕えるには辛抱が肝心だ。

新しい客が入ってきた。男は、ラーメンを食べながら、リュックサックを肩にしたその客を眺めた。身長一七五、六センチ。年齢は、二十三、四歳の若い男である。

(気に入った)

と、思った。上等の獲物だ。

相手は、疲れた顔で腰を下ろすと、メニューを見、それから、ほかの客と同じように、ラーメンを注文した。ラーメンが来るまでの間、テーブルの上に、沖縄の地図を広げて眺め、煙草を取り出したが、一本も入ってないのに気がついて、チェッと舌打ちをしている。金はあまりないが、暇のほうは十分にあるといった顔だ。

(学生かな)

と、考えながら、男は、その若者を観察していたが、相手が、ラーメンを食べ終わって立ち上がるのを見て、自分も食堂を出た。

若者は大きなリュックサックを、何度かゆすり上げながら、五十メートルほど先のバス停まで歩き、そこに書いてある時刻表を見、自分の腕時計を見て、溜息をついている。次のバスが来るまでだいぶ時間があるのだろう。

男は、自分の車に戻り、バス停に立っている若者の傍へ、車を寄せて行った。

「やあ」

と、男は、気軽く相手に声をかけた。

「君も本土から来たのかい？」

「ああ」

と、若者が答える。男は、笑って、

「おれも、東京からフェリーでやって来たんだ。だが、道がよくわからなくてね。どうだい、乗らないか。横で、ナビゲーターの真似事をしてくれればいいんだ」

「しかし、僕は、これから本部《もとぶ》半島へ行くんだけど」

若者の言葉に、男は、ちょっと考えてしまった。本部半島は、西海岸である。恩納村の北だが、国道五八号線沿いなことは確かだ。

だが、男は、すぐ、ニヤッと笑って、「それならちょうどいいや」と、いった。

「おれも、本部半島を見たいと思ってたんだ」

男は、助手席のドアをあけて、「乗れよ」と、いった。

相手は、儲けたぞという顔で、助手席に乗り込んで来た。

8

「自己紹介しておこうか。おれは、望月《もちづき》。しがないサラリーマンさ」

と、男はいった。

「僕は、若松和之《わかまつかずゆき》。来年三月に大学を卒業するんだ。最後の冬休みに、沖縄に来たってわけ」

と、相手がいった。

男は、パチンコで取った煙草を一箱、若松和之にやった。

「悪いねえ」

と、若松は、ぴょこんと頭を下げてから、ケントに火をつけた。

男は、車をスタートさせてから、

「レンタカーに乗る気は起きなかったのかい？」

「まあね」

「免許証を持ってないのか？」

「持ってるさ」

と、若松は、ジャンパーのポケットを上から叩いてみせた。

「肝心の金がないんだ。レンタカーも高くなったからね」

車は、五八号線に戻り、北上して、大きく東シナ海に突き出ている本部半島に入った。

大学生の若松は、盛んに、沖縄に対する本土資本の進出が、自然を破壊し、沖縄の人たちの生活を圧迫していると、憤慨の口調で話した。男は、適当にうなずいていたが、彼には、全く興味がないことだった。

男が、今考えているのは、自分の立てた計画を実行することだけだった。

名護市を抜けたところで、男は、

「ちょっと、海岸に出てみないか」

といい、勝手に、人気《ひとけ》のない海岸に、車を乗り入れた。

小さく、きれいな砂浜である。アダンが密生していて人の気配は全くない。

男は、車からおりて、大きく伸びをした。

若松も、助手席から出て、カメラで、パチパチと海岸の写真を撮っている。

男は、その間に、ボンネットをあけて、中をのぞき込んだ。

「ちょっと、一緒に見てくれないか」

と、男は、大声で、大学生を呼んだ。若松は、カメラをぶら下げて、のそのそと戻って来た。

「どうも、おれは、車の構造にくわしくないんでね」

と、男がいうと、若松は、

「僕だって、苦手さ」

と、いいながらも、エンジンに首を突っ込んで来た。

待ちかまえていた男は手に持ったスパナを振りあげると、いきなり、若松和之の後頭部めがけて振りおろした。

ぐえッという唸り声が聞こえ、若松の手からカメラが落ちた。

男は、周囲を見回した。誰もいないのを、もう一度確認してから、素早く作業に取りかかった。まず相手が死んでしまったのを確かめ、その死体を砂浜に横たえると、ポケットから所持品を取り出した。免許証と、財布と、手帳だった。免許証と財布は、元に戻したが、手帳は取りあげ、その代わりに、小島水夫長のことが書いてあるメモを、ポケットに押し込んだ。リュックサックは、砂を掘って埋めた。

そのあと、重い死体を引きずるようにして助手席にのせ、男は、車をスタートさせた。国道五八号線に戻ると、男は、断崖になっている場所を探して、車を走らせた。
十五、六分、南下したところで、男は、小さな人気《ひとけ》のない岬を見つけた。国道をそれて、細い、がたがた道を入って行く。道はすぐなくなったが、男は、強引に、車を突っ込んで行った。小さな石ころと、雑草が、車体の下で、いやな音を立てた。

崖近くまで来たところで、男は、車を止めた。おりて、崖っぷちまで歩き、確かめるように、下をのぞき込む。海面まで、七メートルぐらいだろうか。眼の下は、サンゴ礁の明るい海だ。

男は、満足して車に戻ると、大学生の身体を運転席に移し、ぐんにゃりした両手をハンドルの上に置いた。次に、M16小銃と弾丸を、ゴルフバッグに入れて車の外に出した。

大学生の持っていたカメラも、車の外に出し、その代わりに、男は、自分のカメラを、死体の傍に投げ入れた。

男は、そこで作業をいったん中止し、煙草をくわえて一息ついた。吸い殻を、指先ではじき飛ばしてから、男は、最後の作業に取りかかった。

ドアを開け、身体を突っ込む格好で、エンジンをふかし、死体の足をアクセルにのせる。ごとごとと、車が走り出したところで、男はドアを閉めて、飛びのいた。

車は、断崖に向かって、ゆっくりと動いて行き、約七メートル下の海面に向かって、真っ逆さまに落下した。

水深の浅いサンゴ礁の海である。激しい音と同時に、水しぶきがあがり、サンゴが砕けて飛び散るのが見えた。車は、まるで、コンクリートの地面にぶつかったときのように、フロント部分が押し潰《つぶ》され、屋根のあたりまで海水に沈んだ。

男は、コバルトブルーの海に、屋根だけ見せている黒い中古のカローラを、しばらくの間、眺めていたが、元の場所に戻ると、ライフルを入れたゴルフバッグをかつぎ、カメラを持って、国道五八号線に向かって歩き出した。たしか、ここに入る少し手前に、中古車売りますの看板を見たはずである。

9

犯人が、こちらの仕掛けたエサに食いついて来ないとわかっても、十津川は、べつに落胆はしなかった。相手は、冷静で、忍耐強い男なのだ。当然かもしれない。

午後三時を過ぎたころ、家の横に止めてあったパトカーに、この先の海岸で、本土ナンバーの車と、若い男の死体が発見されたという連絡が入った。

「車は、中古のカローラ。色は黒です」

という報告に、その場にいた刑事たちは色めきたち、十津川は、亀井刑事を連れて、現場に急行した。

恩納村から、五キロほど先の小さな岬だった。

車は、岬の近くの砂浜に引きあげられていた。フロント部分が潰れ、ガラスも粉々に砕け散ってしまっている。

運転席にいたという若い男の死体は、車の傍に、仰向けに横たえられていた。が、墜落し、固いサンゴ礁に激突したときの衝撃のためだろう、めちゃめちゃに傷ついてしまっていた。

十津川は、赤松淳一の顔写真を出して比べてみた。似ているようでもあり、似ていないようでもある。これだけ、ひどくこわれてしまっていては、わからなかった。

「これが、ポケットの中にあったものです」

と、県警の警官が、ハンカチに包んだものを、十津川に示した。

運転免許証、財布、それに、海水に濡れたメモ。

十津川は、破かないように、メモをそっと広げた。海水で、字が滲《にじ》んでいたが、サインペンで書かれたものらしく、判読できないことはなかった。

小島　史郎（四十五）

妻　晴子（三十六）

娘　ユカ（七）

使用している車は——

と、読んできて、十津川は、じっと考え込んだ。これで、眼の前にある若い男の死体は、犯人の赤松淳一らしくなった。だが、冷静で、用心深いはずの犯人が、なぜ、車ごと、崖から墜死したのだろうか。

免許証は、「若松和之」となっていた。それが、また、十津川を困惑させた。もし、この免許証がなかったら、十津川は、この事故死に作為の匂いを嗅《か》いだろう。だが、全く関係のない免許証があったことで、かえって、死んだ男が、犯人の赤松淳一らしく思えてくるのだ。犯人なら、もちろん、この免許証は、盗んだものだろう。犯人の罠なら、なぜ、それをぶちこわしてしまうような免許証を残しておいたのか。それとも裏の裏というやつか。

「車で、ちょっと面白いことがあります」

と、県警の警官が、十津川と、亀井刑事を、車のところへ連れて行った。

「車体の下に、鉤《かぎ》フックが取りつけてあるのです。恐らく、ライフルを、そこにかくしてあったのだと思います」

「それで、銃は？」

「フックが、墜落したときのショックで、ひん曲がってしまっていましたから、海に沈んでいると思います。今、この辺の漁師に頼んで、海底をさらってもらっています」

「これで、犯人が、野沢温泉で検問に引っかからなかった理由がわかりましたな」

と、亀井刑事が、舌打ちをして、

「あのとき、検問の警官が、車体の下まで調べなかったからですよ」

「仕方がなかったんだよ」

と、十津川は、いった。彼は、飯山市の検問所で見た光景を思い出した。

「普通だったら、車体の下まで、念入りに調べたはずだ。だが、あのときは、M16小銃が見つかったあとなんだ。どうしても、検問のやり方はルーズになるし、道路は、雪溶けで、ぐじゃぐじゃになっていた。それに寒さだ。誰だって、車体の下まで調べたくはなくなる。犯人のほうが、一枚上手《うわて》だったんだよ」

警官が、車検証を持ってきた。それによれば、車の持ち主は、東京調布市深大寺《じんだいじ》の望月英《ひで》夫《お》となっていた。十中八九、盗まれた車だろう。

「すぐ、東京の小川刑事に連絡して、この車がいつどんな状態で盗まれたか調べさせてくれ」

と、十津川は、亀井刑事を、先に帰した。

そのあと、十津川は、県警の警官に、墜落現場である岬の先端に案内してもらった。

「車は、あの辺りに、屋根だけ出して、沈んでいたわけです」

と、若い警官は、眼の下の海面を指さした。

「不自然な点は、見つかりませんか？」

「今のところありません。車の状態としては、うっかり走り過ぎて、崖から落ちてしまったとしか考えられません。遺体を解剖すれば、別の何かがわかるかもしれませんが」

「指紋は、東京に送ってください。東京で照合すれば、死体の本当の身元がわかるかもしれないのでね」

10

東京で、沖縄からの連絡を受けた小川刑事は、調布市の深大寺に出かけた。黒い中古カローラの車検証の持ち主に会うためである。

場所は、深大寺の近くだった。

十五、六年前までは、まだ、どこかに武蔵野《むさしの》の面影を残していたところだが、今は宅地化の波が押し寄せ、雑木林は消え、マッチ箱のような建売り住宅が、押し合いへし合いしている。

望月英夫の家も、そんな建売りの住宅の一軒だった。

形ばかりの車庫があって、そこをのぞくと、赤いセーターを着た若い男が、ピカピカの新車に、スキーを積み込んでいるところだった。

小川刑事は、眼鏡を直してから、

「望月英夫君——だね？」

と、声をかけた。

若者は、「え？」という顔で、小川刑事を見た。寒いので声を出すたびに白い息が流れる。

「兄貴に何か用ですか？」

「君は？」

「弟の俊夫ですけど」

小川刑事は、警察手帳を見せた。若者は、変な顔をして、

「兄貴は、アメリカにいるはずだけど」

「アメリカ？　すると、黒い中古のカローラは？」

「あの車がどうかしたんですか？　兄貴が、アメリカへ行っちまったんで、ボクが使ってたんですよ」

望月俊夫は、軍手をはめた手を、ポンポンと叩いた。

「誰かに売ったのかね？」

「弱ったなあ。実は、盗まれたんですよ」

「いつだね？」

「たしか、今月の十六日でしたね。十七日の朝、消えちまってたんだから」

「キーは、差し込んだままにしておいたのかね？」

「ええ。中古車ですからね。近所には、新車を持っている人が、いくらでもいるんです。盗むんなら、そっちを盗むだろうと思って、油断したんです」

「それで、盗難届けは？」

「それが」と、望月俊夫は、頭をかいた。

「実は、出さなかったんです。どうせ、見つかりっこないと思ったし、新車に買いかえようと思ってたときですからね」

「君は、何か隠してるね」

小川刑事は、ジロリと、若者を睨《にら》んだ。とたんに、相手の顔が赤くなった。

「どうしてです？」

「いいかね。いくら中古車でも、盗まれれば腹の立つものだ。それなのに、君は、笑いながら話している。また、普通の人間なら、盗まれた車のことで警官が来れば、まず、見つかったかどうか聞くはずなのに、君は、それもしない」

「困っちゃったなあ」

と、望月俊夫は、また、頭をかいて、

「正直にいいましょう。最初は、盗まれたんで、カッときましたよ。すぐ、盗難届けを出そうとも思いましたよ。そしたら、工具を置いておく棚に、封筒がのっていたんです。何だろうと思ってあけてみたら、中に、一万円札で二十万円入っていたんです。泥棒が代金を置いていったんですよ。変な泥棒だと思ったけど、あれを売ってもせいぜい十万円ぐらいにしかならないから、トクをしたなと思って、盗難届けは出さなかったんです」

「そして、この新車を買ったわけかね？」

「ええ。その二十万円を頭金にして、買ったんです」

望月俊夫は、新車のボディをなでながら、ニヤッと笑った。

「その封筒には、手紙は入っていなかったのかね？」

「何も入ってませんでしたよ」

「その封筒は？」

「焼いちまったなあ」

「焼いたあ」

小川刑事は、大きく舌打ちをした。望月俊夫は、びっくりした眼になって、

「いけなかったんですか？」

「まあ、いいさ。その封筒に、何か特徴はなかったかね？」

「それなら、ちゃんと覚えてますよ。あれは、普通の市販の封筒じゃなかったな。封筒にマークが入ってたから。たしか、ＰＡＡだった」

「ＰＡＡというと、パンナムか」

「ええ。そうですよ。空港のロビーなんかに、サービスで置いてあるやつです」

面白いなと、小川刑事は思った。赤松淳一が、パンナムで帰国し、羽田で、封筒を手に入れたとすれば、ぴったりと合致する。

「ところで、兄さんの英夫くんは、いつアメリカへ行ったのかね？」

「一年前だったかな。前にも長いことアメリカへ行ってたんだけど、一年前に帰って来まし

てね。三カ月ほどブラブラしてたら、日本は退屈だといって、また、アメリカへ行っちゃったんです」

「君の職業は？」

「ボクは学生ですよ」

望月俊夫は、ズボンの尻ポケットから、学生証を取り出して、小川刑事に見せた。

11

小川刑事が、警視庁に戻ると、捜査一課長が、

「外務省から、返事が来ているぞ」

と、書類を渡してくれた。

十津川警部補が、沖縄へ飛ぶ前に、小川刑事に命令していった赤松淳一に関する調査だった。外務省へ依頼しておいたものの返事である。

英文と、外務省で作った翻訳文が添えてあった。報告書は二通で、一通は、チャゴス諸島のサロモン島のイギリス管理官からの手紙である。

ご質問の件につき、次のとおり回答いたしますことは、本官の光栄とするところでありま

す。十二月十二日午前六時ごろ、本島東海岸に、一人の東洋人が、救命ブイにつかまって漂着した。この東洋人は、所持していた船員手帳から、日本人の JUNICHI AKAMATSU と判明した。所持金は千九百五十ドルである。しきりに帰国を願望するので、ただちに、インドのボンベイ行き貨物船に乗船できるよう配慮した。この日本人のつかまっていた救命ブイには、船名らしきものが書いてあったが、本官には意味不明であった。昨日、本島の中国人に見せたところ、その中の二文字は、「日本《ジャパン》」の意味であるとの答えを得た。

以上、お答えいたします。

ピーター・コクラン

二通目は、インド外務省からの回答文書である。

ご質問の件につき、回答します。

十二月十二日午後、英領チャゴス諸島より、連絡があり、日本人漂着者が発見されたので、日本への送還につき協力してほしいとのことであった。

十三日に、当の日本人が、貨物船で到着した。当方で、簡単な取調べをしたところ、日本へ帰港中の貨物船より、誤って落ちたということであり、翌日午後、ボンベイ発のパンナム機に乗るよう配慮した。

この二通の手紙には、外務省の次のような但し書がついていた。

〈以上の二カ所以外からの回答はありません〉

赤松淳一が、奇跡的に助かったのなら、第一日本丸が沈没した地点に近い島に漂着したと考えて、外務省を通じて、照会してもらっていたのである。

これで、連続殺人事件の犯人が、赤松淳一だという確証がとれたと、小川刑事は思った。

第九章　雪の中の結末

1

男は、車を、漁村に乗り入れた。恩納村からは、七キロほど離れた漁村である。

すでに、午後の八時を過ぎ、きれいな夜空に月が浮かんでいた。亜熱帯の沖縄といっても、やはり、十二月末の夜は、かなり寒い。

男は、車からおりると、上着の襟を立て、海辺にいた老人に、

「夜釣りに行きたいんだが、エンジン付きのサバニを貸してもらえないかな」

と、話しかけた。

砂浜には、五、六隻のサバニが並んでいた。

老人は、どうしたものかと、迷った顔つきだった。男は、ポケットから財布を取り出して、

「一晩で二万円でどうかね？　車をあそこに止めてあるし、舟は必ず返しに来るよ」

と、二枚の一万円札を、老人の手に押しつけた。

老人は、びっくりした眼で、男を見た。

「どうせ、二、三日は、漁に出ないから、貸したっていいが、こんなに貰っちゃっていいのかね?」

「いいさ。石油が高くなってるからね」

と、男は、白い歯を見せて笑った。

老人は、話が決まると、親切だった。

「腹が空くと、いけないから、にぎり飯を作って来てやろう。舟は、一番右端のを使うとい い。エンジンが新しいから」

と、老人はいい、家のほうに歩いて行った。

男は、車に戻り、トランクから小銃《ライフル》の入ったゴルフバッグを取り出すと、一番端にあるサバニまで運んだ。

十分ほどすると、老人は、十五、六の娘と一緒に戻って来た。娘が、にぎり飯を入れた重箱と、熱いお茶の入った魔法瓶を抱えていた。それを、舟にのせながら、

「ほかに要《い》るものはあるかね?」

と、老人が聞いた。

「長いロープがあったら、欲しいんだが」

と、男がいう。老人は、ちょっと変な顔をしたが、それでも、五、六メートルのロープを持って来てくれた。舟にのせながら、ゴルフバッグを見て、

「その大きな袋に、釣竿が入ってるのかね？」

「ああ。グラスロッドの竿だよ」

と、男は、笑顔でいい、バッグの上から軽く叩いてみせた。

老人は、ひこいわしのエサも持って来てくれた。男は、内心で苦笑しながら、そのエサを受け取り、サバニのエンジンをかけた。ポンポンポンという二気筒エンジン特有の乾いた音が夜の海にひびいて、男をのせたサバニは、沖に向かって滑り出した。

環礁《リーフ》の間を抜けて、外海へ出ると、男は、へさきを、恩納村のほうに向けた。海は、べた凪《な》ぎだった。

月明かりの中に、万座毛の、象の形をした断崖が、見えてくると、男は、エンジンを止め、舟の中にあった櫂《かい》で、ゆっくりと漕《こ》いだ。

櫂の動きにつれて、夜光虫が、美しく光った。男は、小さく口笛を吹いてから、あわてて自分で自分を叱り、苦笑した。数時間前に、見ず知らずの一人の若者を殺したことへの精神的な苦しみは、男には、ひとかけらもないように見えた。

左手に、きれいな砂浜と、小さな漁村が見えてきた。もちろん、砂浜には、人の姿はない。

男は、サバニを、環礁《リーフ》に寄せていった。環礁といっても、さまざまである。海面すれすれ

にやっと顔を出しているものもあれば、二、三メートルも隆起している環礁もある。男は、きのこ形に隆起したサンゴ礁に、サバニをつけ、用意してきたロープで、舟を結びつけた。サンゴ礁が盾《たて》の形になって、砂浜のほうから、小さなサバニは見えまい。

男は、万座毛のほうに眼をやった。黒い大きなシルエットになっている断崖の上に、ピカッピカッと光るのは、警官の懐中電灯に違いない。

男が今いる場所から砂浜まで、約二百メートル。楽に、M16小銃の射程距離である。腕には自信がある。

男は、老人と娘の用意してくれたおむすびを食べ、お茶を飲んでから、おもむろに、ゴルフバッグを引き寄せた。分解したM16小銃を取り出して、ていねいに組み立てていく。手なれた動作である。弾丸を装塡《そうてん》し、スコープをつけて両手に持ったとき、彼の口元に微笑が浮かんだ。銃の感触は、いつも素晴らしい。

明るくなってから、砂浜に、小島水夫長や家族が出てくるかどうかは、わからない。出て来なければ、いったん、さっきの漁村に戻り、また、ここへ来るだけである。

人間でもけものでも、仕止めるには、根気が必要なのだ。

男は、銃を取り、砂浜の一点に狙いをつけてみた。

2

十津川は、亀井刑事や今西刑事と一緒に、漁師の家の一部屋を借りて眠った。

東京からの報告は、予想されたものだったとはいえ、十津川を喜ばせた。犯人が二十六名の中の生き残りである赤松淳一であることは、確定的になった。犯人が使っていた車は、調布市深大寺で盗まれたという報告も、十津川を納得させた。深大寺の近くには、米軍の霞関キャンプがあるからである。M16小銃が盗まれたのが、この霞が関キャンプだった。

沖縄でも、一つ新しい事実がわかった。

黒い中古カローラと一緒に死んでいた男のことである。

正確な解剖結果はまだだが、打撲傷が致命傷であることは、ほぼ間違いない。それが、誰かに殴打されたものなのか、車が転落したときのものなのかは不明である。東京への指紋照合の返事もまだだ。

ただ、面白いことがわかったのは、車の中にあったカメラである。カメラ自体は、海水に濡れていたが、中にあった三十六齣《こま》撮りの白黒フィルムは健在で、すぐ、現像に回された。

三十六齣のうち、十齣が写っていたが、引き伸ばされた写真を見たとき、十津川も、ほかの刑事たちも、興味と当惑の両方の感じを受けざるを得なかった。

最初の四齣には、大井川の河原で燃える車が写っていた。明らかに、佐藤一等航海士の車である。救助隊員が、黒焦げの死体を運び出すところも写っていた。

次の四齣は、野沢温泉である。野沢温泉と上ノ平スキー場の風景が三齣。四齣目は、リフトの写真だが、狙撃の後らしく、スキーヤーが、一斉に下を見下ろしている。二つだけ人の乗っていないリフトが不気味だった。

あとの二つには、カーフェリーが写っていた。二齣目は、小さくだが、小島水夫長の家族が、甲板の手すりにもたれているところが写っていた。

明らかに、この十齣の写真は、犯人が撮ったものだ。殺人の確認のために撮ったのか、ただ単に、犯人の復讐心の強さの証拠なのかはわからないが、犯人以外に、こんな写真を撮るはずがなかったし、犯人が、小島水夫長と同じカーフェリーで沖縄に来たことも、この写真ではっきりした。

今西刑事は、この写真があったことで、死んだ男が、犯人の赤松淳一である確率は、高くなったという。亀井刑事や、沖縄県警の刑事も、今西刑事に同調しているようだ。

十津川は、正直にいって、迷っていた。車の中で死んでいた男が、犯人の赤松淳一ではないという証拠はない。むしろ、犯人だという証拠のほうが多過ぎるのだ。

もし、赤松淳一が、自分に似た男を殺して、車に乗せて海に落としたとしたら、落とす前に、人相がわからないように顔を潰しておくだろう。現実に、死体の顔は潰れていたが、あれは、車が、サンゴ礁に激突したために潰れたもので、前もって潰しておいたものではない。計算されたものでないことが、赤松淳一本人のように思えてくるのだ。それに、せっかく撮った写真が、死体の傍に置いてあったこと、赤松淳一ではない運転免許証を平然と持っていたことなども、身代《ダ》わり《ミー》ではない証拠のように思えてくる。

その一方で、十津川は、これが、犯人の仕掛けた罠のようにも思えた。

第一に、肝心のM16小銃が見つからないことがある。車体の下に作られたフックがひん曲がったために、海に沈んでしまったのだろうということだが、銃は、まだ見つかっていない。

第二は、おかしないい方だが、あまりにも事態がうまく進展しすぎるということだった。野沢温泉のときも、検問に、簡単に、M16小銃を積んだ車が引っかかった。喜んだが、犯人は、完全に裏をかいて、逃走してしまったのだ。

3

朝になった。

十二月も、すでに二十九日である。小島水夫長が家を借りた漁村でも、正月の用意が始まった。各家で、朝早くモチつきが始まり、それを見て、小島の娘のユカが喜んでいる。

犯人の赤松が、襲ってくる気配はない。万座毛に配置されている警官の一人が、昨日の昼過ぎに、海に転落した黒のカローラを、見たといってきただけである。それも、死んだ男が、犯人だという証拠のように思えた。

「やはり、犯人の赤松は、死んだんじゃありませんか」

と、亀井刑事が、十津川にいう。

警戒はゆるめていないが、十津川は、気持ちのゆるみが怖かった。死んだのが犯人とすれば、この厳重な警戒は、無意味なことをしていることになる。そう思うことが、十津川には怖かったのだ。

パトカーの中で、細い路地を見回している十津川たちに、村の老婆が、つきたてのモチを持って来てくれた。

礼をいって、手にとったとき、小島が、妻の晴子と一緒に、家から飛び出して来た。

「ユカは?」

と、小島が、せき込んだ声で聞いた。

「大丈夫。向こうの家で、モチつきを見ていますよ」

と、十津川は笑った。夫婦は、三軒先の家まで走り庭をのぞき込んでいたが、十津川たちのほうをふり返って、

「いないぞ!」

と、怒鳴った。

一瞬、十津川の顔色が変わった。が、ユカがこちらに来たことがなかったのを思い出した。

「きっと海を見に行ったんですよ」

と、十津川がいうと、小島夫婦は、砂浜に向かって駆け出した。

十津川たちも、そのあとを追った。安全とは思った。が、万一の用心だった。

小島夫婦は、砂浜に出た。

五隻のサバニは、砂浜に引き揚げられていたが、一隻だけが、岸から五、六メートルのところに浮かんでいる。その辺りは、遠浅で、ユカは、歩いて行ったのだろう。そのサバニに、ちょこんと乗っていた。

小島夫婦は、膝あたりまで水に沈めながら、サバニに向かって歩いて行く。

十津川は、砂浜に出て、その光景を見た瞬間、ふいに、激しい不安に襲われた。思わず、上着の内ポケットから拳銃を取り出して、周囲を見回した。

コバルトブルーの海。青い空。白い砂浜。万座毛の断崖を見上げる。警官の姿が見えるだけだ。

危険な臭《にお》いはどこにも嗅《か》ぎとれなかった。

不安は、単なる幻影だったのか、と、十津川が苦笑したときである。

突然、静かな海面に、鋭い銃声が鳴りひびいた。

子供のサバニに乗り移っていた小島水夫長のがっしりした身体が、もんどりうって、海に転げ落ちた。水しぶきがあがり、七色のサンゴ礁の海は、みるみるうちに、朱く染まっていった。

晴子が、悲鳴をあげ、サバニの中でひざまずき、血に染まった海面に両手を差しのべたとき、二発目の銃声が、周囲の空気を引き裂いた。晴子の身体は、はね飛ばされ夫のあとを追うように、海に落ちた。サバニの上で、七歳のユカが、泣き叫ぶ。

亀井刑事と、今西刑事、それに、県警の警官が、海水をけちらしながら、小島夫婦の落ちた海面に殺到した。

「犯人を探すんだ!」

と、十津川が、血走った眼で、怒鳴った。

そのとき、環礁《リーフ》のかげから、一隻のサバニがエンジンの音をひびかせて走り出すのが見えた。クバ笠をかぶった男が乗っている。

「あれだ!」

と、十津川は叫び、拳銃で狙って射った。一発。二発。だが命中しない。拳銃で射つには、距離が遠すぎるのだ。県警の警官が、用意してあった狙撃銃を持ち出して、射った。

二百メートルほど沖の環礁が、砕け散るのが見えた。が、二発目を射とうとしたとき、沖のサバニは、視界の外に出てしまった。

警官たちは、浜に引き揚げられてあるサバニを海に押し出した。が、エンジンのないサバニが多く、エンジンつきのものも、なかなか、エンジンがかからない。

「ヘリの応援を頼んで来ます」

と、玉城刑事は、パトカーに向かって駆け出して行った。

(だが、間に合うまい)

と、十津川は、思った。ヘリが、ここに飛来するまでに、少なくとも三十分はかかるだろう。その間に、犯人の乗ったサバニは、近くの海岸に寄り、犯人は、上陸して姿を消してしまうだろう。

4

小島夫婦は死んだ。

小島水夫長は、頭部に弾丸が命中、妻の晴子は、腹部に命中していた。二人とも、ほとんど即死に近い。

ただちに、二つの措置がとられた。

第一は、西海岸、それも、恩納村より北の徹底的な調査だった。

第二は、沖縄への出入口である那覇空港と、那覇港の一斉検問である。

今や、車と共に死んだのは、犯人の赤松淳一でないことが明確になった。

赤松淳一は、生きていて、小島夫婦を射殺したのだ。

赤松淳一の写真が、大量に焼き増しされ、沖縄のすべての警官に配布された。

那覇空港に十五名。那覇港には、同じく十五名の警官が配置された。

第一の調査のほうが、その日のうちに効果をあげた。

午後になって、恩納村から約七キロ北の漁村で、昨夜、夜釣りの客に、エンジン付きのサバニを貸したという情報が入った。

「老人の証言によると、昨夜の八時過ぎに、若い男が来て、二万円で、サバニを借りたそうです」

と、玉城刑事は、十津川にいった。

「その男は、赤松淳一？」

「たぶんそうでしょう。というのは、赤松の写真を、老人と孫娘に見せたんですが、なにしろ、夜の八時すぎという時間なので、顔がはっきり見えなかったというのです。しかし、本土の人間で、年齢は二十五歳前後だったといっていますから、赤松に間違いありません。また、その男は、車で乗りつけたそうです」

「そのあとは？」

「今朝の十時ちょっと過ぎに、男は、サバニで戻って来て、老人が声をかけようとするのを振り切るようにして、さっさと車に乗って消えてしまったということです。時間から見て、犯人に間違いありません。明るくなったので、顔を見られたくなくて、さっさと消えたんでしょう」

「小銃《ライフル》は？」

「老人も、孫娘も見ていません。しかし、大きな袋を持っていたそうです。老人は、釣竿を入れた袋だといっていますが、老人の説明した形から考えて、ゴルフバッグだと思われます」

「ゴルフバッグか。あれなら、ライフルを分解して入れるのに、ちょうどいいかもしれない。車のほうの手掛かりは？」

「わかったのは、白い車ということだけです。たいした手掛かりにはなりません」

十津川は、腕時計に眼をやった。午後一時五分。まだ、犯人の赤松淳一は、この島にいるはずだ。

野沢温泉では、まんまと犯人に逃げられた。が、ここでは、そうはさせない。犯人は、殺人の舞台を間違えたのだ。

沖縄は島だ。ここから逃亡するためには、飛行機か、船を利用するしかないのだ。その両方の出口を押えてしまえば、身動きとれないはずである。それに、野沢温泉のときまでは、犯人が何者かわからなかったが、今は、赤松淳一という名前も、顔もわかっている。

「沖縄県警の名誉にかけても、犯人は、逮捕してみせますよ」

と、玉城刑事は、眼をギラギラさせていった。

十津川も、警視庁の名誉にかけて、連続殺人事件の犯人を逮捕しなければならないと感じていた。

だが、十二月二十九日の夜が来ても、犯人は、検問の網に引っかからなかった。

十二月三十日。

那覇空港で、婦女暴行で全国に指名手配されていた前科八犯の中年男が捕まった。が、そんなフロクの報告は届いても、射殺犯逮捕の報告は、いっこうに届かなかった。

この日の夕刻になって、妙な報告がもたらされた。

沖縄本島の北端に近い辺土名《へんとな》で、乗り捨ててある車が発見されたのである。

沖縄は、中部までは平坦な地形だが、北部に行くと、山岳地帯である。海岸も、男性的になる。辺土名から十六キロほど先が、沖縄本島の最北端の辺戸《へど》岬だが、店らしい店や家並みがあるのは、辺土名までである。

そこで発見された車は、白の中古サニーで、沖縄ナンバーだった。

奇妙なことに、近くの漁村では、エンジン付きのサバニが一隻、盗まれていた。

その報告を聞き、県警本部で、沖縄の地図を見た十津川の顔が蒼ざめた。

沖縄本島の北端から二十二キロ先に、小さな島があるのだ。地図には、与論《よろん》島と書いてある。そして、この与論島から沖永良部《おきのえらぶ》島に、船が出ていて、その先は、飛行機が、鹿児島に通じているのだ。

(赤松淳一は、辺土名に車を乗り捨て、エンジン付きのサバニを盗んで、与論島へ逃げたのではあるまいか?)

辺土名からでも、与論島まで三十七、八キロだ。サバニで行けない距離ではない。糸満《いとまん》の漁師は、エンジンのないサバニで、インド洋まで出かけて行くといわれているからである。一見、頼りなさそうなサバニだが、あれで、意外に安定性がいいのだろう。

発見された白い中古サニーは、十二月二十八日の午後、売られていたことがわかった。売った営業所は、恩納村に近いところにあった。買い手は、大きなサングラスをかけ、クバ笠をかぶった若者で、ゴルフバッグを担いでいたという。

(間違いなく、犯人だ)

と、十津川は思った。

(すると、やはり、犯人はサバニで、与論島へ逃げたのか)

5

十津川の不安を裏書きするように、大晦日《おおみそか》の十二月三十一日になっても、犯人の赤松淳一は、逮捕されなかった。那覇空港と、那覇港の検問には、いっこうに、犯人が引っかからない。

その間に、指紋から、車と一緒に海に沈められた若者は、免許証どおり、東京の大学生の若松和之とわかったが、それは、十津川たちの敗北感を深くする役にしか立たなかった。

ついに、年が明けてしまった。

正月になると、那覇空港も、那覇港も、急に混雑してくる。この混雑に乗じて、犯人が逃亡することも考えられるとして、検問をいっそう強化したが、赤松淳一は、現われなかった。

三が日が終わって、一月四日になったとき、十津川は、結論を下さなければならないと思った。

「敗けたようだな」

と、十津川は、あっさりと、部下の二人の刑事にいった。

「だが、もちろん、今の時点でのことだ」

「やはり、サバニを盗んで、与論島へ逃げたと、お考えですか？」

と、亀井刑事が、口惜《くや》しそうに、眼を朱《あか》くして、十津川を見た。

「正直にいってわからんよ。サバニで逃げたと見せかけて、島のどこかに、じっと身をひそめて、検問がゆるむのを待っているのかもしれない。ただ、すでに、本土に逃げたとすると、次に何をするかが問題だ」

「東京へは？」

「連絡した。小川刑事が、赤松淳一の両親が住んでいる八王子の家を張り込んでいる」

「今、赤松が、次に何をやるかといわれましたが、もう一人残った竹田船医を殺しに、ブラジルへ行くとお考えですか？」

「かもしれない。だが、もっと危険な推測もできる」

「どんなことですか？」

「赤松の、六人の生存者に対する憎悪が、変な方向に突っ走って、ニュージャパンラインの幹部に向けられるかもしれん」

十津川は、冗談にいったのではなかった。

赤松淳一は、二十五歳と若い。若い憎悪は、どんな方向に走るか予測がつかないものだ。

一月五日。十津川たちは、東京に帰った。

案の定、新聞に叩かれた。犯人がわかっていながら、みすみす、小島夫婦が殺されてしまい、そのうえ、犯人を取り逃がしたのだから、いくら叩かれても、文句はいえなかった。

いつもは、十津川をかばってくれる捜査一課長も、さすがに不機嫌だった。

十津川自身も、寒い東京に帰ったとたんに、また、カゼをぶり返してしまった。やたらに、くしゃみが出て、鼻の頭が、たちまち、赤くなった。十津川のカゼは、いつも鼻にくる。

十津川は、赤松の両親宅のほか、知人の家や、親戚の家にも、刑事を張り込ませた。

だが、赤松淳一は、なかなか現われなかった。

一月八日の午後に、沖縄県警の玉城刑事から電話が入った。

「いぜんとして、赤松淳一は、姿を見せませんが、気になる情報が入ったので、お知らせします」

と、玉城刑事はいった。

「赤松に関することですか？」

「まだ、それが、はっきりしないのです。中部地区にある名護市内の運送店からの情報です。この店は、東京に本店がある丸一運送という会社なんですが、去年の十二月二十九日の夕方、若い男に、東京宛の小荷物を頼まれ、航空便で送ったというのです」

「二十九日というと、小島水夫長が殺された日ですな」

「そうです。まあ、これだけなら、どうということはないんですが、その荷物が、細長い木の箱に入っていて、中身は、ゴルフのハーフセットだというのです」

「ゴルフセット？」

「引っかかるでしょう？　そのうえ、受け付けた事務員は、今から考えるとゴルフのハーフセットにしては、少し重過ぎたようだというのです。中身がM16小銃だったのかもしれません」

「しかし、それが、ライフルだとすると、よく、チェックをパスしましたな？」

「それが、空港で聞いてびっくりしたんですが、乗客が持ち込む手荷物は、厳重にエックス線でチェックしますが、委託小荷物については、現在、フリーパスだそうです」

「なるほどねえ。それで、その小荷物を頼んだ男の人相は？」

「それが、年末で忙しくて、はっきり覚えていないというのです。二十四、五歳の若い男で、クバ笠をかぶり、大きなサングラスをかけていたそうです。小荷物の送り先は、東京都世田谷区大原双葉《ふたば》マンション二〇六号室渡辺一郎です」

6

世田谷区大原は、環状七号線と甲州街道の交差する辺りである。車の排気ガスと騒音の被害で有名になった所だった。

亀井刑事は、首を突き出すようにして、双葉マンションを探した。

商店街の裏側に、ひっそりと建っている三階建てのちっぽけなアパートだった。部屋も、1DKばかりだが、今は、こんなアパートでも、マンションというのだろう。
五十二、三歳の、あまり頼りになりそうもない男が、管理人だった。
「二〇六号室の渡辺一郎はいるかね？」

と、亀井刑事は、乱暴な聞き方をした。いつもは、ていねいな話し方をする男なのだが、彼も、沖縄の失敗で、自分に腹を立てていたのである。

「さあ。どうですかねえ」

と、案の定、管理人の返事は頼りなかった。

「見せてもらいたいんだが」

「え？」

管理人が、眼鏡の奥の眼をしょぼつかせている間に、亀井刑事は、さっさと二階へあがった。

二〇六号室のドアをノックしたが、返事はなかった。亀井刑事は、手袋をはめて、把手《ノブ》を回してみた。鍵はかかっていなかった。

六畳一間に、台所にバスとトイレがついた部屋である。だが、中へ足を踏み入れて、亀井刑事が眼をむいたのは、調度品らしいものが全くなかったからである。テレビや机がないのはもちろん窓にはカーテンもなかった。あったのは、部屋の隅に、折りたたんだ布団、それに、安物のガスストーブだけである。押入れを開けてみたが、そこにも、何もなかった。まるで、寝るためだけに利用している感じである。

たたんだ布団の上には、枕が置いてあり、その横に、部屋の鍵が二つ並べて置いてあった。どうやら、この部屋の主は、もう帰って来ないつもりらしい。

「この部屋の主だが、この男じゃなかったかね？」

と、亀井は、赤松淳一の顔写真を、頼りない管理人の眼の前に突きつけた。「さあ」と、

相変わらず、管理人は、眼をパチパチさせて、

「渡辺さんは、大きなサングラスをかけて、そのうえ、カゼを引いたとかいって、マスクをかけていたんで」

「しかし、いつも、そんな格好をしていたわけじゃあるまい？」

「わたしが会ったのは、渡辺さんが部屋を借りに来たときでしてねえ」

「いつだね？」

「たしか、去年の十二月十七日でしたね。夕方急に見えて、『空室アリ』の札を見たといって、その場で、権利金や敷金なんかを払われたんですよ」

「そのときの契約書は？」

「ああ、まだ、契約書を書いてもらってなかったですわ」

「なぜ？」

「ハンコが見つからないというんで、書類だけお渡ししておいたんですよ。こちらとしては、権利金その他を貰ったんで、安心しているわけです。そのうちに、年末になっちまって、ついうっかり忘れてましたわ」

「それ以後、一度も、顔を合わせていないのかね？」

「ええと、その日、貸布団屋へ一緒に行きましてね。そうだ。そのとき、マスクを外してましたよ。もう一度、その写真を見せてください」

管理人は、眼鏡をあげ、じっと、赤松淳一の顔写真を見つめていたが、

「この人ですよ。間違いないです。この人が何かしたんですか？」

管理人が、亀井刑事の顔を、下から見上げるようにして聞いた。が、亀井刑事は、それには、返事をせず、

「渡辺一郎を、誰かが訪ねて来たり、電話がかかって来たりしたことはないかね？」

「ありませんね。ただ、運送屋が来て、渡辺さんの部屋を教えてくれというので、教えたことがありましたよ」

「いつのことだね？」

「たしか、一月四日でした。四日の午後」

「そのとき、渡辺一郎は、部屋にいたのかね？」

「いたんじゃないですか。運送屋が、手に何も持たずに帰っていきましたから」

たぶん、それは、丸一運送だろう。それを確かめるために、亀井刑事は、丸一運送の世田谷支店に回ってみた。

一月四日に、双葉マンションに小包を届けたのは、若い配送員だったが、マンションの管理人と違って、ハキハキと答えてくれた。

「ええ。渡辺さんは、部屋にいましたよ。ドアをノックして、丸一運送だといったら、待ちかねたというように、出て来ましたよ」

「この男だったかね？」

亀井が、赤松淳一の写真を見せると、相手は、急に当惑した顔になって、

「弱ったなあ。似てるみたいだけど、あのときは、大きなサングラスをかけて、それに――」

「口にマスクをかけていた？」

「ええ。せきをしてましたよ」

「何かしゃべったかね？」

「いいえ。黙って、ハンコを押しただけでしたよ」

「ゴルフセットだったね？」

「ええ。ゴルフのハーフセットって、書いてありましたね」

念のために、受領証を見せてもらったが、そこに押してあったのは、完全な三文判だった。

貸布団屋にも行ってみた。そこでは、マスクとサングラスをとっていたということで、店の主人は、すぐ、赤松淳一だと、顔写真を見て確認した。

二〇六号室の指紋の検出、布団についている頭髪の採取も、鑑識の手によって行なわれた。

その結果、赤松淳一の指紋が、いくつか発見された。頭髪は、成年男子のもので、軽いウエーブがあるということだった。赤松淳一の頭髪は、いわゆる天然パーマに近いものだった。

十二月十七日に、双葉マンションを借りたのが、赤松淳一であることは間違いない。

なぜ、変名を使って、アパートを借りておく必要があったのか。かくれ家として使う気だったのか。凶器のライフルを、小荷物にして送るとき、受取り場所として必要だったからか。

だが、部屋の鍵が二つとも置いてあったことから考えて、もう、あの部屋を使う気はないのだろう。それは、赤松淳一が、目的としたすべての復讐を成し遂げたことを意味しているのだろうか。

7

十津川は、そうは考えなかった。

沖縄から、わざわざ、凶器のM16小銃を送り返し、それを受け取ったことからみて、犯人は、まだ、何かやるつもりだと考えた。

狙うとすれば、まず、ブラジルにいる竹田船医であろう。それで、羽田の国際線に、張り込みが実施された。

宮本船長の未亡人は、青森市の実家に帰ってしまっていたが、このほうも、十津川は県警に警備を要請した。

そのほか、万一に備えて、ニュージャパンライン本社の警備も実施された。

しかし、何事も起きず、日時だけが経過した。

「われわれは、うまうまと、赤松淳一にはめられたんじゃないかね」

捜査一課長が、十津川を呼び、寒々とした窓の外の景色に眼をやりながら、自分にともなく、十津川にともなくいった。壁のカレンダーは、すでに、一月十四日になっている。

「はめられたといいますと？」

十津川は、あまり元気のない声で聞いた。彼も、何の反応もないことに、深い焦燥にとらわれていたのである。

「赤松淳一は、わざわざ、危険を冒して、M16小銃《ライフル》を、東京に送り返した。誰もが、ライフルに、まだ用があるからだろうと考える」

「そうですな」

「赤松は、われわれが、そう考えるのを見越して、罠を仕掛けたんじゃないかね。われわれは、また、誰かが狙われると考えて、羽田へ刑事をやり、ニュージャパンラインを警備している。その間に、赤松は、どこかの片田舎に隠れてしまって、われわれがキリキリ舞いしているのを、笑っているんじゃなかろうか」

「すると、M16小銃《ライフル》は、もう処分してしまっているというわけですか？」

「そうだ。誰も、捨てるために、わざわざ、沖縄から東京へ送るとは考えない。使うためだと考える。そこが、罠だったんじゃないだろうか」

課長の考えに、十津川は、肯定も否定もしなかった。

ありえないことではないとは思う。しかし、だからといって、今の警戒を解くわけにはいかないのだ。もし、そんなことをして、赤松に誰かが狙撃されたりしたら、辞表を出したくらいではすまなくなる。

8

一月十五日。成人の日である。それを祝うかのように、早朝から東京に雪が降った。初雪である。

東京には珍しい大雪で、午後三時には小止《こや》みになったが、郊外の八王子辺りでは、積雪は、二十センチを越えた。

多摩川の源流である秋川の上流には、まだ田畑や雑木林が残っていた。東京にも、まだこんな所があったのかというような、ひなびた風景である。

八王子市上川口。昔流にいえば、南多摩郡上川口村だが、今でも、その呼び名のほうがふさわしい。

この村の裏手にある雑木林も、白銀の世界に変わっていた。

雑木林の持ち主である農家の妻は、野菜が切れていたのを思い出し、土の中に埋めてある大根を掘りに、雪に埋まった雑木林に入って行った。

クワを持って、大根の掘り出しにかかった妻は、三本ばかり掘ったところで、小さく伸びをし、雑木林の奥に眼をやって、「おやっ」という顔になった。

そこに、人間の姿が見えたからである。頭にも、肩にも雪が積もっている。太い樹の根元に、腰を下ろして座り込んでいた。

(この雪で、凍《こご》えて動けなくなっちまったんだろうか)

と、思い、彼女は、クワを手に持ったまま、近づいてみた。

ときどき、枝に積もった雪が、バサッ、バサッと、音を立てて落下する。それを手で払うようにして近づいた妻は、二、三メートルのところまで来て、思わず、立ちすくんでしまった。

雪の上に座り込んでいるその若い男が、はっきりと、死んでいるとわかったからである。

その死にざまが、また異様だった。

ライフルの銃口を口にくわえ、裸足《はだし》になった片方の足の指で、引き金をひいているのである。後頭部は、弾丸が貫通していて、ぐちゃぐちゃになっている。

妻君は危うく腰を抜かしかけたが、必死に気を取り直して、駐在所に向かって走った。あとで、新聞に、「落ち着いて警察に通報した」と書かれたが、本当は、雪の中で何度も転び、息を切らしながらであった。

五十二歳の駐在所の巡査は、ゴム長で、雪を蹴ちらしながら現場に向かったが、彼もまた、異様な死にざまにびっくりした。

ただ、彼は、戦争の体験者だったので、日本の兵隊が、銃で自殺するとき、同じようなやり方をしたのを思い出した。

雪が降る前に死んだらしく、まっ白な雪の下に、血の痕《あと》は隠されていた。

巡査は、死体の着ているコートのポケットを調べてみた。雪のために湿っていて、なかなか手が入らない。二万円近い金の入った財布と、船員手帳が出てきた。

「赤松淳一」

という名前が、読み取れた。

巡査の顔色が変わった。

本庁から指名手配されていた連続殺人犯人の名前である。

あの赤松淳一だ。

第十章　新しい疑惑

1

八王子市外の小さな旅館に泊まり込んでいた亀井刑事は、知らせを受けて雪の中を、現場に駆けつけた。

現場には、駐在所の巡査、発見者の農家の妻、それに、近くの農家の人々五、六人が集まっていた。

亀井刑事は、発見されたときの事情を聞いてから、冷たい雪の中に膝をつき、死体を調べた。

(死後、三、四日といったところか)

と、思いながら、赤松淳一の顔写真を出して、比べてみた。弾丸が、口から後頭部にかけて貫通しているため、ゆがんだ顔になってしまっているが、赤松淳一に間違いないようだった。銃も、M16小銃《ライフル》である。

亀井刑事は、駐在所の巡査に向かって、赤松淳一の両親を連れて来てくれるように頼んでから、死体の周囲《まわり》を調べてみた。

死体の背後の木の幹に、弾丸が突き刺さっている。

死体の横、五十センチばかり離れた雪の中から、弾丸の入ったボール箱が見つかった。

弾丸は、十二発入っていた。

数分して、駐在所の巡査が、赤松淳一の父親を連れて来た。六十五、六歳の、頭の禿げた、小柄な老人だった。

老人は、年代物の眼鏡の奥から、じっと、死体を見つめた。二、三分も、黙って見つめていたろうか。ふいに、むせたように咳込《せきこ》み、「息子だ」と、呟いた。

「確かですね？」

亀井刑事は、残酷なのを承知で、念を押した。こういうやりとりは、嫌な仕事だ。

「ああ。淳一だ」

「死ぬ前に、息子さんは、家に帰りましたか？」

「いや。来なかったね。わしのほうも、船が遭難したとき、こいつは死んだとばかり思ってたんだ。だから、新聞に、こいつの名前が出てても、信じなかったのにな」

「電話もなかったんですか？」

「うちには、電話なんぞ、ありゃあせん。手紙も来なかった」

「あなたは、戦争へ行かれたことがありますか?」

「なぜだね?」

「息子さんの死に方が、まるで、昔の日本の兵隊のやり方なので、誰に教えられたのかと思いましてね」

「確かに、わしは、中国とフィリッピンで四年間戦ったよ。伍長だった」

「戦争の話を、息子さんにしましたか?」

「ああ。したことがある。フィリッピンでは、ひどい負け戦さでね。ルソンの山の中を敗走するとき、病気と飢えと疲れで動けなくなった兵隊が、何人も自決していった。手榴弾《てりゅうだん》で死んだ者もあるし、手が負傷して使えないので、銃口を口にくわえ、足指で引き金をひいて自決した兵隊もいたよ。あるいは、それをこいつに話したかもしれん」

2

十津川が、警視庁から駆けつけたときは、もう陽が落ちていた。八王子署からもパトカーが来ていて、投光器の明かりで、現場は、真昼のように明るかった。

「死体の周囲から、サングラス、それに、空《から》になったウイスキーのポケット瓶が見つかりました。サングラスは、弾丸が、貫通したときのショックで、飛ばされたんだと思います」

と、亀井刑事が、説明した。

「遺書は？」

「内ポケットにありました。これです」

と、亀井刑事が、封筒を差し出した。

白い封筒の表には、「赤松時太郎様」と父親の名前が書かれ、裏には、「淳一」とだけ書いてあった。

「父親は、息子の筆跡に間違いないといっています」

と、亀井刑事が、つけ加えた。

中身は、便箋一枚だった。


第一日本丸が遭難したとき、おれは、奇跡的に助かった。

死んだ二十五人の恨みを晴らさなければならなかったんだ。男だから、やらなきゃならなかったんだ。

それは、果たした。

だから、おれは死ぬ。

許してください。姉さんによろしく。

淳一

お父さん
お母さん

「息子の遺体は、どうなるのかね？」

と、雪の上にうずくまっていた父親が、十津川を見た。

「念のために、大塚の監察医務院で解剖します」

「自殺した人間を、なぜ、切りきざむんだ？」

老人は、抗議するように、眼を上げて、十津川を睨んだ。十津川は、視線をそらせて、洟《はな》をかんだ。

「あなたにはお気の毒ですが、息子さんは、十一人の人間を殺した容疑者ですからね」

「こいつは、人殺しのできるような人間じゃない。わしは、そんな人間に育てた覚えはない。何をやってもいいが、人殺しだけはするなといって育てたんだ」

「それは、捜査で決まることですよ」

と、十津川は、横を向いたままいった。

一時間ほどして、監察医務院の車が、到着し、赤松淳一の死体は、毛布にくるまれて、雑木林の中を車まで運ばれて行った。

3

翌日の午後、解剖結果が出た。

○死亡推定時刻は、一月十日の午後八時から十一時の間である。
○死因は、口より後頭部への弾丸の貫通によるものであり、ほかに外傷は認められない。
○胃の中には、寿司の残りと、国産ウイスキーが認められた。このウイスキーは、発見された空《から》のウイスキー瓶の銘柄と一致する。

また、科研及び、鑑識からの報告は、次のとおりだった。

○樹の幹より摘出された弾丸は、M16小銃《ライフル》のもので、連続殺人に使用されたものと同一の銃から発射されたものである。
○銃、弾丸、サングラス、ウイスキーのポケット瓶などについて、指紋の検出を行なったが、降雪のため、かなり困難であった。しかし、いくつか採取された指紋は、すべて、赤松淳一のものである。

これで、自殺の線は、確定的になった。

その夜、警視庁では、最後の捜査会議が開かれた。

捜査一課長が、事件を総括したが、その声には、元気がなかった。事件は、ようやく解決したといっても、犯人の自殺によっての終結は、警視庁の手柄にはならなかったからである。

「われわれは、今度の事件について、推測によらなければならない部分があるのを認めないわけにはいかない。それは、動機の部分だ。犯人の赤松淳一が自殺してしまった今、第一日本丸が沈没したとき、いったい、何が起きたのかは、推測によらなければならない。ただ一人の生存者となった竹田船医は、衝突の際、気を失ったということで、真相を語ってくれる者は、もういないからだ。だが、推測はできるし、この推測は、間違っていないと思う。

昨年の十二月五日。インド洋上で、第一日本丸が沈没、炎上したとき、宮本船長以下六名が、ほかの二十六名の船員を見捨てて、救命ボートで脱出した。死んだと思われた二十六名のうち、赤松淳一だけが、奇跡的に、チャゴス諸島のサロモン島に漂着して助かった。六名に対する復讐の念に燃えた赤松は、ひそかに帰国すると、たぶん、アメリカ兵からと思うが、M16小銃を手に入れ、五人の生存者を、次々に殺害していった。宮本船長も、おそらく、赤松が、殴打したあと、崖の上から落としたのだ。一方、六人の生存者の中には、自分たちの行為の後ろめたさから、ブラジル行きを決意する者が出た。いち早く、ブラジルへ移住した竹田船医は助かったが、移住に踏み切れなかった人たちは、次々に殺されていった。彼らは、自分たちが狙われていることを知っていたと思う。だが、二十六名を見捨てたことが明らかになるのが怖くて、警察に保護を求めることができず、日本国内を逃げ回っていたのだ。だが、事件は終わった。犯人の自殺によって、解決したことは遺憾だが、終わったことに変わりはない。今日まで、ご苦労だった」

そのあと、課長は、十津川一人だけを、自分の部屋に呼んだ。

「まあ、座りたまえ」

と、課長は、十津川に、椅子をすすめてから、

「カゼは、まだ治らんかね？」

「まだ、まだ、治りそうもありません」

と、十津川は、それを証明してみせるように、大きなくしゃみをした。

「じゃあ、二、三日、休暇をとったらどうだ。事件も終わったことだし——」

課長が、煙草に火をつけながら、十津川を見ると、十津川は、

「いや。よしましょう」

と、首を横にふった。

「まだ、事件は終わっていませんから」

第十一章　タンカー事故

1

「まだ終わっていない？」

課長は、眉《まゆ》を寄せて、十津川を見たが、すぐ、微笑して、

「そうか。例の脅迫状の件が、まだ未解決だというんだろう。あれは、さっきいい忘れたが解決しているんだ。六人の生存者の筆跡と比較していたんだが、最後に殺された小島水夫長が書いたものだとわかったよ。彼は、宮本船長が死んだのを知ったとき、自分も狙われると、すぐ思ったのだろうね。だが、警察にはいえない。それでも、犯人は捕えてもらいたい。それで、あんな脅迫状を書いたんだろうね。これで、すべて、納得がいったんじゃないのかな？」

「脅迫状は、たぶん、そんなことだろうと思っていました。私が、終わっていないといった

のは、あまりにも、奇妙なことの連続なのに、全体としては、不思議に筋が通ってしまっているのが気に入らんのです」

「君のいっていることが、よくわからんが」

課長は、当惑した顔で、あごの辺りに手をやってから、煙草の煙にむせたらしく、二、三度、軽く咳払いをした。

「くわしく説明してくれないかね」

「五〇万トンのマンモスタンカーの沈没、二十六名の犠牲者と、それを見捨てた六人の高級船員、死んだと思われた二十六名の一人が奇跡的に助かり、次々に復讐をしていき、その復讐が終わったとき、自分の家の近くの雑木林で自殺を遂げた。ストーリーとしては申し分ありませんな」

「それが、気に入らんのかね？」

「もし、このストーリーが真実なら、細部に亀裂は生じないはずです。ところが、おかしなことに、事件の細部をふり返ってみると、やたらに、不自然な点が眼につくのですよ」

「例えば、どんな点だね？」

当惑と、興味が半々といった表情で、課長は、十津川を見た。

十津川は、もう一度、鼻をクスンといわせてから、手帳を広げた。「第一に」と、十津川がいうと、課長は、

「ちょっと待ってくれ」と、あわてて、口をはさんだ。

「たくさんあるのかね？」

「あります」

「じゃあ、その黒板に、書き出してくれんか。一緒に検討してみようじゃないか」

十津川は、部屋の黒板の前に行き、白墨《はくぼく》を取りあげた。

①赤松淳一が、チャゴス諸島のサロモン島に漂着したとき持っていた金は、千九百五十ドル（約六十万円）である。
それに対して、彼が自殺するまでに使った金額は次のとおり。

㋑ボンベイから羽田までの航空運賃。

㋺黒の中古カローラを盗み、その代わりに、二十万円を置く。

㋩二丁のM16小銃《ライフル》と弾丸。

㋥双葉マンションの権利金、敷金、部屋代。

㋭沖縄までのフェリー代。

㋬沖縄から東京までの航空運賃。

㋣沖縄で購入した中古サニーの代金。

㋠食費、ガソリン代など。

㋑から㋩までで、すでに、六十万円を突破することは確実である。といって、赤松が、両親や友人から金を借りた形跡はない。とするると、彼は、どこから金を入手したのか？
②赤松淳一が、六名の性癖や、考え方を、よく知っていたことは理解できる。例えば、辻事務長夫婦が、新婚旅行に野沢温泉に行ったこと、その後も毎年一回、夫婦で行くことを、長い航海の間に、赤松に話していたかもしれない。だが、六人の行動について、あまりにもよく知っていて、待ち伏せして射殺できたのは、不思議である。
③同じM16小銃《ライフル》を二丁用意したのは犯人の用心深さであろう。野沢温泉の検問で、そのうちの一丁を、わざと警察に見つけさせて安心させ、その隙に検問を突破したのは、その用心深さが成功したのだが、そのとき、なぜ、殺人に使用した銃を犠牲にしなかったのか？もし、同じ銃が見つかっていれば、警察はもっと油断し、沖縄でも、犯人は、もう銃は持っていないと判断して、警備が甘くなったはずである。
犯人が、このような奇妙な方法をとった理由は、二つばかり考えられる。
㋑弾丸についた条痕から、同じ銃かどうかわかるということを知らなかった場合。（だが、これは考えられない。犯人は、銃のことに詳しい人間のはずだからである）
㋺片方の銃の作りが悪く、命中しにくい場合。（だが、先に発見された銃を、科研で試射したところ、精度の高い銃であることが証明されている）
④沖縄で、小島水夫長夫婦が射殺されたあと厳重な一斉検問が行なわれたのに、なぜ、犯人

は、悠々と逃げ去ったのか。
⑤野沢温泉のとき、すでに、犯人が使用している車は、東京ナンバーの黒の中古カローラとわかっていた。赤松も、知っていたはずである。なぜなら、犯人は、野沢温泉で、同じ種類の車のトランクに、もう一丁の小銃を放り込み、警察に発見させているからである。それにもかかわらず、赤松は、沖縄まで、同じ車を手放そうとはしなかった。なぜ、そんな危険を犯したのだろうか。
⑥赤松は、なぜ、M16小銃《ライフル》をわざわざ、沖縄から東京に送り返し、それを使って、あの異様な形の自殺をしたのだろうか。
⑦なぜ、簡単に自殺したのか？　赤松は、まだ完全に追い詰められてはいなかったはずである。
⑧赤松淳一は、双葉マンションを借りる際、サングラスをかけ、マスクをして人相をかくしている。そのくせ、平気で指紋を残し、貸布団屋と管理人に顔を見せてしまっている。このチグハグな行動を、どう解釈したらいいのか。

2

「これだけかね？」

課長は、呆《あき》れたという顔で十津川を見た。十津川は、白墨《はくぼく》の粉を軽くはたいてから、

「ほかに重大な疑問が一つあります」

「何だね？」

「赤松が、どうやって、佐藤一等航海士たちの動きを知り、先回りできたかということです。犯人を追いかけながら、そのことがいつも引っかかっていました」

「それは、赤松が見張っていたんだろう」

「しかし、相手は一人じゃなかったんです。船長《キャプテン》の宮本健一郎は、習慣になっていた夜の散歩コースで殺されましたから、あらかじめ、予測して待ち伏せすることは、可能かもしれませんが――」

「二等航海士の河野哲夫も、つきっきりで見張っている必要はなかったはずだよ。彼のヨットが、金谷マリーナに繋留されているのは、近所の人が知っていたし、出港の日もわかっていたはずだからな」

「しかし、まだ三人残っています。赤松一人で三人を見張るのは無理だったと思うのです。少なくとも二人は必要です」

「君は、赤松に共犯がいたというのかね？」

「かもしれません。私が興味を持ったのは、今西刑事が小島水夫長の妻君から聞いた話です。彼女の話では、サングラスをかけた男が、見張っていたというのです。刑事に違いないと、

彼女はいっていたそうですが、念のために、神奈川県警に照会したところ、その日、あの地点で張り込みが行なわれたことはないという返事でした」

「赤松が様子をうかがっていたということは考えられないか？」

「小島晴子が見たのは十二月十二日です。赤松が羽田に着いたのが十五日ですから日時が合いません。ということは、赤松が、金《かね》を出して、私立探偵でも雇って見張らせたということでもありません。なにしろ、十二月十二日には、赤松は、インド洋のサロモン島の海岸に打ちあげられていたのですから」

「じゃあ、赤松淳一のほかにも、奇跡的に助かった者がいて、同じように復讐に燃えて日本に帰って来ていたというのかね？」

「その可能性も考えてみました。だが違いますね。赤松以外の生存者が、日本に帰って来たという形跡はありません。これは、羽田で調べたのではっきりしています。それに、二人いたのなら、そのうちの赤松だけが、連続殺人を実行した理由がわかりません」

「どうも、よくわからんな」

「私にもわからないのです。あれほど多数の人間を、手際よく次々に殺していくには、私は、共犯者が必要だと思うのです。共犯者とまではいかなくても、殺す相手について、いろいろと知らせてくれる情報提供者は、絶対に必要だと思っています。ところが一方で、赤松淳一には、どう考えても、共犯者がいるような気がしないのです。殺し方も、まるで、一匹狼のようなやり方ですからね。それで、これは、黒板に書きあげなかったのです」

「結局、君のいいたいことは、何だね？」

課長が聞いた。

十津川は、頭をガリガリかいてから、

「さっきもいいましたが、われわれの作ったストーリーが真実なら、細部におかしな点が出てくるはずはないと思うのです。ところが、おかしな点が、このようにたくさん出てきた。これは、すこし大胆すぎる推測かもしれませんが、逆に考えて、細部がおかしくなってくるのは、元のストーリーが真実でないからではないでしょうか」

「君は、自分のいっていることが、わかっているんだろうね？」

「わかっているつもりです。われわれは、出発地点で、すでに、間違った道に入り込んでいたのかもしれません。ですから――」

「ちょっと、待ちたまえ。君」と、課長は、あわてて、さえぎった。

「君が、黒板に書いた疑問点は、必ずしも、説明がつかないわけじゃない。例えば、①は、確かに、金額が合わんが、赤松が、どこかで、金を盗んだのかもしれん」

十津川が、黙っていると、課長は、苦笑して、

「あまり説得力のない説明だということは、私にもわかっているよ」

と、いった。

十津川は、まだ、黙っていた。課長は、根負けしたように、

「それで、君は、どうしたいのかね？」

「今度の事件を、最初から調べ直したいのです」

「最初からというと、宮本船長の事件からということだね？」

「いや。もっと前からです」

「もっとだと。その前に何があったというんだね？」

「第一日本丸の沈没です」

「君は、何を――」

と、課長が、あっけにとられているのへ、十津川は、あくまで冷静な顔で、

「われわれの考えたストーリーが間違っているとすれば、最初の出だしも間違っているはずです」

「しかし、それを、どうやって調べるのかね？」

「わかりません」

「それじゃあ話にならんな。事件は、赤松淳一の自殺をもって終わったんだ。これ以上、がたがたやっていたら、新聞記者に質問攻めにあう。そのとき、自分たちの捜査にどうもあやふやなところがありますからと答えられるかね？」

「わかっています」

「どうわかっているのかね？」

「私一人で、今度の事件を、洗い直してみたいのです」

「それは君の勝手だが、捜査一課の刑事としてやられては困る。といっても、君は諦めまい。君は、一週間の休暇をとりたまえ。非番のときなら、君が何を考え、何をやろうと自由だからな」

と、課長はいった。

3

十津川は、休暇届けを出して、練馬にある2DKのアパートに帰った。

ガスストーブを点《つ》けてから、ソファーに腰を下ろして考え込んだ。課長には、いくつかの疑問点を並べてみせたが、十津川自身にも、答えは見つかっていないのだ。ストーリーのどこかか、あるいは、全部が間違っているのだ。しかし、今の時点では、その間違いがわからない。

煙草を何本も灰にしたあげく、十津川は、気分転換を考えて、テレビのスイッチを入れた。めったに見ないテレビである。また、事件にぶつかれば、テレビを見ている暇もない。

スイッチを入れておいて、窓の外に眼をやってしまったが、

〈今日の午前九時三十分、東京湾の浦賀水道で、衝突炎上したタンカー第八太平丸（四万トン）は――〉

というアナウンスに、思わずテレビの画面に眼をやった。とっさに、第一日本丸の炎上のことを考えたからである。

もくもくと、黒煙を吹きあげて炎上しているタンカーの写真が出た。真っ赤な炎も見える。カラーだけに迫力がある。

〈午後七時になった今も、いぜんとして、炎上を続けています。爆発の危険が続いているため、消火艇が近づけず、消火作業は、行なわれていません。二十八名の乗組員のうち、十四名は救助されていますが、二名が遺体で発見され、残る十二名は、絶望とみられています〉

十津川は、何気なく、指を折っていって、はっとなった。

午前九時三十分に衝突炎上してから、午後七時の現在も、燃え続けているということは、九時間半、炎上が続いているということである。

九時のニュースのときも、第八太平丸は、いぜんとして燃え続けていた。火勢が弱まる気配はない。アナウンサーは、少なくとも、あと四、五日は、燃え続けるだろうといった。

翌朝七時のニュースで、第八太平丸が、千葉県の富津《ふっつ》沖に曳航《えいこう》されたと聞いて、十津川は、寒風の中を、国鉄内房線に乗って、富津に出かけた。

富津町から、東京湾に向かって、富津岬という細長い岬が突き出ている。ニュースでは、富津沖約五キロに第八太平丸は運ばれ、燃えるままにされているということだった。

青堀《あおほり》駅で降り、富津町までタクシーで行ってから、十津川は、富津岬を、先端に向かって歩いて行った。十津川と同じように、燃えるタンカーを見に行くのだろう、自転車に乗った若者が、彼を追い越して行く。

前方の海上に、黒煙が見えてきた。

岬の先端には、二、三十人の野次馬が集まっていた。十津川は、彼らから少し離れた場所に立ち、用意してきた双眼鏡を眼に当てた。

焦点を合わせる。炎上する第八太平丸の姿が、くっきりと浮かびあがってきた。

巨大な船体は、焼け焦げて、茶褐色に変わってしまっている。中央部分と、船尾のあたりから、猛烈に、炎を吹きあげている。ときどき、ぱあっと火勢が強くなる。黒煙は、二、三百メートルの高さにまで達していた。火勢は、いっこうに弱まる気配がない。

(すでに、三十八時間、燃え続けているのだ)

三、四日は、燃え続けるというのは本当だろう。いや、このままなら、二、三週間は燃え続けるかもしれない。いっそのこと、沈没してしまえば、火は消えるのかもしれないが、衝突で舷側に穴があき、鉄板は熱でひん曲がっているのに、第八太平丸は、沈む気配がない。

一時間近く、寒風の中で、炎上する第八太平丸を見物してから、十津川は、東京に戻った。

彼は、その足で、ニュージャパンライン本社に立ち寄った。

前に一度会ったことのある人事部長に、もう一度会った。長身の人事部長は、相変わらずダンディだったが、元気がなかった。

「同じ第一日本丸の乗組員が犯人だったとは、全く驚きでした。これでうちのイメージダウンは免《まぬが》れません」

と、彼は、十津川に向かって、深い溜息をついた。

「私もですよ」

と、十津川はいった。

「え？」

と、人事部長が、変な顔をしたのは、十津川のいい方が、刑事としては何となくおかしかったのだろう。十津川が、黙っていると、人事部長は、「ともかく」と、語調を強めていった。

「これで、事件は終わったんでしょうな？　新聞に、うちの名前や、第一日本丸の名前が出るたびに、はらはらしていましたからねえ」

「ええ。一応はね」

「すると、今日は？」

「私は、船のことに興味がありましてね」

と、十津川は、微笑した。

「特に、タンカーに興味があるんですよ。今日は、タンカーの構造にくわしい人を紹介してくれませんか」

「船の構造ですか」と、人事部長は、ちょっと考えてから、

「いい人が来ていますよ。第一日本丸を造ったN造船の森岡という設計技師です。ここに呼びましょう」

と、いってくれた。

世界最大のマンモスタンカーの設計技師というので、六十歳くらいの高齢者を想像したのだが、会ってみると、十津川と同年齢くらいの若い技師だった。身体つきも、がっしりと骨太で、顔も、真っ黒く陽焼けしている。ざっくばらんな性格らしいのが、十津川を喜ばせた。

十津川は、森岡を、ビルの地下にある喫茶店へ連れて行った。

「私は素人なんで、おかしな質問をするかもしれないが、かんべんしてください」

と、十津川が、前もって断わると、森岡は、白い歯を見せて笑って、

「僕だって、ある意味じゃ素人ですよ。船全体のことは、僕は、まあ知っていますが、そこに使われているコンピューターについては素人に近いし、鋼板を継ぐことだったら、溶接屋さんのほうが、僕なんかよりずっとくわしいですからね」

「確かに、そのとおりですな」

と、十津川は、肯《うなず》いた。森岡のいい方が気に入ったのだ。彼自身も、捜査のある部門では、素人に近い。

4

「第一日本丸の油槽《タンク》は、事故に備えて、いくつかに分割してあるんでしょうね？」

「ええ。そのとおりです。第一日本丸の場合は、タンク数は十五です。タテに三列、横に五列に仕切られていますから、三×五で十五ですね。実は、大型タンカーの事故が増えて海洋汚染や火災事故が増えるようになって、ＩＭＣＯ（国際間海事協議機構）で、いろいろと検討されましてね。タンカーの大きさに関係なく、一個の油槽の容積を制限する案が決議されたのですよ。これに従うと、五〇万トンのマンモスタンカーでは、実に四十個の油槽《タンク》に分割しなければならないんですが、自然に、鋼材も余分に必要になって建造価格が上昇し、五〇万トンタンカーのメリットがなくなるんですが、第一日本丸は、その決議に拘束されないで建造されたので、十五個になっているわけです」

森岡は手帳を取り出し、そこに船体図を描いてくれた。

「すると、第一日本丸には五十八万キロリットル積まれていたわけだから、単純に計算して、一つの油槽には、だいたい、四万キロリットル、四万トンの油が入っていたことになりますね」

「そうですね」

「ところで、宮本船長の記者会見の説明ですが、落雷か、衝突か、磁気機雷か、そのどれかわからないが、衝撃と同時にエンジンルームに浸水し、積んでいた原油が流出し、それが燃えあがったとなっています」

「ええ。テレビで見ましたよ」

「第一日本丸の場合ですが、一つの油槽がこわれて油が流れ出すと、沈没するものですか?」

「そんなに簡単には沈みませんよ」

と、森岡は、笑ってから、

「確かに、タンカーの場合、どうしても経済性が優先するので、ほかの船に比べて脆弱《ぜいじやく》な面は否定できません。しかし、最近は、単底構造だった船底を、二重、三重構造にするなどして、強度を高めています。それに、この船体図のように、いくつもの隔壁《バルク・ヘッド》で仕切られ

タンカー内部の図

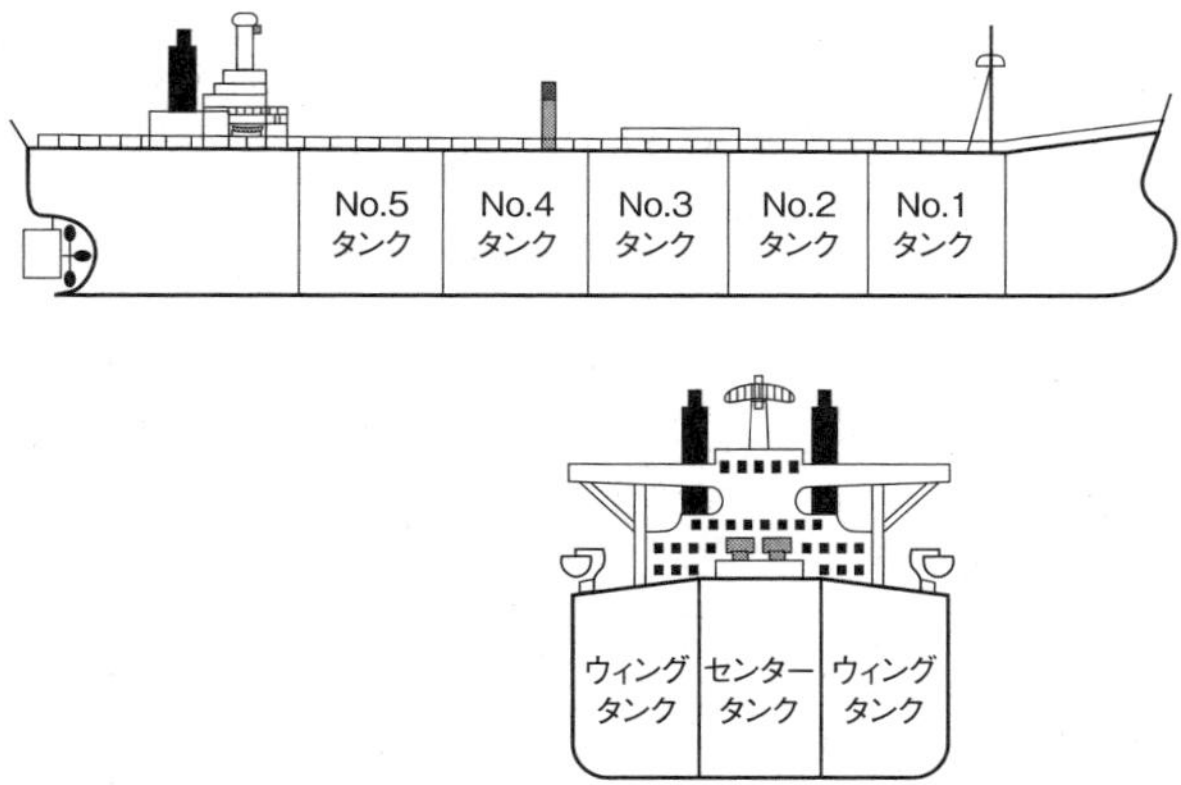

ているので、時には、普通の船より頑丈です。これは、極端な例ですが、衝突事故で、船体が真っ二つになっても、この隔壁のおかげで別々に浮いていたこともあるくらいです。しかし、強い衝撃を受ければ、この隔壁もこわれます。タンカーが座礁して、原油が流出するのは、そのためです。それに、火災はタンカーの最大の弱点ですから、第一日本丸の船長が退船命令を出したのは、間違っていませんね。ただし、一つの油槽《タンク》がこわれたくらいで簡単に沈没するようなタンカーは、造っていませんよ。それだったら、タンカーは、年中沈んでいなければならない」

「どのくらいの油槽がこわれたら沈みますか？」

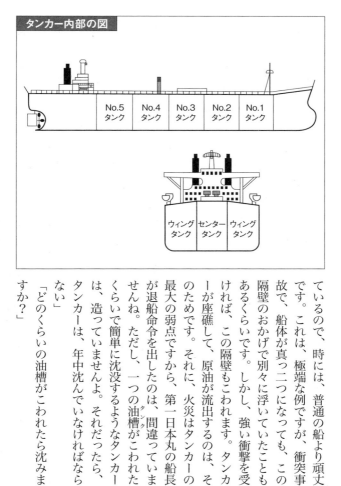

「場合、場合によって違いますがねえ。われわれは、一応、三分の一以上の油槽が破壊されなければ、沈没しないように設計はしています」

「それで、疑問が一つ消えましたよ」

「ほかにも疑問があるわけですか？」

「ええ。

「浦賀水道で、四万トンのタンカーが衝突事故を起こして炎上していますね」

「ほう。それなら、聞きやすい。実は、うちで建造した船でしてね」

「ええ。あの第八太平丸も、昨日の朝に燃え始めて、まだ燃え続けていますね」

「ええ。たぶん、あの状態では一週間は、燃え続けるんじゃありませんか。なにしろ、四万トンの油ですからね」

「原油というものは、簡単に燃えあがるものですか？」

「僕も、油のことは詳しくありませんが、先日、タンカーの爆発実験を、うちと、T大の研究室で合同してやったのを、見学しましてね。原油そのものは、そう燃えやすくはありませんが、気化したガスが危険です。そのうえ、原油は、絶えず気化する性質があるのですよ」

「今の気候でもですか？」

「原油は、マイナス四〇度でも気化しますから、暑さ、寒さはあまり関係ありません。タンカーの場合、油は、油槽《タンク》に入れてありますが、完全密閉というわけにはいきませんから、絶えず、少しずつ気化していくわけです。風があると、気化したガスが、甲板上から吹き払われてしまうんですが、風がないか、風速二、三メートルだと、ガスが甲板上に充満して危険です。もっとも、タンカーが航行中は、ガスは吹き払われますが。気化したガスは怖いですよ。僕の見た実験では、〇・三二ミリジュールのエネルギーで、ガスが爆発しましたからね」

「ええと、その〇・三二ミリジュールというのは、具体的にいうと、どのくらいのものなんですか？」

「そうですねえ。あなたが、その椅子から立ちあがるとして、そのときに発生する静電気のエネルギーぐらいのものです。まあ、そのガスの中で、身体と身体が触れても、大爆発が起きると考えていいですよ。だから、第一日本丸から流れ出た油が、炎上したというのは、納得できるんです。現場は、風速二・五メートルで、発生したガスが、立ちこめるには絶好の気象条件ですからね。そうなれば、救命ボートの金具が、軽くこすれるだけで、爆発したはずです」

「なるほど。そうでしょうな」と、十津川は、大きく肯いてから、「ただ――」と、いって、森岡を見た。

「私がわからないのは、第五白川丸の報告でしてね。あの船長は、第一日本丸は、約五時間、燃え続けて、やっと炎が消えたと報告しているんですよ。タンカーについてよくわからなかったんで、ずいぶん長く燃えるもんだと、あのときは感心したんですが、今日、富津沖で燃えている第八太平丸を見てきて、首をかしげてしまったんですよ。すでに一昼夜以上、燃え続け、今後、さらに、少なくとも一週間は燃え続けるだろうという。ところで、第八太平丸は、四万トンのタンカーです。ということは、第一日本丸の一つの油槽《タンク》の原油と同じですね。片方が、五時間で燃え尽きたのに、片方は、一週間以上も、燃え続けるというのは、私には、どうにも、納得できないのですがね。もちろん、第一日本丸の場合は、四万トンの油が、一度に炎上しただろうし、第八太平丸の場合は、四万トンの油が、いくつかの油槽に分かれていて、少しずつ燃えているという違いはあるでしょうが、少し違いすぎる気がするのですよ。それに、あなたの話だと、第一日本丸から流出した原油は、四万トン以上のはずだというしねえ」

「しかし、第五白川丸という漁船が、発見したときは、すでに燃え上がっていたわけでしょう。そうなると、五時間以上ということになりますよ。第五白川丸が、黒煙を発見する二、三日前から燃えていたとすれば、おかしくはない」

「残念ながら違うのですな」

と、十津川は、楽しそうにいった。専門家の森岡と話し合いながら、自分の疑問に答えを見つけていくのが楽しいのだ。

「宮本船長は、沈没したのが、十二月五日の午後三時だと証言しています。これは、本社との無線連絡が途絶えた時刻と一致している。ですから、間違いない時刻ということになります。ところで、第五白川丸が、黒煙を発見したのは同じ日の十二月五日、午後五時三十分なのですよ。第一日本丸が、たとえ、沈没と同時に炎上したとしても、燃えていた時間は、七時間三十分でしかない」

「そうか」と、森岡は、頭をかいた。

「僕は、勘違いしてましたよ。第一日本丸の沈没は、第五白川丸の発見のずっと前だと、何となくそう思い込んでいたんですよ。そうだ。同じ日だったな。そうなると、少し変ですね」

「そう。変ですな」

と、十津川は、満足そうにいった。

5

夕方になって、十津川が、自分のアパートに帰ると、入口のところに、亀井刑事が立っていた。

「なんだい？　カメさん」

と、声をかけると、亀井刑事は、煙草の吸い殻を靴先で踏み消してから、

「課長に、カゼ薬を持って行けと、ご自慢の漢方薬を渡されましてね」

と、コートのポケットを上から叩いて見せた。

「そいつはどうも。まあ、上がれよ」

と、十津川は、自分の部屋に、亀井刑事を招《よ》び入れた。奥の和室に作った電気ごたつに亀井刑事を座らせ、自分は、キッチンで、焼きそばを作り始めた。本格的な中華風料理である。

「いい匂いですな」

と、亀井刑事は、鼻をうごめかせてから、

「それにしても、いいかげんで、結婚されたら、いかがですか」

「課長の漢方薬と、結婚をすすめに来たのかね？」

「私も、二日間だけ休暇を貰いました。というより、課長に、強制的に休暇をとらされましてね。こっちは、勝手に、あなたを手伝えということだと解釈しましてね」

「じゃあ、手伝ってもらおうか」

野菜をいためながら、十津川が、声をかけた。

「何をやります？」

「まず、紙を出して、計算してくれ。紙とボールペンは、テレビの下の棚にある。君は、バーレルというのを知っているかね？」

「たしか、石油の単位でしたね」

「そうだ。一バーレルは、百五十八・九リットルだ。と、すると、五十八万キロリットルは、

「これが、何バーレルになるか計算してみてくれ」

「約三百六十万バーレルです」

「今、原油の国際価格が、一バーレル十ドルだ」

「すると、三千六百万ドルになりますね。一ドル三百円で計算して、百八億円です。これが、どうかしたんですか？」

「できたぞ」

十津川は、中華風焼きそばを、二つの皿に盛って、奥の六畳へ運んで行った。

「銀座の中華料理店で、名人といわれるコックに教えてもらったものだから、美味《うま》いぞ」

「いただきますが、この百八億円を説明してくれませんか」

と、箸を持ったまま、亀井刑事が落ち着かない顔でいった。

「君は、犯行の動機は、普通、何だと思うね？」

「金と怨恨じゃないですか。ほかにも、いろいろとありますが」

「百八億なら、動機になり得るかね？」

といって、十津川は、ニッコリ笑った。

「なり過ぎるでしょう。今は、一万円でも、二万円でも、人を殺す時代ですから」

「三億四千万円なら？」

「私でも、やりますよ」

「百八億円は、沈没した第一日本丸が積んでいた原油の値段だ。三十二名の乗組員が平等に分配すると、一人当たり三億四千万円になる」

「そうでしょうが、それが、どうかしたんですか？」

「ちょっと、変わったことを考えてみたのさ。五〇万トンのマンモスタンカーが、五十八万キロリットルの原油を満載して航行している。油槽《タンク》に入っているのは、黒い、いやな臭《にお》いのする液体でしかない。だが、見方を変えると、百八億円の札束を積んで航行していることになるんだ」

「わかります。しかし、まだ、よくのみ込めませんが」

「美味《うま》いだろう？」

「は？」

「焼きそばだよ。ソースにコツがあるんだ。出来合いのものを使ってないからね。ところで、百八億円の話だが、私は、雪の雑木林で、死んでいる赤松淳一を見たとき、自分の追い続けてきたことが、間違っていたんじゃないかという不安に襲われたんだ。いや、そんなに堅くならないで、食べながら聞いてくれたほうがいい。そして、いくつかの疑問が出てきた。しかし、ふり返ってみて、われわれの捜査方法に、大きな誤りがあったとは思えない」

「われわれは、最善を尽くしましたよ」

「そうだ。それにもかかわらず、事件が終わった時点で、数々の疑問点が出てきたというのはなぜかと考えた。私はこう考えたんだ。われわれの捜査に大きな誤りがないとすれば、われわれが、今度の事件に介入した時点で、すでに間違った方向に動いていたのではないかとね」

「――」

亀井刑事は、箸を置き、十津川の話に耳を傾けている。彼も、やはり、今度の事件の終末には、何か割り切れないものを感じていたのだろう。

十津川は、煙草に火をつけた。

「今度の事件の動機は、復讐だった。マンモスタンカーが沈没し、部下を見捨てて逃げた高級船員六人に、奇跡的に助かった二十五歳の船員が復讐した。話としては面白いし、動機としては、十分だ。だが、私は、もう一つ十分に動機になり得るものがあったことに気がついたのさ。君が、二大動機といった金と怨恨の金のほうだ。それが、百八億円の原油《オイル》だよ」

「具体的に話してくれませんか。百八億円の原油といわれても、そのままでは、犯行の動機にはならないでしょう?」

「もちろんだ。今日、ニュージャパンライン本社で、森岡という設計技師と話をしている間に、私は、今度の事件のスタートのところを、根本的に疑ってみたらどうかと考えた。つまり、第一日本丸は、沈没しなかったとね」

亀井刑事は、あっけにとられた顔で、十津川を見た。煙草を取り出していたのだが、火をつけるのを忘れて、しばらくの間、指先につまんだままでいたが、「しかし――」といってから、やっと、火をつけて、

「われわれは――」

「そうさ。われわれは、その事実をふんまえて、捜査を進めた。その前提が、間違っていたんじゃないかと考えてみたんだ」

「すると、二十六人は？」

「死んではいない」

「しかし、赤松淳一は、死んだ二十五人の仲間の復讐のために、殺人を犯したんじゃないんですか」

「前提が間違っていれば、すべてが違ってくるよ」

「面白い仮定だとは思いますが、証明はむずかしいんじゃないですか。第一日本丸が沈まなかったという証拠は全くないのに、沈没、炎上したという証拠はいくらでもありますからね。宮本船長の証言だけなら、嘘をついているということもありますが、第五白川丸という漁船

が現場に居合わせています。まさか、あの船の船員たちまで、嘘をついているとは思えませんが」

「だろうね。だが、むずかしいのは承知だ。君は、二日間、休暇をとったといったな。それなら、明日、私と一緒に、九州へ行ってみないかね？」

「九州に、第一日本丸が健在だとおっしゃるんじゃないでしょうな？」

亀井刑事が、笑いながら聞く。十津川も、苦笑して、

「第一日本丸はいないが、全く同型の第二日本丸が、鹿児島の喜入《きいれ》基地に帰って来ている。それを見に行こうと思っているんだ。前に、ニュージャパンライン本社の人事部長に、何気なく、五〇万トンのマンモスタンカーに乗ってみたいといったんだが、今日、ペルシャ湾から帰っていると教えられてね。向こうへ行けば、船内を、内村という船長が案内してくれるそうだよ」

その夜、亀井刑事を泊めて、次の日の朝、十津川は、二人で、鹿児島に向かって羽田を発った。

日本最大というより、今のところ世界最大の石油貯蔵基地「喜入」は、砂風呂で有名な鹿児島県「指宿《いぶすき》温泉」に近いところにある。正式にいえば、鹿児島県の喜入町である。

海外で買い入れた原油は、二〇万トンから五〇万トンクラスのマンモスタンカーで、まず、この喜入基地に運ばれる。ここから、改めて、日本各地の工業地帯へ、内航タンカーで原油

が運ばれるのだが、内航タンカーといっても、数万トンクラスから、十万トンといった大型タンカーもある。浦賀水道で衝突し、炎上を続けている第八太平丸も、この内航タンカーの一隻である。

喜入基地には、十万キロリットルを入れるタンク三十、十五万キロリットルのタンク四。合計三百六十万キロリットルの備蓄能力がある。この量は、日本の石油消費量の五日分に当たる。

緑色の巨大なタンクが、冬空の下にズラリと並ぶ姿は、壮観だった。

第二日本丸は、沖合のバース（タンカー繋留用埠頭）につながれていた。

十津川と亀井刑事は、二百メートル沖のバースに向かって、太い送油管の走る桟橋を基地の所長に案内されて歩いて行った。

長い桟橋の上は、完全な吹きさらしである。海上を吹きあげてくる風は切るように冷たい。十津川は、また、くしゃみが出はじめた。

第二日本丸は、黒と赤に塗りわけられた巨体を、冬の日差しに輝かせていた。後部にまとめられたブリッジは白、二本煙突は黒と、なかなかカラフルな船体である。船体の黒く塗られた部分に、白で、ニュージャパンラインと、第二日本丸の文字が描いてあった。

近づくにつれて、十津川は、五〇万トンのマンモスタンカーの巨大さに圧倒された。東京駅や、東京タワーより長いといわれても、実感がなかったのだが、数メートルに近寄ると、もう、首が痛くなるほど上を見なければ、甲板にいる船員が見えなくなる。船というより、巨大な鉄の壁が眼の前に立ちふさがった感じである。

「バカでかいですな」

と、亀井刑事が、感心したというより、呆れたという顔で呟いた。

所長に案内されて、舷側にかけられたタラップをのぼったが、これがまた高かった。十津川は、一万トンクラスの船に乗ったことがあるが、そのときには、タラップは、一気に駆けあがったものである。だが、この船の場合は、そんなわけにはいかなかった。原油が積み下ろされて、船体がせりあがっていることもあるだろうが、少なくとも、十階建てのビルぐらいの高さはある。十津川は、タラップをのぼりながら、自分が高所恐怖症でなくてよかったと思った。ひどい高所恐怖症だったら、タラップの上で、めまいを起こしていたかもしれない。

甲板《デッキ》の上には、内村船長が待っていてくれた。

四十二、三歳で、第一日本丸の宮本船長より、ひと回りくらい若く見える船長だった。が、がっしりした身体つきと、真っ黒く陽焼けした顔は同じだった。それが、ペルシャ湾までの、長く暑く、厳しい航海を無言のうちに示しているように思えた。片道で、十七、八日といわれているからである。

灰色に塗られた、広大な甲板には、パイプが無数に走っている。ほかには、レーダーマストだけが、ポツンと立っている光景は、不気味で、荒涼としていた。

人影は、全く見えない。

「乗組員は、下船しているんですか？」

と、十津川が聞くと、内村船長は、笑って、

「明日出港なので、全員、乗船していますよ」

といいながら、二人を、ブリッジに案内してくれた。

「私も含めて、三十二人の乗組員が乗船していますが、この広さですからね」

白く塗られたブリッジは、まるで、平べったいビルに見えた。七階建てのビルである。全長三七九メートルもあると、七階ぐらいの高さでなければ、先端まで見渡せないのだろう。

船長室は、最上階の七階にある。もちろん、エレベーター付きである。エレベーターに乗っても、ほかの乗組員に会わなかった。エレベーターが動くところをみると、発電用エンジンを、誰かが動かしていることだけは確かだ。

ブルーのじゅうたんが敷きつめられた船長室《キャプテン》に入る。内村船長は、十津川たちにソファーをすすめてから、

「深夜、インド洋を走っているとき、ふと、ものすごい孤独感に襲われることがありますね。エンジンの音だけが鈍く聞こえているが、甲板を見ても誰の姿も見えない。まるで、船の中にいるのは、自分一人のように思えましてね」

「三十二名ですむというのは、自動化が進んだためですね」

十津川が、棚に飾ってある人形のコレクションに眼をやって、聞いた。日本の人形だけでなく、世界中の人形が集めてある。海の男というのは、案外、こんな可愛らしいコレクションに熱中するものかもしれない。

「自動化は、あらゆる面で進んでいますよ。昔は、機関部門の自動化が進んでいたんですが、今では、荷役部門にまで及んでいます。しかし、これ以上の自動化は進まんでしょうね。いくとすれば、いっきに無人タンカーにいくと思いますよ」

「なぜですか？」

「実は、今でも、十人くらいで動かそうと思えば、この船は動かせるのです。だが、もし十人にしたら、乗組員が、精神的に参ってしまいますよ。ブリッジ内の船室の配置は、便利なように、機関士は、エンジンルームのすぐ上に個室がありますし、航海士の部屋は操舵室のすぐ下ということになっています。こうなっていると、便利は便利ですが、エレベーターを利用しなくてもすんでしまうのです。さっき乗ったエレベーターは六人乗りですが、航海中でも、私は、ほとんどほかの船員と乗り合わせたことがありませんよ。こうなると、一カ月以上の航海の間、私と一度も顔を合わせなかった者が、何人も出てくることになります。みんなで一緒に騒ぐこともない。毎日毎日、二、三人の同じ人間と顔を合わせていることも起きます。こんなわけで、孤独感からインド洋に投身自殺した乗組員もいましてね。プールやボウリング場も備えてありますが、それだけじゃあ、孤独感はいやされません。人間同士の触れ合いがないとね。三十二人でも、それが危ぶまれるのに、十人になって、この広い船の中にバラバラに散って仕事をしたらどうなります？　だから、この船でも、三十二人以下には減らさないわけです」

「なるほど。わかりますな、船内の孤独感というのは。今、十人でも、このマンモスタンカーを動かせるといわれましたが、具体的に、どんな配置で動かすわけですか？」

「最少の人数は、五名で足ります。実際に夜間の航行中、操舵室に二名、エンジンルームに二名、それに無線室に一名。これで十分です。交代要員が同人数必要として、合計十名。これで船は動きます。さっきいった精神的なストレスの問題を考慮しなければですがね」

「勤務は楽ですか？」

「勤務自体は楽ですよ。例えば、昔のエンジンルームは、灼熱の地獄でしたがね。今だって、エンジンルーム自体は、モーターが唸り、四〇度を越す暑さですが、機関士のいるコントロールルームは、エアコンがきいていて涼しいものです。ドアを閉めれば、エンジンルームの騒音も聞こえて来ない。そこで、ただ、計器を見ていればいいわけです。荷役作業でも同じです。だが、正直にいって、退屈ですね。船に乗っているという感じがしないんですよ。工場で計器を睨んでいるのと同じ感じですからね。私なんかは、昔の、何でも手でやらなければならない船のほうがなつかしいですね」

「勤務は、どんな具合になっているんですか？　一回、航海すると、休暇は、どのくらいとれるんです？」

「一カ月以上かかって、ペルシャ湾まで行って来て、ここで原油の積み下ろしに二日間使い、また出かけて行きます」

「ピストン輸送ですな」

「そうですね。われわれが家庭に落ち着けるのは、七カ月に一度です」

「なぜ、そんなピストン輸送を？」

「経済的理由ですよ。この船の建造費は、百六十億円。船を遊ばせておいては、その建造費は回収できませんからね。もう一つは、日本自体の問題でしょうな。日本経済はいやでも厖《ぼう》大《だい》な石油を必要とする。毎日ね。一番いいのは、ペルシャ湾から日本までパイプを敷くことだが、それはできない。となれば、日本とペルシャ湾の間に、パイプラインの代わりにタンカーを動かすより仕方がないわけですよ。今、日本とペルシャ湾の間には、常時、百五、六十隻のタンカーが動いているといわれます。それも、絶えず動いていないと、原油がスムーズに来ないということになってしまうのですよ。特に、この船みたいに大きなものが一週間も二週間も、休んだら、パイプラインに物が詰まったのと、同じことになりますからね」

「しかし、乗組員は大変ですな？」

「正直にいって、えらいですよ」

「ペルシャ湾に着くと、原油の積み込みの間、上陸して、気分転換を図ることはできるわけでしょう？」

「いや。アラブというのは、もともと、砂漠の国の上に、油が出る所は、そのうちのまた砂漠です。砂漠と石油タンク以外何もない。そのうえ、気候も悪いのでは、上陸する船員はまずいませんね。タンカーの場合は、外国の港に寄港する楽しさというものは全くありませんよ」

「話は変わりますが、あなたは、ブラジルに魅力を感じますか？」

十津川が聞くと、内村船長は、「そうですねえ」と、考えてから、

「私も、仕事の関係で、二、三度行ったことがありますが、魅力はありますね。未来の国だし、日本人も多いし、人種的偏見もないし、技術を持っていれば、働き口もあるようですしね」

「一般の船員の方も、同じですかね？」

「一人一人に聞いてみたことはありませんが、ブラジルに魅力を感じているようですね。前に、新聞に、ブラジルから、年俸七百三十万円で日本の技術者を雇いたいという求人があったと出ていたことがありましてね」

「その記事なら、私も読みましたよ」

「あのときは、若い船員が、夢中になって、その記事を読んでいましたね」

「あなたも、興味がありましたか？」

「なかったといえば嘘になりますが、私には家庭がありますからね」

と、内村船長は、苦笑した。

7

十津川たちは、また、甲板に出た。相変わらず、乗組員の姿が見えない。

「今は、カラですからいいですが、原油《オイル》が積んである場合は、ゴム底の安全靴をはいてもらうことになります」

と、歩きながら、内村船長が、安全性ということで、説明してくれた。

「それに、化織のシャツや背広もいけません。われわれは、ずっと木綿の服ですよ」

「原油が、絶えず気化しているからですな」

と、十津川は、森岡技師に聞いたことを思い出しながら、受け応えをした。

「そうです。だから、雷は怖いですよ。第一日本丸の沈没理由は、いろいろいわれていますが、私は、落雷のような気がしてなりませんね。ガスが立ちのぼっているところに落雷すれば、爆発するし、落雷で無線がやられて、ＳＯＳが出せなかったということも考えられますからね」

「しかし、船を沈めるほどの爆発となれば、多量のガスが発生していたことになるんじゃありませんか？」

「そうですね。通常では、油槽《タンク》からもれるガスは少量ですが、バルブがゆるんでいたとすれば、多量にガスが発生しますよ」

「警報装置があるんでしょう？」

「もちろんありますよ。一定量以上のガスが発生すれば、ブザーが鳴ることになっていますが、相手は、機械ですからね。故障で鳴らん場合も考えられます」

どうやら、内村船長は、第一日本丸の沈没原因は、落雷という考えのようだった。

「インド洋で、磁気機雷を見たことがありますか？」

「私はありませんね」

二人は、ブリッジの両舷に備えてある救命ボートのところへ案内された。

大きなボートである。確かに、宮本船長が記者会見で話したように、一隻で、三十二名全員を楽に収容できるだろう。

鋼鉄製で、面白いことに、上にフタができるようになっていた。人間が乗ってから、そのフタをしてしまうと、ボート全体が、一つの瓶のようになってしまう。

「タンカーの場合は、海面で燃えている油の中を脱出しなければならないので、救命ボートも、こんな魔法瓶スタイルに造られているわけです」

と、内村船長は、説明してくれた。

そのあと、十津川と亀井刑事は、また船長室に戻って、コーヒーをご馳走になった。

内村船長は、まじめな顔で、「私は」と、十津川にいった。

「宮本船長たち六人が、ほかの二十六名を見殺しにしたので、復讐されたという話は、信じませんよ。何かの事情で、やむなく、そんなことになってしまったのだと思いますね」

「実は、私も、そう思っているのですよ」

と、十津川は、微笑した。内村船長は、首をかしげた。

「しかし、連続殺人は、自殺した赤松淳一が復讐のためにやったと発表したのは、警察じゃなかったんですか？」

「現在の時点では、ほかに考えようがないからです。だが、私個人は、この結論に疑いを持っています。高級船員だけが助かったように見えているが、よくみると、二十六名の中には、小島水夫長より上の機関長もいますからね。それで、あなたにお聞きしたいんですが、第一日本丸の沈没位置について、どう思いますか？」

「といいますと？」

「第一日本丸の沈没位置は」と、十津川は、手帳を取り出して、中ほどを広げてから、

「宮本船長の証言や、第五白川丸乗組員の証言によると、東経七五度二分、南緯三度九分ということになっています。これは、赤道より南です」

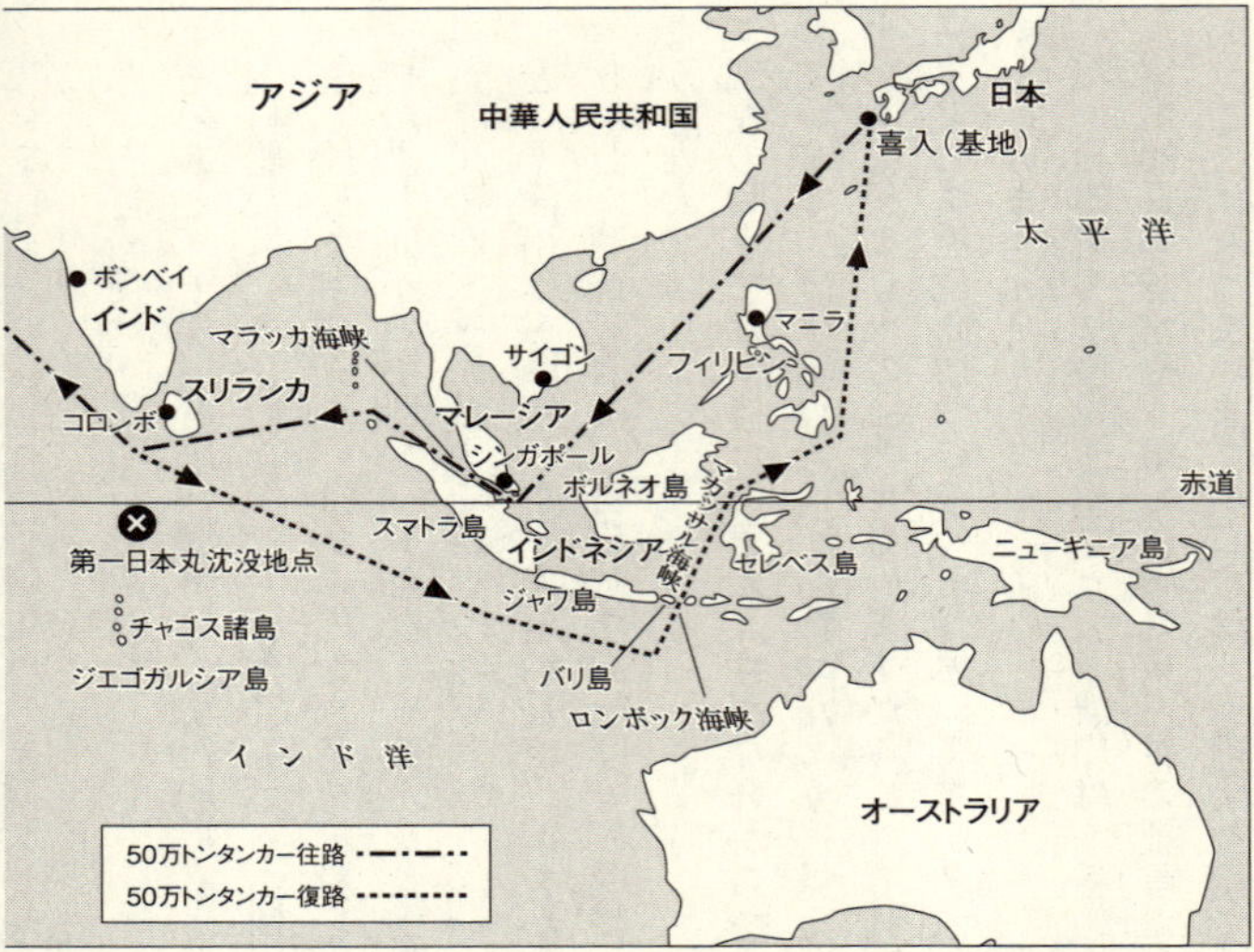

「ええ。そうですね」

「第一日本丸は油を積んだ復路は、吃水が深くなって、マラッカ海峡を通れないので、ロンボック海峡を通過する。だから、少し南と思える地点を航行していたのだと、宮本船長は、記者会見で証言しています。私も納得したんですが、実は、昨日、地図に線を入れてみたんですよ」

十津川は、世界地図から切りとったインド洋の地図を内村船長の前に置いた。

「ところが、ロンボック海峡を回る場合でも、ペルシャ湾から最短距離を通るとすると、その点線のようになるんですよ。まあ、素人の私が引いた線ですから、実際に航行しているあなたに、見ていただきたいと思いましてね」

「そうですね」と、内村船長は、十津川

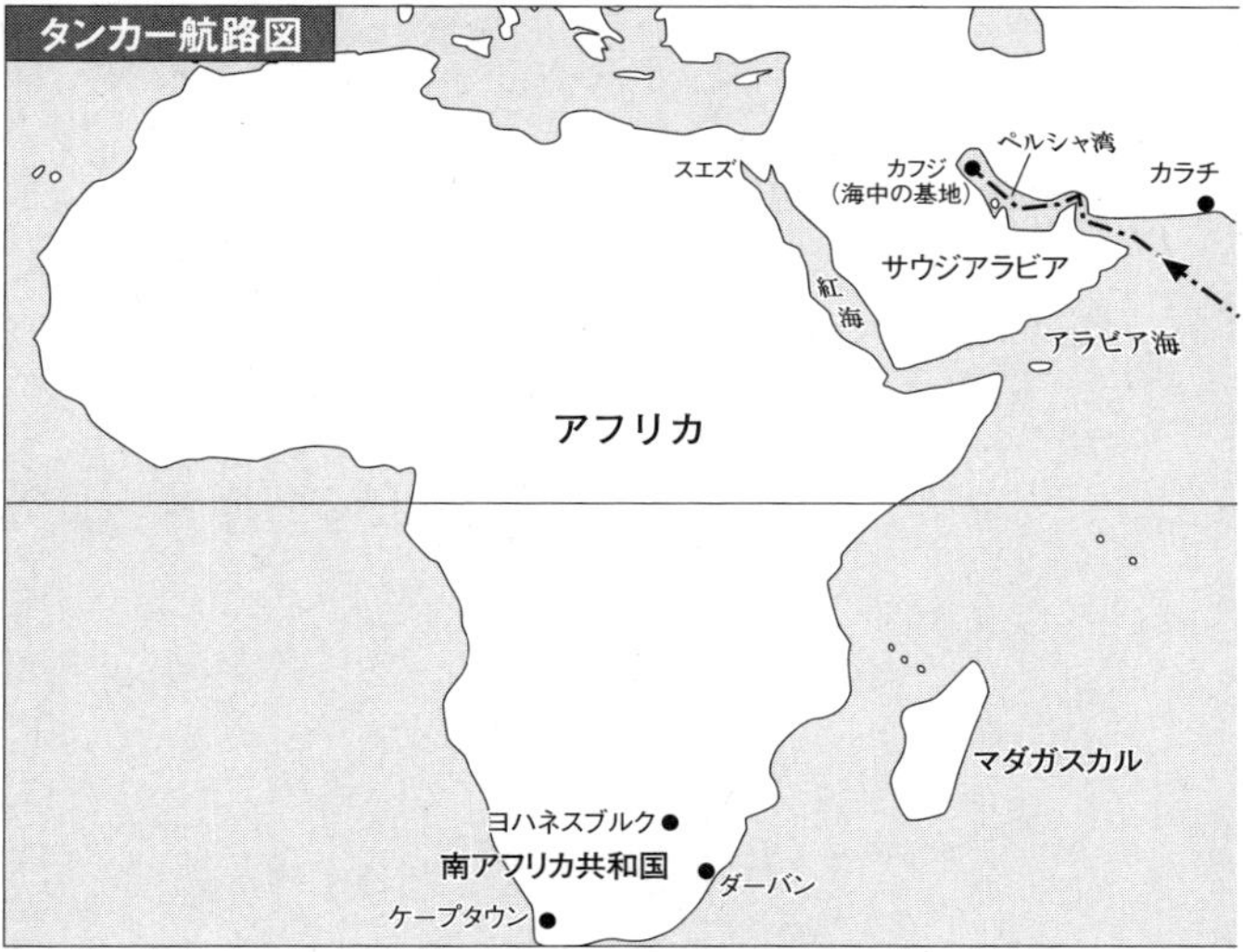

の描いた地図を検討していたが、

「確かに、少し南ですね。私だったら、あの地点では、スリランカの南端すれすれに通過しますね。それが、時間の節約にもなるし、油の節約にもなりますし、通常のコースでもありますからね」

「じゃあ、なぜ、宮本船長は、この地点で、赤道の南を走っていたんでしょうね？　あなたのいうように、スリランカの南端すれすれならば、赤道の北ということになりますよ」

十津川が、いうと、内村船長は、困惑した顔になって、

「それは、私にはわかりませんね。第一日本丸は、宮本船長の責任で航行していたわけですから」

と、いった。内村船長としては、ほか

にいいようがなかったろう。十津川も、それ以上、追及するような質問はせず、礼をいって、亀井刑事と一緒に立ち上がった。タラップのところまで送ってくれた内村船長に、十津川は、

「最後に、もう一つお聞きしますが、この船が、原油をいっぱいに積み込んで炎上したら、どのくらいの時間、燃え続けますか？」

答えは、すぐ返ってきた。

「まず、最低三カ月は、燃え続けるでしょうね」

8

東京に帰る飛行機の中で、十津川は、機嫌がよかった。機内食として出されたサンドイッチをペロリとたいらげ、コーヒーをお代わりしたほどである。それに反して、亀井刑事のほうは、あまり食欲がなかった。わざわざ、九州まで来たにしては、収穫が少なかったような気がしていたからである。

「どうもわかりませんが」

と、羽田が近くなったところで、亀井刑事が、がまんしきれなくなったように、十津川に話しかけた。

「何がだね？」

「内村船長に会って、何か収穫がありましたか？　私には、わざわざ第二日本丸を見に行っただけの値打ちはなかったような気がするんですが」

「収穫は、あったじゃないか」

十津川は、楽しそうにいった。

「どんな収穫ですか？」

「現代のマンモスタンカーの実態がわかったよ。船内の生活が、退屈きわまりないこと、十人でも航行可能なこと。それに、内村船長が結婚していることもわかったじゃないか」

「あの船長が結婚していることが、今度の事件に関係がありますか？」

「あるかもしれんよ」

ニコニコして十津川がいう。亀井刑事は首をかしげ、

「そろそろ、何を考えておられるのか、話してもらえませんか。どうも、私には、よく、呑《の》み込めなくて」

「第一日本丸の沈没はなかったんじゃないかということは、君にいったはずだ」

「ええ。しかし、証拠はありません」

「そうだ。証拠はない。だが、少しずつ、私の考えが当たっている可能性が出てきたと思わないかね。今のところは、状況証拠のようなものだが」

「といいますと？」

「君や、小川刑事たちの話によると、佐藤一等航海士たちの家は、小さな建売りか、小さなマンションで、車は持っているがローンということだった。欲望は少しは満たされているが、完全には満たされていない。一番欲求不満になる状態だ。船長の宮本にしても、定年が間近で、そうなれば、嘱託として会社に残れても、給料は大幅に減るし、好きな海上勤務から外されてしまう。若い船員たちは、もっと欲求不満だったろうし、金が欲しかったろうと思うね。そのうえ、タンカーの船上生活は単調でやりきれない。そんな連中が、十六、七日もかかって、日本からペルシャ湾に行く途中で、ふと、自分たちが、百八億円の札束を動かしているんだということに気づいたらと、考えてみたんだよ」

「三十二名全員がですか？」

「そうだよ。反対があれば、できない仕事だからね。ペルシャ湾で五十八万キロリットルの原油を積み込んだあと、彼らは、その原油を、どこかへ売りつけようと考えたんだ」

「どこへですか？」

「わからんね。ともかく、私の推理を全部話しておこう。彼らは、というのは、三十二名の乗組員ということだが、百八億円の誘惑に負けて、五十八万キロの原油売却計画を立てて、実行した。だが、ただ、勝手に売りつけたのでは、すぐバレてしまう。それで、第一日本丸は、南インド洋で沈没したことにしたのだ。タンカーだから、沈めば、当然、油が流出する。だから、原油を流して炎上させ、宮本船長以下六名が、命からがら脱出に成功したように見せかけたんだよ。しかし、五十八万キロの原油は、大事な札束と同じだ。大量には流せない。だから、少ししか流さなかった。それで、五時間しか燃え続けなかったんだろうな」

「面白い考えだと思いますが――」

亀井刑事は、奥歯に物のはさまったようないい方をした。

「思いますが、何だ？」

「三十二名全員が、計画を立て、実行したのだとしたら、なぜ、六名だけが帰国して、あんな記者会見をやったんでしょうか？　あとの二十六名はどうしたのか？　それに、赤松淳一が、五人を次々に殺したのはなぜか、どうもわかりません。百八億円をめぐる内輪モメでしょうか？」

「第一日本丸の沈没がなかったとすれば、二十六名、いや、赤松淳一をのぞけば二十五名だが、この二十五名は生きているはずだ。私にわからないのは、六名と、二十六名の分け方なんだよ。六名が高級船員という考えは、どうやら違っているようだ。タンカーが沈没して助かる人数は、六名ぐらいが適当と考えたのかとも思ったが、これも、どうも納得がいかない。一つだけ、考えたことがあるんだが、証拠がない。それで君に頼みたいんだが、羽田に着いたら、ニュージャパンライン本社へ行って、三十二名全員の履歴書を写して来てもらいたいんだ。人事部長に頼めば、コピーをとってくれるはずだ」

「わかりました。が、その前にどうしてもお聞きしたいことがあるんですが」

「何だね？」

「第一日本丸が、十二月五日に沈没しなかったのだとすると、五〇万トンの馬鹿でかいタンカーは、今、どこにいるんでしょうか？」

第十二章　消えたタンカー

1

夕方になって、十津川のアパートに、亀井刑事が、履歴書のコピーの山を持って、ニュージャパンライン本社から帰って来た。

二人は、電気ごたつに入って、三十二名の履歴書を、一枚ずつ見ていった。宮本船長のように、たくさん書き込んだ履歴書もあるし、若い二十代の船員たちのように、ごく短いものもある。

全部見終わってから、次に、問題の六名の履歴書と、あとの二十六名のものとに分けて、両者の違いを調べた。根気のいる仕事だった。

「一休みして、コーヒーをいれよう」

と、十津川は、こたつから出て、コーヒーポットを取りにキッチンに足を運んだ。

「キリマンジャロしかないがいいかね？」

「何でもいいですよ。私は、コーヒー音痴ですから」

亀井刑事は、なお、休まずに、一枚一枚、履歴書を読んでいた。

「何か気がついたかね？」

と、十津川が、コーヒーポットのコードを差し込んで、亀井刑事に聞いた。

「どうもわかりませんなあ。年齢で、六名と二十六名を分けたんでもありませんね。六名に高齢者が多いですが、二十六名のほうの白石光一郎は四十二歳で、六名のほうの佐藤一等航海士の四十一歳や、河野二等航海士の三十九歳より高年ですからね。学歴かとも思いましたが、二十六名の中の事務関係の部員の幾人かは、大学卒で、小島水夫長より上です」

「コーヒーが入ったぞ」

と、十津川は、コーヒーカップを二つ並べ、熱いコーヒーを注いだ。

亀井刑事は、砂糖を入れ、サジでかき回しながら、

「わかったんですか？」

と、十津川に聞いた。

「ああ、私には、わかったよ」

十津川は、微笑し、コーヒーを口に運んだ。

「私が、飛行機の中でいったことだよ」

「といいますと？」

「第二日本丸の内村船長が結婚していることさ。この三十二名の中の六名のほうは、全員結婚しているんだ。それに対して、ほかの二十六名は、結婚していない。四十二歳の白石光一郎と、三十歳の山田静一は、結婚の経験があるが、いずれも妻君と離婚している。家庭持ちと、そうでない者とで分けられているのさ」

「確かにそうです。うっかりしていました。あまりにも簡単なことなので、見過ごしてしまったんです」

「簡単だが、重要な意味を持っているんだ。君は、私と内村船長の会話を覚えているかね？ブラジルについてのだが」

「覚えています。ブラジルへ行く気があるかどうかということで、内村船長は、自分は家庭を持っているから、ブラジルには興味があるが行く決心はつかないだろうといっていましたね」

「あれを聞いたとき、私ははっとしたんだ。第一日本丸の乗組員は、五十八万キロリットルの原油を売り飛ばし、百八億円の金を山分けする計画を立てた。一人当たり、三億四千万円。その大金を持って、ブラジルへ行くことにした。独身者は、簡単にブラジルへ移住できるが、妻帯者のほうは、そうはいかない。まず、妻君や子供を納得させなければならないからね。それで、あの六名が、一度、帰国することになったのではないだろうか」

「しかし、ただ帰国するわけには、いかないから、第一日本丸の沈没、脱出、炎上という芝居を演じたというわけですか？」

亀井刑事は、まだ、半信半疑の顔で、十津川を見ている。「そのとおりだよ」と、十津川は肯《うなず》いた。

「それが、あの六人に与えられた任務だったのだと思う。どのくらいの原油が流れたか、というより流したか、私は専門家じゃないからわからないが、せいぜい一万トン、いや五千キロリットルぐらいのものじゃないかと思う。海面に広がった原油は、気化してガスになり、何かの拍子に発火して炎上する。六名は、救命ボートに乗って、危うく脱出したように見せかける。最初は、チャゴス諸島に漂着するつもりだったんだと思うね。内村船長にも話したように、第一日本丸の航路が、普通のオイルロードより南になっているんだ。つまり、チャゴス諸島に近くなっているということだよ。だから、彼らの計画では、あの地点で、本社との連絡を急に途切らせ、遭難に見せかけて、救命ボートでチャゴス諸島へ行くことになっていたに違いないと思うね。ところが、幸か不幸か、第五白川丸という遠洋トロール漁船が、現場に来合わせてしまった。結果的には、第五白川丸が、第一日本丸の沈没を確認してくれたことになって、成功したわけだが」

2

十津川は、もう一杯、コーヒーを注いだ。お茶は嫌いだが、コーヒーは好きである。そのくせ、パンが嫌いで、ソバが好きなのだから、要するに、めちゃくちゃなのだ。

「日本に帰国した六人は、奇跡の生還の英雄役を演じる一方で、ブラジル行きを、家族に説得しようとした。ブラジルに関する本を買い求めたのもそのためだ。だが、これは、大変なことだったと思うね。ただ単に、ブラジルへ行こうじゃないかと話すなら気楽だろうが、下手をすれば、五十八万キロの原油奪取という犯罪が家人にバレてしまうからだ。うまく説得した竹田船医は、いち早くブラジルへ移住した。河野二等航海士は、家を売り払い、大型ヨットを買って、家族と一緒に南米へ出発した。だが、ほかの四人は、家族を説得する自信がなかった。宮本船長は、十二冊もブラジル関係の本を買い込んだが、死ぬまでそれを、鍵のかかる引出しの中に入れ、妻君に見せなかった。ほかの男たちも同じだ。理由は、今いったような、家族を説得する自信がなかったのと、犯行がバレるのが怖かったからだろうが、もう一つ、別な理由があったんじゃないかと思う。君は、三十二人が百八億円を手に入れたとして、その金をどうしたと思うね？」

「それは、どこで、五十八万キロの原油を売却したかにもよりますが、全員が、ブラジルへ行くことになっていたとすれば、ブラジルの銀行へ振り込んであったと思いますね」

「私も、そう思う。それに、たぶん、三億四千万円ずつ三十二名の個人名義で預金されたと思うね。ドルでだ。竹田船医が、ブラジルへ着いて数日しかたっていないのに、立派な邸を買い、車を求め、医師として働けるようになったのは、自分名義の大金が、ブラジルの銀行に預金されていたためだと思う。ところで、さっきの続きだが、四人は、第一日本丸の沈没さわぎが静まったら、三億四千万円の預金を、ブラジルから取り寄せ、日本で楽しく過ごそうと考えたんじゃないかな。金さえ手に入れば、何も、外国へまで行かなくても、日本で楽しく暮らせる。それに、第一日本丸の沈没について、誰も疑う様子はないし、五十八万キロの原油を失ったことで彼らを非難する空気も生まれて来ない。むしろ、彼らは、英雄扱いされた。そのことも、ブラジルへ逃げる必要を感じさせなくなったんだろうし、ひょっとすると、罪の意識もなくしたんじゃないかな」

「だが、結局、それが、彼らの命取りになったわけですな？」

「そうだ」

「殺したのは、やはり、赤松淳一とお考えですか？」

亀井刑事が聞くと、十津川は、小さく笑って、

「君だって、もう、彼が犯人とは思っていないはずだよ」

と、いった。

「赤松淳一が犯人と考えたのは、第一日本丸が沈没し、六人があとの二十六人を見殺しにしたことに対する復讐が動機だという推理だったからだ。その前提が崩れれば、当然、結論も違ってくるよ」

3

十津川は、うまそうに、煙草を吸った。事件に関係して以来、カゼの連続で、煙草がいつも苦かったが、今日は、やっと、うまいと感じられる。これは、ありがたい。

自分の煙草を切らしてしまった亀井刑事は、手刀を切るような格好をしてから、こたつの上の十津川のセブンスターに火をつけて、

「赤松淳一でないとすると、犯人は、いったい誰ですか?」

「正直にいって、今は、私にもわからない。だが、連続殺人が行なわれた理由はわかるよ。四人がブラジルへ行くのをやめてしまった。それを裏切りと受け取った連中がいたんだな」

「あとの二十六人ですか」

「すべて、推理で進めていくより仕方がないんだが、さっきもいったように、三十二名全員が、五十八万キロの原油を売り払うことに賛成したと私は思う。反対者がいたら、こんな計画は成功しっこないからね。それにもう一つ、成功したあとは、全員でブラジルに行き、そ

こで生活することも、約束してあったのだと思う。バラバラでいたんでは、いつ、裏切って、真相をバラされるか不安だからな。ところが、四人は裏切った。不安になったほかの連中が、彼らを消すことを考えた。もし、六人とも、家族を説得してブラジルへ出発していれば、たぶん、何事も起きなかったろう」

「疑問がありますが」

「何だ？」

「赤松をのぞいた二十五名の独身者は、ブラジルへ行ったわけでしょう？」

「そうだ。各自、三億四千万円の大金と一緒にな」

「確かに大金ですが、二十六名は、表向き第一日本丸の沈没で死んだことになっているわけです。ブラジルの市民権は、金で買えるかもしれませんが、それで幸福でしょうか。死んだことになっている以上、ホームシックにかかって日本へ帰りたくなっても、帰れんでしょう？」

「そう思うかね？」

と、十津川は、笑って、

「ニュージャパンライン本社の人事部長が、こういっていたよ。彼らは、あくまでも行方不明であって、死を確認するまで、生存していると信じているとね。二、三年して、突然、日本へ帰って来て、遭難したとき、何日も漂流してから、奇跡的に助けられ、ブラジルへ渡った。助かったとき、日本へ連絡しなかったのは、五十八万キロリットルの原油と、船を失ってしまい申しわけなかったからだといえば理由が立つし、いかにも日本人らしいと納得される。そして、ブラジルで働き、一応成功したので、事故のおわびに、一人十万円でも慈善事業にでも寄付するといえば、英雄扱いを受けることは明らかだよ。日本人というのは、奇跡の生還といった話に弱いし、そんなときに、過去を聞かないのが礼儀になっているからね。つまり、二、三年辛抱すれば、英雄として帰国できるんだ。悪くない計画だよ」

「確かにそうですな。三億四千万円が手に入って、帰国も自由なら、私でも、ブラジルで、喜んで二、三年辛抱しますよ。もう一つの疑問を出していいですか？」

「ああ。いいとも」

「宮本船長を含めて五人は、ブラジルへ行く約束を守らなかったので殺されたといわれましたが、五人のうちの河野二等航海士は、ヨットで、ブラジルへ行くはずだったんじゃなかったんですか。犯人は、ほかのところへ逃げると思って、ヨットに時限爆弾を仕掛けたんでしょうか？」

「それは、違うね」

と、十津川は、あっさりと否定した。

「犯人は、冷酷だが、落ち着いた男だ。行く先も調べずに、やみくもに、時限爆弾を仕掛けたとは考えられないね」

「すると、なぜ？」

「私も、それがわからなかった。ところで、それに関係があると思うんだが、犯人は、宮本船長を殺したあと、間を置かずに、次々に殺人を重ねている。こんな具合だ」

十津川は、こたつの上に紙を広げ、そこへ、次のように書いた。

十二月十八日　宮本船長

二十一日　佐藤一等航海士

二十二日　辻事務長

二十九日　小島水夫長

「ほかに、河野二等航海士のヨットも爆破している。ところが、赤松淳一が、日本へひそかに帰った日は、十二月十五日なんだ。そのときには、われわれは、何も知らず、六人を警護していなかった。いつでも、六人を殺そうとすれば、殺せたはずなんだ。それなのに、なぜ、十八日まで、待ったのか、これが不可解だったんだよ」

「答えは見つかりましたか？」

「ああ。見つかったよ。最初は、小銃《ライフル》や、車、あるいは、ダイナマイトを手に入れる時間が必要だったのかと考えた。だが、違うね。その理由を、私は、宮本未亡人から教えられたんだよ」

「しかし、彼女は、何も知らなかったんじゃありませんか？　だから、殺されずにすんだんだと思いますが」

「何も知らなかったさ。だが、彼女は、最後の散歩に夫を送り出したとき、夫が『もう一週間たったのか』と、変に改まっていったのを覚えていたんだ。一週間だ。六人は、家族を説得するために帰国した。が、一日や二日で、ブラジル移住を納得させられるわけがない。といって、一カ月もかかっての説得では、ブラジルへ行った連中に、疑心暗鬼が生まれてしまう。だから、期限が切られていたのではないかと考えたんだ」

「それが一週間？」

「そうだ。一週間以内に、家族を説得して、ブラジルへ移住することという約束がね。パスポートは、前もって取り寄せておくことになっていたのだろう。竹田船医は、その約束を守ったから、今でも、無事にブラジルで豪邸に住んでいる。だが、河野二等航海士が、ヨットで出発したのは、期限切れの後だった。だから殺された」

「しかし、彼が、家族を連れて、ヨットで出港したのは、十二月二十日の午後です。わずか二日と少ししか超過していないし、ブラジルへ行く決心をしていたのに、殺したというのは、冷酷すぎますねえ」

「そこが面白いところだよ」

「といいますと？」

「犯人の異常な冷酷さだよ。仲間が六人に見殺しにされたことへの憎しみということで、今までは、その冷酷さを理解してきた。だが、その前提が崩れた今、別の理由を見つけなきゃならない」

「強い疑心暗鬼？」

「かもしれない。確かに、それもあるだろうが、それだけじゃない。私が、犯人が赤松淳一と考えられない理由は、そこにもあるんだ。赤松は、履歴を見る限り、平凡な若者で、前科もなく、冷酷な殺人鬼らしいところは、どこにもない。それに、同じ船の上で、何日も一緒に暮らして来た仲間を、裏切ったというだけで、平然と殺せるだろうか。特に、約束どおりに動こうとしていた河野二等航海士をね」

「しかし、赤松淳一が犯人でないとすると、いったい、誰が犯人なんですか？　赤松以外の二十五人の中の誰かということになりますか？」

「いや、赤松以外の誰でも、同じ疑問がわいてくるじゃないか」

「となると、わかりませんな」

亀井刑事は、当惑した顔になり、頭を、ガリガリかいた。

「われわれが引きずり回された相手は、いったい、どんな奴なんです？」

「私にもわからんね。だが、いろいろと想像はできる。二十六名が、大金を手に入れたと考える。二十六人分なら、全部で八十八億四千万円だ。もし、君が、億単位の金を手に入れたとして、誰かを、ひょっとして殺さなければならなくなるかもしれないとき、どうするね？」

「さあ。とにかく、自分が手を下すのは嫌ですね」

「そうだろう？　特に、相手は、今まで仲間だった人間なんだ。一番考えられるのは、大金に物をいわせることだ」

「殺し屋を雇うということですか？」

「そうだ」

「しかし、殺し屋というのは、どうも、現実性がありませんな」

「確かに、現実性がない。だが、そういう人間を雇ったと考えないと、辻褄《つじつま》が合わなくなってくるんだよ」

4

十津川は、自分の考えをまとめるように、新しい煙草に火をつけた。灰皿には、いつの間にか、吸い殻の小さな山ができてしまっていた。部屋の中も煙が充満している。

「彼らが、射撃のうまい、日本人の若い男を雇ったとして、推理をすすめてみよう。この男は、Xだ。例の脅迫状とは関係ない。Xは、まず、赤松淳一の船員手帳を持って、チャゴス諸島のサロモン島に漂着する。たぶん、スリランカ（セイロン）あたりまで飛行機で飛び、金を出してモーターボートでも雇って、サロモン島近くで海に飛び込んだんだろう。これは、もちろん、六人を殺すことになったとき、奇跡的に助かった赤松淳一が、復讐のために殺したというストーリーにするための布石だ。Xは、赤松淳一になりすまして、十二月十五日に羽田へ着いた。そして、車や、銃を手に入れて、待ったんだ。一週間の期限が切れる日をね」

「本物の赤松淳一は？」

「彼も、他人のパスポートで日本に帰って来ていたはずだ。たぶん、犯人Xのパスポートだろう。赤松の役目は二つあったと思う。第一は、六人の生存者のことをよく知っている赤松が、彼らの動きを見張り、Xに伝えることだ」

「小島晴子の証言にあった、張り込みをしていた若い男というのは、赤松だったかもしれませんね」

「赤松に間違いないと思うよ。赤松だからこそ、あわててかくれたんだろう。小島水夫長の奥さんが、赤松の顔を知っていたかもしれないからな。となれば、赤松淳一は、十二月十二日にはすでに日本に帰っていて、六人を見張っていたことになる」

「赤松のもう一つの役目というのは何ですか？」

「われわれに、犯人Xが赤松淳一だと思わせるための証拠を、バラまいておくことだよ。双葉マンションが、そのいい例だ。ほかの殺人現場では、大きなサングラスをかけたり、クバ笠をかぶって顔をかくしているのに、双葉マンションの部屋を借りに来たときには、管理人や貸布団屋に素顔を見せている。それだけでなく、平気で、部屋に指紋を残しているんだ。そのため、われわれは、すべて赤松淳一の仕業だと錯覚してしまったわけだ。犯人Xは、赤松が知らせる情報に従って、佐藤一等航海士を大井川鉄橋で待ち伏せて射殺し、野沢温泉で辻事務長を殺し、沖縄までやって来て、最後の一人の小島水夫長を射殺したんだ」

話しているうちに、十津川の顔から笑いが消え、胸の中で何度も舌打ちしていた。こんなことに、なぜ早く気がつかなかったのだろうかと、口惜しさがわいてきたからである。

「金で雇われた人間だから、子供もろともヨットも爆破できたし、ほかの家族も冷酷に殺せたということですね」

「そうだ」

「しかし、最後に、なぜ赤松自身が死んでしまったんでしょう？　あれもXの犯行と思われるわけでしょう？」

「もちろんだよ。なぜ、最後に、赤松が殺されたのか、私にもわからないが、こんなふうには考えられないか。最初に書かれていた筋書は、復讐に燃えた赤松が、次々に殺人を犯し、自分も遺書を残して自殺するというものだった。もちろん、本当に死ぬわけじゃない。遺書と問題の銃を、三原山の火口近くとか、断崖のふちに置いておいて、自殺したと思わせるつもりだったんだと思う。そのために、わざわざ、危険を冒して、M16小銃を沖縄から東京へ送り返したんだ。遺書だけよりも、いっそう、自殺した方が真実らしく見えるという計算だろうね。二丁のM16小銃を用意しながら、同じ銃を、ずっと使用したのも、そのためだろう。ところが、最後に来てもつれてしまった、と思う。赤松が、口封じのためにXを殺そうとして逆に殺されてしまったのかもしれないし、金のもつれかもしれない。赤松は、Xに、必要な金を渡す役目もあったと思うからだよ。その金も、いざとなってケチったのかもしれない」

「赤松は、二十六人の中で、損な役目を引き受けたもんですな。自分で買って出たんでしょうか?」

「まさか。たぶん、クジで決められたんだろう。すべてがうまくいったとしても、赤松は、連続殺人の犯人とされて、彼だけは、再び、日本の土は踏めなくなるわけだからね。少なくとも、大手を振ってはだ」

「これで、事件の本当の解決が近づきましたね」

と、亀井刑事が、ニッコリ笑うと、逆に、十津川は、厳しい顔になって、

「問題はこれからだよ。私が話したことは、すべて推測に過ぎないんだからね。明日から、その証拠を見つけに歩き回らなければならん」

第十三章　幻の敵を求めて

1

「第一日本丸は沈没しなかったですって？」

案の定、ニュージャパンライン本社の総務部長は、眼をむいて、十津川と亀井刑事の顔を穴のあくほど眺めた。

「そのとおりです」と、十津川は、落ち着いた声でいった。

「第一日本丸は、インド洋で沈没したんじゃなく、インド洋で消えたんですよ」

「しかしねえ。刑事さん」と、総務部長は、当惑を態度で示すように、指先を、机の上で曲げたり伸ばしたりした。

「五〇万トンのマンモスタンカーですよ。東京タワーより長いんですよ。あんな馬鹿でかいものを、どうやって消すんです？　現に、沈没しているし、第五白川丸の十六人の漁船員が、目撃しているのですよ」

「彼らが目撃したのは、第一日本丸そのものの沈没ではなく、海面で燃えさかる原油と、六人の生存者と、救命ブイでしょう」

「いや、そんなことはありません。第五白川丸の船長と、漁労長の二人が、炎の中に沈んでいく第一日本丸を見たと証言していますよ」

「しかし、そんな写真は、新聞にはのりませんでしたね？」

「その写真は撮らなかったんでしょう。私は、焼津へ行って、ちゃんと、鈴木という船長から聞きましたよ」

「新聞によると、火傷を負うほどの猛烈な輻射熱《ふくしやねつ》を浴びながら見ていたようですからね。幻影を見たのかもしれませんな」

「ちょっと、考えられませんが」

「そんなわけで、まず、第一日本丸の記録を調べさせてもらいたいのですがね」

十津川は、相手の当惑を無視して、粘《ねば》っこくいった。

「記録といいますと？」

「第一日本丸は、一日一回、定時に本社へ報告を送って来て、そのテープがあると聞きましたが、それを、聞かせてもらいたいのです。第一日本丸が、ペルシャ湾を出港してから、問題の十二月五日までの全部のテープです」

「いいですよ。しかし、あのテープには、何もおかしい点はありませんでしたがねえ」

総務部長は、首をひねりながら、二人を、総合指令室に連れて行き、第一日本丸との交信テープを聞かせてくれた。

テープは、十一月三十日のサウジアラビアのカフジ基地出港から、十二月五日までの六日間が記録されていた。

すべて宮本船長の声で、その日の第一日本丸の位置、風速、気象状況、乗組員の健康状態などを報告している。本社からの連絡も、型どおりである。ちょっと変わった応答といえば、十二月三日の次のような応答ぐらいだった。毎日の型にはまった会話の後で、本社側からこういっている。


——そちらの船に乗っている中原勇一さんに家族から伝言があります。お兄さんのところに男の子が生まれました。あなたは叔父さんになったといってください。

——ありがとう。彼に伝えておきましょう。


ほかには、特別な会話は記録されていなかった。

十津川は、テープを二回聞いた。テープを聞く限り不自然なところは、どこにもない。

十津川は、コピーされている世界地図を一枚貰い、そこに、テープで聞いたとおりに、第一日本丸の航跡を書き込んでみた。

普通のオイルロードより、いくらか南にずれているのを除けば、これといって、不自然なところはみられない。

「気を悪くされると困るんですがね」と、十津川は、総務部長を見た。

「第一日本丸が、十一月三十日に、原油を積み込んで、カフジ基地を日本へ向けて出港したことは、間違いないんでしょうな？」

「そんな、あなた――」と、総務部長は、呆れた顔で、

「馬鹿なことはいわないでください。宮本船長の報告も、ちゃんとあるし――」

「ほかに、それを証明するものはありますか？」

と、十津川は、あくまで冷静に聞いた。

「もちろんありますよ。カフジ基地には、日本の石油会社の営業所がありましてね。そこから日本のタンカーの出入りについて報告を貰っています。十一月三十日にも、第一日本丸が、原油を満タンにして出港したと連絡してきています」

「そうですか。もう一つ、これも、気を悪くされては困るんですが、テープに録音されている無線連絡についてお聞きしたいんですがね。これは、他船と混信する恐れがあるから、第一日本丸の周波数を決めておいて、連絡をとっているわけでしょう？」

「そうです」

と、無線電話の係員が答えた。

「では、本当には、第一日本丸が動かずにですね、同じ場所から、あたかも、毎日少しずつ日本に近づいているように報告して来ていたとは、考えられませんか?」

十津川が聞くと、係員は、微笑して、

「面白い考えですが、違いますね。素人の方がお聞きになったのでは、六日間とも全く同じ音声に聞こえるかもしれませんが、われわれ専門家が聞くと、微妙な違いがあるのですよ。少しずつ日本に近づいているのが、ちゃんとわかるのです。絶対に、同じ場所からの発信じゃありません」

「それに刑事さん」と、総務部長が、横からいった。

「宮本船長は、十一月三十日には、カフジにいたし、十二月五日には、遭難地点でほかの五人と一緒に、第五白川丸に救助されているんですよ。現実に、カフジからインド南端まで移動しているんです」

「なるほど。そうでしたな」

と、十津川は、あっさりと肯いた。が、だからといって、自説を引っ込めたわけではなかった。一つ一つ可能性を消していき、最後に残った可能性を見つけ出す、その作業の過程にすぎない。

「で、こういう仮定はどうですか? 第一日本丸は、五十八万キロリットルの原油を積んで、テープに録音されたとおりに、十一月三十日にカフジ基地を出港し、十二月五日に、問題の地点に到着した。しかし、遭難はなかった。遭難に見せかけるために、油を海に流し、宮本船長以下六人が、救命ボートで脱出し、火がつけられた。しかし、第一日本丸は、原油を積んだまま、どこかへ消えてしまった。燃えたのは、海に流されたわずかな原油だけだった。SOSが発信されなかったのは、事故のとき無線がやられたからではなく、近くにジエゴ・ガルシア島の米軍基地があるので、偵察機でも飛ばされては困るという考えからじゃなかったですかね」

「推測はご自由ですが、どうも、納得できませんなあ」

と、総務部長は、露骨に嫌な顔をした。

「私は、可能性を調べているだけですよ」

「そりゃあそうですが、刑事さんの説だと、第一日本丸は、残りの二十六人が操って、どこかへ走らせ、五十八万キロの原油を百八億円で売り飛ばし、みんなで山わけしたということになるわけでしょう?」

「第一日本丸は、十人でも動かすことができると、第二日本丸の内村船長はいっていましたよ。とすれば、宮本船長以下六名がおりてしまっても、第一日本丸は、残りの乗組員で楽に動かせたはずです」

「そりゃあ、動かせるでしょう。すべてが自動化されていますからね。しかし、さっきも申し上げたとおり、第五白川丸の船長も漁労長も、第一日本丸の沈むところを目撃しているんです。お疑いなら、これから焼津へ電話して、もう一度、確認してみましょうか？」

「いや、それは、私のほうでやりますよ。ところで、私の推理が正しければ、第一日本丸は、あの位置から、いずこかへ走り去ったわけです」

「絶対に、そんなことは考えられませんね。五〇万トンのマンモスタンカーですよ。そんなに簡単に、行方をくらませるものじゃありません」

「しかし、広大なインド洋から見れば、一つの点にも当たらんでしょう？」

2

十津川と亀井刑事は、ニュージャパンライン本社を出ると、その足で、東京駅から「こだま」に乗って、静岡に向かった。

一月も十五日を過ぎたせいか、乗客の数は少なく、自由席でも楽に座ることができた。

「あの総務部長は、大分、ご機嫌ななめでしたね」

と、亀井刑事は、東京駅で買った駅弁を広げながら、十津川に話しかけた。十津川も、駅弁を広げ、一時間ばかり早い昼食をとることにした。

「ニュージャパンラインの代表タンカーで、乗組員が原油を売り飛ばしたなどというのは、

「第一日本丸は、問題の地点から、どこかへ姿を消したと、本当に思っておられるんですか?」

「その可能性はあるだろう。可能性があれば確かめなきゃならん。第五白川丸の船長と漁労長は、第一日本丸の沈没するところを見たといってるそうだが、幻覚かもしれないからな」

それだけいうと、十津川は、黙って、駅弁を食べはじめた。あまり美味《うま》くないのは、駅弁自体がまずいのか、カゼのせいなのか、それとも、疲労のためなのか。

十津川は、食べ終わると、捜査一課長がくれた漢方薬を取り出して、むせながら、お茶で飲んだ。何回飲んでも、この苦さに舌が馴れてくれそうにない。

静岡で降りて、東海道本線に乗りかえる。焼津に着いたのは、午後一時四十四分だった。晴れていたが、風の強い日だった。それが、十津川たちにとって、幸運だった。第五白川丸は、海が荒れているために、出港を日延べして、港に繋がれていたからである。

港に近い漁業組合の建物の中で、十津川と亀井刑事は、鈴木船長と、漁労長に会った。

十津川が、第一日本丸のことで来たと切り出すと、鈴木船長は、漁労長と顔を見合わせてから、

「あの話は、もう勘弁してくれませんかねえ。こっちは、ただ、救命ボートで漂流している六人を助けた。それだけなのに、妙な殺人事件が起きてからは、こっちまで殺人事件の片棒

をかついでいるみたいにいわれるんでねえ」

と、十津川にいった。

「いや。殺人事件のことは、もういいのですよ。私が聞きたいのは、あなた方が、遭難現場にぶつかったときの模様です」

「それなら、もう、いやっというほど、新聞記者さんに話しましたよ」

「面倒でしょうが、もう一度だけ、私に話してくれませんか」

「なぜです？」

「理由は、今はいえませんが、あのとき、まず、黒煙を発見されたんでしたね？」

「ええ」と、漁労長がうなずいた。

「それで、全速《フルスピード》で接近したんですわ。船長は、海上保安庁への電文に、海が燃えているようだといいましたが、まさに、その形容がぴったりでしたよ」

「これは、大事な点だから、よく思い出して答えてもらいたいんですが、お二人は、炎の中に、第一日本丸が沈没するのを見たそうですね？」

十津川は、まっすぐに鈴木船長を見、初老の漁労長を見た。

「ええ。見ましたよ」

と、船長が答え、漁労長がうなずいた。

「しかし、かなり離れていたんでしょう？」

「ええ。輻射熱が強烈で、千メートル以内には近寄れませんでしたからね。しかし、船首が、黒いシルエットになって、炎の中で沈んでいくのを、この眼で見ましたよ。あれは、小さな船じゃない。大きな船です」

「幻覚ということは、考えられませんか？」

「幻覚ですって？」

鈴木船長が、驚いた顔で、十津川を見た。

「私の眼は確かですよ。それに、漁労長も見ているんです」

「しかし、証拠はないわけでしょう？　写真に撮ったというような」

「ところが、写真に撮ってあったんですよ」

「何ですって？」

今度は、十津川が、眼をむく番だった。

「しかし、新聞には、その写真はのっていなかったはずですが」

「ええ。最初は、誰も、撮ってなかったと思ってたんです。ところが、今年に入ってから、うちの十八になる若い奴が、写してたのがわかりましてね。あんまりうまい写真じゃありませんがね。それで、新聞社が買ってくれるかもしれないと、そいつにけしかけたんですが、新聞てのは、冷たいもんですねえ。去年の十二月には、あんなに争って、われわれの写真を買ったのに、今じゃ、洟《はな》も引っかけんのですからねえ」

「じゃあ、その写真は、まだ、ここにあるわけですな？」

「ええ。写した当人が、ネガごと持っていますよ。刑事さんが買ってくださるんですか？」

「買いますよ」

と、十津川は、いった。

漁労長が部屋を出て行き、数分して、ネガを引き伸ばした写真を持って帰って来た。

白黒の写真だった。

確かに、炎の中に、黒いシルエットになって、沈んでいく船首が写っていた。ただ、ひどく、ぼやけた写真だった。

「ぼやけていますな？」

と、十津川がいうと、船長は、「仕方がありませんよ」と、笑った。

「あの猛烈な熱で、まわりの空気が膨張していましたからね。大きなカゲロウが立ち昇っているのと同じだったんですよ。私が肉眼で見た第一日本丸も、こうブワブワとゆらめいて見えましたからね」

鈴木船長は、両手で、カゲロウの立つかっこうをしてみせた。

十津川は、黙って、もう一度、写真を見た。ぼやけてはいるが、そこに写っているのは、まぎれもなく、船首だった。

3

二人は、漁業会館を出て、焼津駅に向かって歩く。さすがに元気がなかった。

「仮説が、崩れましたね」

と、亀井刑事が歩きながら、子供のように、小石を蹴飛ばした。

十津川は、自分をはげますように、首を勢いよく振ってから、

「正確にいえば、仮説の一つが崩れたんだ」

「しかし、これで、第一日本丸が、十二月五日に、あの地点で沈んだことは確実になったわけでしょう?」

「本当に、そう思うかね」

「違いますか?」

「確かになったのは、十二月五日に、あの地点で、一隻の船が沈んだ。それだけのことだよ」

「じゃあ、写真の船は、第一日本丸じゃないといわれるわけですか?」

「写真の船が、第一日本丸だという証拠もないだろう? 違うかね。第五白川丸の船長や漁労長は、最初から第一日本丸が沈没したんだと信じているから、写真の船が、第一日本丸だ

と、思い込んでいるだけのことだ。君は、東京に着いたら、N造船に行って、森岡という技師に会ってくれ。この写真を見せて、果たして第一日本丸かどうか聞くんだ。第一日本丸の設計者だから、船首だけのシルエットでも、わかるかもしれないからな」

と、十津川は、写真を亀井刑事に渡した。

東京駅で別れると、十津川は、まっすぐに自分のアパートに帰り、こたつの上に世界地図を広げ、第一日本丸が沈まなかったのなら、いったい、どこへ消えてしまったろうかと考えてみた。

煙草を、何本も灰にし、どうにか、結論らしいものに到達したとき、N造船に回っていた亀井刑事から電話が入った。

「あの写真を、森岡技師に見せましたが、どうも、はっきりしませんね。ぼけているし、船首の部分しか写っていないんだから、無理もありませんが」

「第一日本丸と断定はしなかったんだな？」

「ええ。ただ、少なくとも一万トン以上の大型船の船首であることだけは確かだといっていましたね」

「それで十分だよ」

と、負け惜しみではなく、十津川はいった。設計者に、第一日本丸だと断定されてしまえば、もう、サジを投げ出すより仕方がないと覚悟していたのである。だが、設計者が、断定できないということは、沈んだのが、第一日本丸ではないという可能性もまだ残っていることになる。

亀井刑事が戻ってくると、十津川は、彼を世界地図の前に座らせて、自分の考えを説明した。

「私の仮説はこうだ。第一日本丸は五十八万キロリットルの原油を積んで、サウジアラビアのカフジ基地を出港した。ところが、インド洋に入ったところで、宮本船長以下六名は、ほかの船に移り、その船が、第一日本丸をよそおって、ニュージャパンライン本社に、定時連絡をしながら、問題の地点まで航行し、積んでいた原油を流してから、沈没させた。第一日本丸が沈没したと見せかけてね。その間に、本物の第一日本丸のほうは、別の方向へ航行していたんだ。五十八万キロリットルの原油を売りつけるためにね」

「面白いですが、別の船というのが問題ですね。一万トン以上の船でしょう。第一日本丸でなくても、その船が沈没したとすれば、大騒ぎになってわかるはずじゃないですか？」

「それを、これから調べてみるのさ。十二月五日に、一万トン以上の船で沈んだものはないかとね」

十津川は、電話を引き寄せると、まず、運輸省にかけた。

「去年の十二月五日に、一万トン以上の船で沈んだものはありませんか？　第一日本丸は別にしてですが」

と、十津川は聞いた。答えは、すぐ返ってきた。

「ありませんね。第一日本丸だけです」

「では、五日前後とすると、どうですか？　十二月一日から二十日ごろまでに沈んだ船はありませんか？」

「一万トン以上で？」

「ええ」

「十二月三日に、鹿島灘《かしまなだ》沖で、北海道行きのフェリーが、イギリスの貨物船と接触事故を起こしましたが、沈みはしません。一万二千トンの船です。ほかには、ありませんね」

「日本以外の国籍の船ではどうですか？」

「他国籍の船ねえ。調べるのに、ちょっと時間がかかりますよ」

「いくらでも待ちますよ」

と、十津川は、いった。

約一時間待って、運輸省の担当官から電話が入った。

「十二月一日から二十日まで、全部調べてみましたが、この間に、世界中で沈没した一万トン以上の船は二隻だけです。十二月七日午後二時に、リベリア籍の五万六千トンのコンテナ船が東太平洋で沈没。乗組員三十八名のうち、十六名が救助されています。もう一つは十二月十三日に、イギリス籍の三万トンの貨物船が、北大西洋でシケのため大破。乗組員三十九名全員が救助されましたが、船は、そのあとで沈みました。これだけですね」

「行方不明になっている船はありませんか？」

「ありませんなあ。もちろん、各国の海軍の船については、その動きが秘密なので、こちらでは調べようがありませんが」

4

十津川は、受話器を置くと、さすがに、がっくりした顔になっていた。

身代わりの船が、軍用船の可能性はゼロに近い。M16小銃《ライフル》を買うのとは、わけが違うのだ。一万トン以上の軍用船を盗み出すことはできない相談だし、また、どこかの海軍が、今度の事件に関係しているとも思えない。

どこかの民間船が、身代わりに沈められたに違いないのだ。だが、実際に沈没した二隻には、ちゃんと乗組員が乗っていたというし、場所もインド洋ではないという。行方不明船もない。

（仮説が間違っていたのだろうか？）

十津川は、深く考え込んだ。

身代わりの船がなかったとすれば、インド洋上で沈んだのは、やはり、第一日本丸ということになってしまう。だが、原油や、百八億円はどうなるのだ。

「ひょっとすると、沈んだとき、第一日本丸の油槽《タンク》は、空っぽだったのかもしれんな」

「といいますと？」

「五十八万キロリットルの原油を売りさばいたあとで、沈めたんじゃないかということだよ。五、六千キロリットルぐらいの原油は残しておいて、それに火をつけてだ」

「しかし、サウジアラビアのカフジ基地を出港するところは、目撃されているんです。そのあと、沈没地点へ来るまで、インド洋の上ですよ。積んでいる原油を、どうやって売りますか？」

「洋上給油だよ。インド洋の上で、空《から》のタンカーを第一日本丸に近づけ、パイプをつないで、積んでいる原油を移すんだ」

「なるほど。ただ、第一日本丸は、世界一のマンモスタンカーです。五、六千キロリットルは残しておくとしても、五十七万キロリットル以上の原油は移さなければならないはずです。そうなると、相手も、五〇万トンタンカーでなければならなくなりますが」

「今、五〇万トンタンカーは世界に五隻ある。そのうちの一隻はリベリア籍で、大富豪の持ち物だ。五十八万キロリットルの原油を売りつけるには、格好の相手だとは思わないか。なにしろ、相手は、儲けのためなら、どんなことでもしかねない男だからね。インド洋上で接近した二隻のマンモスタンカーの間で、原油が移しかえられる。そして、大金が支払われ、二十六名は、向こうのタンカーに移乗した。空っぽになった第一日本丸には、宮本船長以下六名が残り、あの沈没地点まで動かしてから、五、六千キロリットルの原油を海面に流し、炎上させてから、第一日本丸を沈没させた——」

「面白いですよ。いけますよ。その推理は」

と、亀井刑事が、眼を輝かせた。が、肝心の十津川のほうは、かえってむずかしい表情になって、

「だがね、カメさん。この考えには、難点が二つあるんだ」

「何ですか？」

「第一は、インド洋上で果たしてそんなことが可能かという根本問題がある。第二は、可能だったとして時間が問題だ。インド洋上で、第一日本丸の原油を、べつのタンカーに移す時間だよ。その時間がかかり過ぎれば、洋上給油が可能であっても、この推理は成立しないんだ。なにしろ、十一月三十日にカフジ基地を出発してから、十二月五日の沈没まで、記録を見るとスムーズに航行しているからね。ある区間、スピードが極端におそくなったという事実はないんだ」

「その点ですが、高速で航行しながら給油できれば、給油そのものに時間がいくらかかってもかまわないわけじゃありませんか？」

「確かにそのとおりだ。第一日本丸は、平均十二ノットで航行しているから、十二ノットで

航行しながら、原油が移しかえられれば、作業に時間がかかってもいいわけだが」

「とにかく、専門家に聞いてみようじゃありませんか」

と、亀井刑事がいった。

しかし、洋上給油の専門家となると、探すのに骨だった。民間のタンカーでは、洋上給油という作業はすることがないからである。

結局、海上自衛隊の係官に聞くことになった。江島という護衛艦の艦長で、第二次大戦にも参加したというベテランだった。

「洋上給油の説明から、まずお願いしたいのですが」

と、十津川は、電話に向かっていった。

「洋上給油は、歴史的にみると、第一次世界大戦中にイギリス海軍が初めて行ない、第二次世界大戦では、日本、アメリカ、イギリスといった主要海軍国、特に機動部隊で行なわれたものです。現在でも行なわれています」

電話の向こうで、いかにも軍人らしい、律義な声がした。

「洋上給油は、どんなふうにして行なうわけですか？」

「普通、三つの方法が行なわれています。給油艦と被給油艦が並列で行なう横曳法、被給油艦が給油艦の後につく縦曳法、その逆の逆曳法の三つです。現在は、もっぱら横曳法が行なわれています。この方法だと、高速で、しかも短時間での給油が可能なわけです」

「実際に、どのくらいの速さで航行していて給油が可能なんですか？」

「普通は十二ノットぐらいです。新式の給油艦の場合だと、十五ノット以上でも可能です」

という説明に、十津川は、ニコリとした。一応、十二ノットの線は出たのだ。

「洋上給油の場合、一時間にどのくらいの量の油を移すことが可能ですか？」

「これは、給油管《パイプ》の大きさや、ポンプの馬力で違ってきますが、最近アメリカ海軍で、一時間に一千トンの記録を出しています」

「一時間に一千トンですか」

今度は、十津川はがっかりした。なにしろ、五〇万トンのマンモスタンカーなのだ。積んでいる五十八万キロリットルを一時間一千トンで移すとして、五百八十時間が必要になる。二十四日間だ。

カフジ基地を出港した十一月三十日から洋上給油を開始したとしても十二月二十三日までかかってしまう。そうなると、沈没した十二月五日も、その作業中ということになってしまうのだ。だが、給油管《パイプ》の数をふやせば、この時間は短縮されるはずだ。

「民間のタンカーでも、洋上給油は可能だとお考えになりますか？」

「それは、高速航行中の給油が可能かということですか？」

「ええ」

「まあ、不可能ですね」

と、江島一佐は、冷酷に否定した。

「理由は？」

「まず、この作業には、十分な訓練が必要ですが、民間のタンカーが、洋上給油の訓練をしたというのを聞いたことがありません。それに、洋上給油のためには、給油艦のほうに特殊な装置が必要なのですよ。給油管《パイプ》とポンプがあればいいというものじゃない。というのは、動いている船同士で行なうために、パイプが引っ張られたり、くっついてしまったりするからです。一般のタンカーには、それを防ぐ装置がありませんから、洋上給油は不可能と考えていいと思いますな」

十津川は、受話器を置いて、肩を落とした。

洋上の取引説は消えたのだ。

すると、やはり、第一日本丸以外の船が、あの地点で沈んだことになるのか。

「どこの船でもない一万トン以上の船が、第一日本丸として沈められたのだ」

と、十津川は呟いた。無茶な結論だということは、彼自身にもよくわかっていた。

「そんな妙な船が存在しますか？」

亀井刑事が、首をひねって、

「どこの国籍にも入っていない船で、しかも一万トン以上の船で、宮本船長たちの自由になった船なんて——」

「あるかもしれん。考えてみようじゃないか」

十津川は、ごろりと寝転がると、天井を睨んだ。

「幽霊船ですか」

と、亀井刑事が呟く。

「あるはずだ。そんな船がね」

と、十津川は、いった。しばらくの間、火のついていない煙草を噛んで考え込んでいたが、
十津川は、急に、むっくりと起き上がった。

「あるぞ！」

と、十津川は、大声でいった。

「どこの国籍にも入ってない船が存在するんだ」

「どんな船です？」

亀井刑事が、カメみたいに首を突き出して、十津川に聞いた。

「船ではない船だよ」

「意味がわかりませんが？」

「いいかね。例えば、ここにアメリカの船があったとする。一万トン以上の客船がいいだろう。まだ立派に動くが、飛行機の発達で、動かせば赤字になる。仕方なしに、屑鉄《くずてつ》として、日本へ売却した。売り渡した時点で、アメリカでは、船籍から抹消されたはずだ。一方、日

本では、船として買ったんじゃないから、船籍には入らない。こんな船なら、沈んでも、運輸省の記録には残らんはずだよ」

「そうですね。確かに、屑鉄なら船籍には入りません。早速、調べてみます」

と、亀井刑事はいった。

翌日、亀井刑事は、情報を求めて、各新聞社の外信部や、鉄鋼関係の会社を回って歩いた。

その結果、S新聞の外信部で、一つのニュースをつかむことができた。その小さなニュースは、S新聞でも記事にならず、いわば、机の引出しに死んでいたニュースだった。

○スエズ発＝AP（十一月六日）

スエズ運河で座礁していたアメリカの貨物船セント・カザルス号（一万三千トン）は、サルベージ会社によって浮上し、修理が行なわれ、航行が可能になったが、船会社のアメリカン・ラインでは、定期航路に復帰させても赤字になること、かなり老朽化していることを理由に、スクラップとして、日本の屑鉄《くずてつ》会社に売却することを決めた。セント・カザルス号は、二十年前に建造され、高速貨客船として活躍した船である。屑鉄としての売却値段は十万ドル（三千万円）。

亀井刑事は、その足で、新橋駅近くにある、アメリカン・ラインの東京支店に回った。支店長が日本人だったので、英語の苦手な亀井刑事は、ほっとして用件を切り出すことができた。

「セント・カザルス号なら、もう売却は終わっていますよ」

と、香水の匂いを漂わせた支店長は、男にしては、やや甲高い声で答えた。

「いつですか？」

と、亀井刑事は、手帳を取り出して聞く。

支店長は、若い女性秘書に帳簿を持って来させてから、

「去年の十一月十二日です」

「売却した相手は？」

「目黒区中目黒第三めぐろコーポ五一七号・新太陽興業ＫＫ・代表者は三村準ですね」

電話番号も、教えてくれた。

「この三村という人に会われましたか？」

「ええ。この取引は、うちの支店を通じてやりましたからね。三度ばかり、ここで会いましたよ。なかなか船のことにくわしい方でしたね」

「支払いもここで？」

「ええ。現金で三千万円。ここで払っていただきましたよ」

「セント・カザルス号の写真はありますか」

「ええ。ありますよ」

支店長は、この会社のすべての船が載っている写真集を見せてくれた。

〈セント・カザルス号〉
一万三千トン
ディーゼル　一万馬力
最大　十九ノット
航海　十六ノット
乗組員　三十六名

「なかなかスマートな船ですね」

と、亀井刑事は、感想をのべた。型は貨物船だが、客も乗せるせいか、スマートである。

支店長は、肯いて、

「そうでしょう。建造当時は、高速船として活躍した船です。今でも、十五ノットは楽に出せるはずです」

「それにしては、十万ドルとは、安く売却したものですね」

「屑鉄《スクラップ》としての値段ですからね。それに、動かせば赤字になるのでは、安くても、売却せざるを得なかったわけですよ。もう一つ、セント・カザルスの場合、座礁した場所がスエズでしてね。浮上させて修理をし、動かせるようにはなりましたが、早く動かさんと、毎日、運河の使用料を取られるわけです。この新太陽興業さんは、スエズまで船をとりにいらっしゃるというので、十万ドルで売却したわけです」

「ほう。新太陽興業は、スエズまで船を受け取りに行ったわけですか？」

「ええ。向こうで、船員の手配までしてくれるということでしてね。十一月三十日に、現地で引き渡しをすませましたよ」

（十一月三十日）

その日は、第一日本丸が、サウジアラビアのカフジ基地を出港した日である。しかも、スエズと、カフジ基地は、かなり近い。

「すると、セント・カザルス号は、今、どこにいるわけですか？」

「さあ、われわれにはわかりませんね。もううちの手を離れてしまった船ですから」

と、支店長は、首を横にふった。そっけないいい方が、いかにもビジネスマンという感じである。

亀井刑事は、セント・カザルス号の写真と契約書の写しを借りて外へ出ると、近くの赤電話で、新太陽興業のダイヤルを回してみた。しばらく、鳴ってから、中年の女の声が出た。

「新太陽興業さんですか？」

と、聞くと、女は、「いいえ」と、いう。

「失礼ですが、新太陽興業さんじゃないんですか？」

と、亀井刑事が重ねて聞くと、女は、突っけんどんな声で、

「こちら、三村さんのお部屋ですけど」

「じゃあ、三村さんを呼んでください」

「三村さんは、おりませんよ」

「旅行へでも？」

「いいえ。お亡くなりになったんです。十二月五日に、船が沈んで」

あっと、亀井刑事は、思った。三村準は、第一日本丸の二十六名の中の一人だったのだ。

「じゃあ、三村さんは、マンモスタンカーの第一日本丸に乗っていたわけですね？」

と、亀井刑事は、念を押して聞いた。

「ええ。新聞に出ていた船ですよ」

「その部屋に、新太陽興業という看板がかかっていませんかね？」

「さあ。ドアのところに、何か看板がかかってたことがありましたけどね。今はもう、かけてありませんよ」

「その部屋は、今、誰が使っているんです？　あなたですか？」

「いいえ。これから掃除して、また、どなたかにお貸しするんです」

「というと、あなたは――？」

「ここの管理人です」

電話の女は、いかにも管理人らしい間のびした声を出した。

5

「そのあと、大手といわれる鉄鋼会社を、全部当たってみました」

と、亀井刑事は、帰って、十津川に報告した。

「どこでも、新太陽興業などという会社は知らんというし、スクラップを買う予定もないといっています。三村準の作った会社は、はじめから、この船を、日本に持って帰ってスクラップとして売るつもりはなかったようですな」

「ぴったり合うじゃないか」

と、十津川は、楽しそうにいった。どうやら、推理が軌道に乗ったようだ。

「ぴったり合いますな」

と、亀井刑事も、微笑した。

「まあ、コーヒーでもどうだ」

と、十津川は、自分でいれたコーヒーを亀井刑事にすすめてから、

「ペルシャ湾への航行の途中で、彼らの計画ができあがったと考えていたが、どうやら、セント・カザルス号が売りに出されているのを知った時点でできあがっていたようだな。つまり、スクラップされるセント・カザルス号があって、はじめて、彼らの計画は成功したわけだ」

「しかし、三千万円という金がよくありましたね」

「うまくいけば、百八億円になるんだ。三十二人で三千万円、一人約百万だ。必死になって集めたんだろう。あるいは、彼らが、原油を売りつけた先が、前金として出したのかもしれん」

「その売りつけ先は、いったい、どこだとお考えですか？」

「それを、これから一緒に考えてみようじゃないか」

と、十津川がいい、二人は、頭をくっつけるようにして、また、こたつの上にのせた世界地図を見た。

「まず、その前に、このセント・カザルス号の航跡を考えてみよう。おそらく、十一月三十日、第一日本丸が、ペルシャ湾のカフジ基地を出港した日に、セント・カザルス号も、スエズを出港し、インド洋に向かったのだ」

「二隻は、どこかで合流したんでしょうか？」

「したはずだ。第一日本丸の救命ボートを、セント・カザルス号に積みかえなければならないからね。それに、第一日本丸の救命ブイもだ。宮本船長は、そのとき、第一日本丸から、セント・カザルス号に乗り移ったのだと思う。第一日本丸が、カフジ基地を出港するとき、船長がいなければ怪しまれるからね。そのあと、今度は、セント・カザルス号が、第一日本丸として行動した。第一日本丸として、毎日の定時連絡を行ないながら、十二月五日、問題の地点に到着し、船内にまだ残っていた原油を海面に流したあと、第一日本丸の救命ボートで、六人は脱出した。セント・カザルス号には、時限爆弾でも仕掛けておいたのだろうと思う。船は爆発し、海は燃えあがった」

「十二月五日という日に、意味があると思われますか？」

「ただ単に、チャゴス諸島に近づく日だったために選ばれたのかもしれないが、もしかすると、同じ日に、本物の第一日本丸が、売込み先に到着することになっていたのかもしれん」

「そうだとすると、第一日本丸が、どこへ消えたのかを考える参考になりますね」

「そうだが、その前に、五十八万キロリットルの原油を、秘密裏に買うのは、どこのどんな人間かを考えてみようじゃないか」

と、十津川は、煙草に火をつけた。

「石油は、どこでも欲しいと思いますが」

と、亀井刑事も、自分の煙草に火をつけた。

「ただし、安ければという但し書がつくよ。高い石油《オイル》なら、何も秘密裏に買わなくても、堂々と買えばいいのだからね。一方、彼らのほうは、少しでも高く売れるところを探したと思う。それに、第一日本丸は、世界に五隻しかないマンモスタンカーだ。そのマンモスタンカーが接岸できる設備のある港でなければならない」

十津川が、ゆっくりというと、亀井刑事は、むずかしい顔になって、

「そうなると、個人の金持ちが買ったということは、ちょっと考えられませんな」

「まず考えられんな」

「しかし、国とか大会社が、いわば盗んだような原油を買うでしょうか？」

「一つだが、買うかもしれないところがある。たぶん、彼らも、同じところへ眼をつけたと思うんだが」

「いったい、どこですか？」

「今、石油の最大の輸出国はアラブ諸国だ。産油国のアメリカでさえ、アラブから買っている」

「よくご存じですな」

「仕方なしに勉強したんだよ。共産圏をのぞく、世界中の国が、アラブの石油に依存しているといってもいい。ところが、アラブ諸国から、買いたくても、石油を買えない国があったとすれば、絶好の売込み先になるはずだろう？」

「確かにそうです」

「といって、金のないところでは駄目だ。それに、もう一つ、さっきいったように、五〇万トンのマンモスタンカーが接岸できるバースがあるところでなければならない。こう考えてくると、第一日本丸が消えた場所は、かなり限定できるはずだよ」

「しかし、そんな三つの条件を満たすようなところがありますか？」

「それがあるんだ」

「どこです？」

「アフリカの南端、南アフリカ共和国さ」

6

十津川は、地図の南ア共和国を指さした。

「南アは、有名な人種差別政策《アパルトヘイト》で、世界の非難を浴びている。特に、アラブ諸国は、南アに対して、経済断交を実施している。もちろん、石油は一滴も売らない。ところで、南アは、アフリカ第一の工業国だから、石油は必要だ。つまり、第一の条件に当てはまる。また、南アは、金《きん》やダイヤモンドの産出量が多いから、五十八万キロリットルの原油を買うだけの金《かね》はもちろん持っている。第三のバースのことだが、南アの東海岸のダーバンという港から、内陸にある首都のヨハネスブルグまで、七百二十キロのパイプラインが一九六五年に完成されている。ということは、ダーバンには、タンカーが接岸できる設備があるし、石油精製設備もあるということだ」

「しかし、南ア共和国は、鉱物資源に恵まれていると聞きましたが、石油も出るんじゃないですか？」

「調べてみたんだが、面白いことに、金《きん》、ダイヤモンド、石炭なんかの産出量は多いんだが、不思議なことに、石油の産出量はゼロだ」

「すると、南ア共和国に売りつけたということですか？」

「南アの政府に売りつけたというより、南アの石油会社に売りつけたんだろうな。そのほうが自然だからね」

「すると、第一日本丸は、ダーバン港へ行ったとお考えですか？」

「まず、間違いないと思うね。第一日本丸はカフジからダーバン。セント・カザルス号はスエズから沈没地点。この距離は、ほぼ同じだから、十二月五日に、第一日本丸はダーバンに着いたと考えていいかもしれないな」

「しかし、それを証明するには、どうしたらいいんですか？　南ア政府に問い合わせたところで、事実としても、肯定する返事がくるとは考えられませんし――」

「私が行ってくるさ」

と、十津川は、あっさりといった。

「休暇はまだ五日間あるし、去年、東南アジアへ行ったときに、パスポートをとってあるからね。第一日本丸が果たしてダーバンに寄港したかどうかも確かめたいし、それ以上に、真犯人の手がかりをつかみたいんだ」

「旅費がたいへんですよ」

「仕方がないさ。貯金はゼロになるがね」

第十四章　暗闇《くらやみ》の中の男

1

一月十九日。十津川は、ボンベイ—ナイロビ経由の飛行機で、南ア共和国の首都ヨハネスブルグに着いた。久しぶりに、きちんとひげを剃っていた。

南半球にある南ア共和国は、今、夏である。しかし、この国は高原地帯が多く、しのぎやすい。

ヨハネスブルグの空港におりたつと、十津川は、覚悟してはいたが、いやでも、人種差別を肌で感じないわけにはいかなかった。空港の入国管理官が、黄色人種の十津川を、差別待遇したわけではない。むしろ逆だった。日本人は白人並みに扱うという法律が出来ているせいか、オランダ系らしい赤毛の入国管理官は、十津川に差別を感じさせまいと一生懸命になっているのがわかった。それが、逆に、この国のとっている人種差別政策の強さを十津川に感じさせるのだ。日本人を準白人としているのも、日本人への尊敬というよりも、日本が重要な貿易国の一つだからという政策的な理由からであろう。そこに、やはり無理があるのだ。ヨハネスブルグは、人口百万を越す大都会で、高層ビルが林立し、どこかニューヨークに似ている。

ヨハネスブルグからダーバンまで、鉄道が通じているが、十五時間かかると聞いて、十津川は、飛行機を利用することにした。この国では、交通機関はすべて政府の独占事業である。飛行機ももちろん同じで、すべて南アフリカ航空（ＳＡＬ）が運航している。

一時間で、ダーバンに着いた。

ヨハネスブルグがそうであったように、ダーバンも白人の町である。清潔な美しいビル街。そこを胸を張って歩いている白人たち。黒人の姿を見かけても、何か生気がない。がんじがらめの法律が、黒人特有のあの強烈なエネルギーを奪い取ってしまったのか。

海岸通りへ出てみた。

午後の陽射《ひざ》しの中に、巨大な石油精製工場が見えた。タンカー繋留用のバースが沖に設けられ、五万トンクラスのタンカー二隻が並んでいる。あのバースに、去年の十二月五日ごろ、五〇万トンの第一日本丸が、横付けされただろうか。

十津川は、石油工場に近いホテルに入った。グレートビクトリアホテルと、名前だけは立派だが、古びた五階建ての小さなホテルである。

ロビーを横切って、フロントへ行くとき、奇妙な男たちの群れを見た。数人の男が、ぼんやりと、何かを待つように、ソファーに腰を下ろしているのである。

最初、何者なのかわからなかった。が、ボーイの説明で正体がわかった。彼らは、プロの殺し屋、戦争屋なのだ。コンゴ紛争で戦った雇い兵の生き残りも混じっているという。

今、南ア共和国と周辺の黒人独立国との国境付近では、毎日のようにゲリラ戦が行なわれている。その戦いのキナ臭い匂いを嗅ぎつけて、集まって来ているのだ。なんでも、一カ月四、五十万円の月給で雇われるという。

「雇うのは、誰だい？　南ア政府かい？」

と、部屋に案内してくれたボーイに十津川が聞くと、

「金持ちさ」

と、ボーイは、ニヤッと笑った。

海の見える部屋で一休みしてから、十津川は、第一日本丸の写真を持って外出した。

海岸通りには、さまざまな店が並んでいる。いかにも南ア共和国らしく、宝石店や、金《きん》細工店が多い。十津川は、その一軒一軒に立ち寄り、店員に第一日本丸の写真を見せて、沖合のバースに、この船が繋留されたことはないかと聞いて回った。知らないといわれても、もし、見た者がいたら、グレートビクトリアホテルにいる日本人の十津川まで連絡してくれ、五十ドル払う、といい残した。

変な日本人が、マンモスタンカーのことで五十ドル払うといっているという噂が広まれば、情報提供者が出てくるかもしれないという狙いがあった。

ホテルに帰って、夕食をとってから、十津川は、自分の部屋で、電話のかかってくるのを待った。

一時間、二時間とたったが、テーブルの上の電話は、全く鳴らない。ひやかしの電話もないのだ。

午後十時になってしまった。半ば、あきらめかけたとき、ふいに電話が鳴った。あわてて受話器をつかみ、「ハロー」と、いうと、意外にも、日本語が返ってきた。

「第一日本丸のことを聞いていた十津川さんだね？」

と、若い男の声がいった。

「ああ。そうだ」

十津川は、受話器を耳に押しつけるようにしていった。相手は、いったい、誰だろうか？

「あんたに会って話したいことがある」

「君は誰だ？」

「そんなことは聞かないほうがいい。ただ、おれは、あんたの知りたいことを知っている人間だよ。それだけで十分だろう？」

「どんなことだね？」

「第一日本丸のこと、連続殺人のこと、M16小銃《ライフル》のこと」

「どこへ行けば、君に会える?」

「そこから百メートル南に歩いたところに、アステリアホテルというのがある。そこの四〇六号室だ」

「すぐ行く」

といって、十津川が電話を切ろうとすると、男が、

「あんた一人で来るのを忘れるなよ。それに、武器は持たないことだ」

2

安宿だった。エレベーターもない。

がたぴしする階段をのぼって、四階へあがった。

四〇六号のナンバーを確かめてから、ドアをノックした。

「日本人の十津川だ」

というと、中から、「入っていいよ」という日本語が戻ってきた。

十津川は、ドアを開けた。

中は、まっ暗だった。十津川が、ライターを取り出して、つけようとすると、暗闇の中か

ら、「ライターをつけるな」という男の声が飛んできた。

「ドアを閉めて、そこにある椅子に腰かけるんだ。警告しておくが、三二口径のサイレンサーが、あんたを狙っているから、妙な真似はしないことだ」

十津川は、手さぐりで椅子をさがし、腰を下ろしてから、暗闇に眼をなれさせるために、眼をしばたたいた。窓際のところに、ベッドがあり、そこに、腰を下ろしている黒い人影が、ぼんやりと見えた。

相手の警告が冗談とは思えなかった。男の声が落ち着いているというより、ひどく、醒《さ》めていたからである。どこか投げやりでさえあった。この男なら笑いながらでも、拳銃の引き金をひくかもしれない。

だが、十津川は、緊張する代わりに、大きなくしゃみをした。また、鼻がグズグズしはじめた。

「ハンカチを出していいかね？　洟《はな》をかみたいんだが」

と、十津川は、闇の中の相手に向かっていった。

「変な人だな。あんたって人は」

男は、呆れたような、感嘆したような、どっちともとれる声を出した。

「どうもありがとう」

と、十津川はいい、ポケットからハンカチを取り出して、洟をかんだ。

「どうも、カゼが治らなくてね」

「おれは、あんたに会いたいと思っていた」

男は、乾いた声でいった。

「どんな男なのか、興味があったのでね」

「私もだ」

と、十津川もいった。

「君にいつか会えると思っていたよ」

「おれが何者か、想像がつくのか？」

「もちろんだ。君が、連続殺人事件の真犯人だ。私は、見事に君に敗けた。たいした男だと思っているよ」

「刑事さんに賞められるとは思っていなかったね」

男は、クスリと笑った。

十津川は、もう一度、洟をかんだ。

「ところで、君の名前は？」

「渡辺一郎」

「双葉マンションの借り主の名前だね。もちろん、偽名だろうね？」

「それは勝手に解釈するんだな」

「生まれは?」

「日本。今はアメリカ国籍になっている。しかし、実感からいえば、無国籍だね」

「君の経歴を知りたいが」

「日本のことは話したくない。おれは、もう日本人じゃないからな。どこで生まれ、どこの学校を出たなんてことは忘れたよ。覚えているのは、十年前にアメリカに行ったことだけだ」

「煙草を吸っていいかね?」

「何だって?」

「煙草を吸いたいんだ。いいかね?」

「吸わないほうがいいな」と、男は冷たくいった。「そちらは、本当に煙草を吸いたいだけでも、こちらは、ライターの火で、おれの顔を見ようとするのだと判断するからね。そうなると、いやでも引き金をひいてしまうかもしれない」

「わかったよ。煙草は、がまんしよう。それで、アメリカで何があったんだね?」

「とにかく、おれは、アメリカに定住したかった。だから、金をかせぐために何でもやったよ。皿洗い、クリーニング店の手伝い、日本料理店のコック、トラックの運転手エトセトラさ。だが、ぜんぜん金はたまらないんだ。ビザも切れかかってきた。焦っていた。そんなとき、一人の男に声をかけられたんだ。キザにいえば、おれの運命が、そのとき決まったたんだ」

「どんな男だね？」

「トムという名前だったな。本名かどうかは知らんし、知っても仕方がない。アメリカ人にしては小柄な男だったよ。ニューヨークのセントラルパークで声をかけてきて、おれに、金《マネー》と冒険《アドベンチャー》は好きかと聞いたんだ。まだ寒くて、おれは腹をすかしてガタガタふるえていたんだ。おれは、すぐ、イエスといったよ。そしたら、男は、銀色のバッジを見せて、自分に身柄を預けてくれれば、この二つを保証するというんだ。月給二百ドル。ただし、仕事は危険だとね」

「銀色バッジ？」

「Central Intelligence Agency のバッジだ」

「C・I・Aか」

「イエス。おれは迷った。相手がC・I・Aということで、仕事の内容は、だいたい想像がついたからさ。だが、まだ十八歳になったばかりのおれは、金が欲しかったし、冒険もしたかった。それに、アメリカの市民権が貰えるという男の言葉も魅力だったんだ。だから、オーケイといったんだ」

「それで、君はどうなったんだ？」

「翌日、飛行機で、ケンタッキー州のフォートノックスに連れて行かれたよ」

「スキー場でもあるところかね？」

「あんたは、ユーモアがあっていいな」と、男は、さもおかしそうにクスクス笑った。

「そこは、バカでかい軍事訓練センターがあるところでね。着いた日から猛烈な訓練をやらされたよ。M16小銃《ライフル》から、M1機関銃、それに迫撃砲と、ほとんどあらゆる火器の射撃訓練を、毎日十時間、たっぷりやるんだ。若かったんだな。苦しいよりも楽しかったね。特に、銃を射ったときのあの感触は何ともいえなかった。おれは、勘がよくてすぐ上達した。標的射撃じゃあ、百発百中に近くなった。そのあと、動く的に対する射撃訓練に入った。これはむずかしかったな。あんたも実弾を射ったことがあるだろうから、わかるはずだ。ジープが引っ張る標的をM16小銃《ライフル》で狙うんだが、最初は、構えているうちに、目標が視界から消えちまうんだ。しかし、それにも慣れたし、動くジープに乗っての射撃もマスターした。そして、一九六五年に、飛行機でタイのバンコックに送られたんだ」

「特殊部隊としてかね？」

「イエス。おれの隊は、隊長はアメリカ人だったが、あとは、いろいろな国の人間が集まっていたよ。全部で二十八名だった」

「君のほかにも、日本人はいたのか？」

「おれを入れて三人いた。だが、名前は知らない。おれたちは、アダ名で呼び合っていたし、お互いの経歴を聞かないことが不文律みたいになっていたからね」

「バンコックでは何をしたんだね？」

「二カ月間、また猛訓練さ。ジャングル生活や、現地人の生活も学んだ。破壊工作の訓練もやった。面白かったのは、ソビエトや中国製の武器の使用法も教えられたことだ。今は、世界中の銃を、おれは操作できるね」

男は、自慢そうに話した。十年前に十八歳だったといえば、今は二十八歳か。いわゆる戦争を知らない世代だ。それが、人殺しの訓練が楽しかったといい、銃の扱いがうまいことを自慢している。

「そして、君は、ベトナムへ行ったのか？」

「ノー。そのとき、すでに、ベトナムにはアメリカ正規軍が介入していたから、おれたち特殊部隊の出番はなかった。おれたちが行ったのはラオスだ」

「ラオスの政府軍を、かげから援助したわけだね？」

「いや。違う。これは、おれの考えなんだが、アメリカは、ラオスの愛国戦線《パテトラオ》も信用していなかったが、政府軍も信用していなかったんじゃないかと思うんだ。おれたちに与えられた目的は、ラオス内の一つの部族に武器を与え、第三勢力を作りあげることだった。一九六五年の乾季に、おれたちは輸送機で、武器と一緒にラオスに入り、約一千人の部族民に銃を与え、戦闘の仕方を教えた。射て《ファイア》！　突撃《チャージ》！　と、すべて英語の速成教育さ。教えたのは、もっぱらアメリカ人の将校だった」

「実際の戦闘もやったのかね?」

「ああ。主として、愛国戦線(パテト・ラオ)と戦ったよ」

「怖くなかったかね?」

「初めての戦闘のときは、身体がすくんで何をしたのか覚えていない。しかし、敵を殺してから度胸がついたよ」

「敵――？」

「妙な声を出すなよ」と、男は、小さく笑った。

「戦場ではね、敵も味方も同じ人間だなんていう安っぽいヒューマニズムは全く通用しないんだ。戦場には、敵と味方しかいないし、敵を殺さなければ、こっちが殺されるんだ。戦うということは、殺すということさ。それだけが、戦場を支配している唯一のルールなんだ。だから、おれは、何人も殺したよ。この手でね」

「ラオスで、どのくらい戦ったんだ？」

「七カ月だ。そのうちに、肝心の部族の長が戦意を失って姿を消しちまった。部族の人間も戦意がない。仕方なしに、おれたちは、バンコックに引き揚げたんだ」

「なぜ、日本へ帰らなかったのかね？」

「帰国しようと思ったら、日本はどこの国とも戦争をしていないから、おれのラオスでの行動は、単なる殺人で、下手をすると処罰されるというんだ。妙な話だと思わないか。同じ行為が、おれがアメリカ国籍なら英雄視されるのに、日本国籍だと殺人犯で非難されるんだからね」

「結局、日本へ帰らなかったのかね？」

「そうだ」

「じゃあ、肝心の話に入ろうじゃないか。君に、殺人を依頼したのは誰なんだ？」

3

「それは、あんたがよく知っているはずだよ」

と、男は、いった。

十津川は、また、ハンカチで洟をかんだ。が、今度は、時間かせぎだった。どう答えたものかと一瞬、迷ったのだ。

第一日本丸の乗組員であることは間違いないが、ここは、相手に喋《しやべ》らせたほうがいいようだ。

「続きを話してくれないかね」

とだけ、十津川は鼻声でいった。男が、闇の向こうで笑った。

「あんたは狸《たぬき》だな。まあいい。おれは、バンコックからアメリカに帰ったあと、ベトナムでも戦った。正式な、米軍兵士《ジー・アイ》としてだ。あそこでも、ずいぶんベトコンを殺したね。だが、ベトナムの戦争も終わり、おれは退役し、金《かね》もなくなった。といって、元の皿洗いをやる気もしなかった。それに、あのスリルも欲しかったんだ。自分でも驚いたんだが、一度、戦争を体験してから、平和がいらだたしいんだ。だが、アメリカは局地戦への介入をやめてしまった。おれは行くところがなくなっちまったんだ。そんなとき、南ア共和国で、浸透してくるゲリラと戦う人間を募集していると聞いて、おれは、去年の十二月はじめに、ここへやって来たんだ。おれは、金《かね》よりも、戦う場所が欲しかったのさ。だが、来てはみたが、なかなかお呼びはかからなかった。そんなある日、沖合のバースに、バカでかいタンカーが接岸したんだ」

「第一日本丸だ」

「かもしれないな」と、男は、はぐらかすようないい方をしてから、

「その船から降りた三人の日本人がおれに会いに来た。その中の一人が、赤松淳一だった。彼らは、金《かね》になる仕事があるからやってみないかと持ちかけて来たんだ。そのとき、おれはアメリカへ帰る金もなくなっていたんだ」

「どんなふうに、話を持ちかけて来たんだ？」

「奇妙な話だったね。まず、四千ドルくれて、インド洋に浮かぶチャゴス諸島の一つに渡ってくれというのさ。それも、第一日本丸という世界一のマンモスタンカーが沈没し、その船

員の一人が、命からがら漂着したように、見せかけろというんだ。念の入ったことに、その船員は、第一日本丸の乗組員であることをかくそうとしていながら、証拠は残すというややっこしい設定だというのだ。三人は、くわしいことは話さなかったが、おれは子供じゃない。沖に泊まっているマンモスタンカーと、奇妙な話とをつきあわせれば、だいたいのことはわかったよ。だが、おれは、べつに文句はいわなかった。金が手に入り、冒険がそれにプラスしていれば、おれは文句はなかったからだ」

「それで、君は、まず、どこへ行ったんだ？」

「十二月八日に、スリランカ（セイロン）の漁村に着いた。コロンボから車で三十分くらいの小さな漁村だ。自然には恵まれているが貧しい村でね。おれのもぐり込んだ家の二十三歳になる若者の夢が、八万円の日本製の船外機《エンジン》を手に入れることなんだからね。その若者を買収するのは楽なもんだったよ」

「エンジンを買ってやったのかね？」

「ああ。おれは、八万円で、そいつの神様になったよ。おれは、そこで、毎日、肌を焼き、手足を海水に浸けてふやけさせた。不精ひげも伸ばした。第一日本丸の赤松淳一として行動しろというので、彼の船員手帳を持ち、スイス製の腕時計も、MADE IN JAPAN に代えてあった。十二月十日の夜、買収したスリランカの若者の漁船で、チャゴス諸島に向かった」

「スリランカからチャゴス諸島まで、一千キロはあるだろう？」

「ああ。遠いね。ただ、あの辺りには、小さな島が点在しているんだ。それらの島に寄り道しながら、チャゴス諸島に向かった。やつのほうは、もちろん、漁をしながら、おれをチャゴス諸島まで送ってくれたわけだよ。翌日、おれは、チャゴス諸島の中の小さな島に近づくと、用意しておいた救命ブイにしがみついて、海に飛び込んだ」

「その救命ブイも、第一日本丸の船員に渡されたものだね？」

「いや。あんなものを持って、スリランカまで行けやしない。コロンボで第一日本丸のと同じ物を買って、自分で第一日本丸と書き込んで、それを使ったんだ。サメがちょっと怖かったが、なんとか、砂浜に泳ぎついた。あのときは、芝居でなく、ぐったりと疲れちまったよ」

と、男は、そのときのことを思い出したのか、楽しそうに笑い声を立てた。

「それから、おれは、イギリス人の家へ連れて行かれた。本物の赤松淳一は、英語が下手くそだというので、あまり英語がわからないような顔をしているのもむずかしかったよ」

「そのあとは？」

「十二月十五日に、おれは、あくまで赤松淳一として、空路羽田へ帰った。むずかしい注文だったよ。ひそかに日本へ帰ってくれといいながら、あとで調べたとき、赤松淳一の足跡が残っているようにしてくれというんだからね」

「赤松淳一が日本へ帰っているとなって、新聞記者に追いかけられたらどうするつもりだったんだ？」

「それでもかまわないさ。追いかけられるのは、赤松淳一で、おれじゃないんだからね」

「君は、あの六人と、その家族を殺すことを請け負って、日本へ帰ったわけだね？」

「その答えは、ノーだ」

「違う？」

「ある人物を殺してもらうことになるかもしれないとはいわれたさ。だが、何もせずにすむかもしれないともいわれた。その場合でも六千ドル払うといわれた。合計で一万ドルさ。どっちになるかは――」

「一週間たてばわかるといわれたのかね？」

「十二月十七日の夜になればわかるといわれたんだ。おれよりも先に、本物の赤松淳一が、日本へ帰っていた。おれのパスポートを使ってね。おれは、日本に着くとすぐ、赤松から金を渡された。もちろん、六千ドルとは別だった。いざというときに必要な用意をしてくれというわけさ。おれは、その金で、二丁のM16小銃と弾丸を買った。ベトナムで戦ったときの友人が、霞が関キャンプにいたので手に入れるのは楽だったよ。奴《やつ》は、一丁をＰＸで買い、一丁を盗んだんだが、そのときは知らなかった」

「なぜ、二丁を用意したんだ？」

「おれは、用心深い性格でね。それから、車も用意した。十七日の夜、もう一度、赤松淳一に会ったとき、彼は、期限が切れたからやってくれといい、相手の名前や、持っている車のナンバー、予定される行動を書いたメモを渡してよこした。最初に、宮本船長の名前と、散歩のコースが書いてあったよ」

「宮本船長は、どうやって殺したんだ？」

4

「あれは、何もしなかったといったほうがいい。メモを見て、おれは、オリンピックプールの上で宮本船長を待ち伏せた。寒い夜で、誰もいなかった。おれが銃を向けると、引き金をひくまでもなかったんだよ。相手は、恐怖から後ずさりしていって、崖下にまっ逆さまに転落して死んでしまったんだ」

「宮本船長の妻君は、なぜ殺さなかったんだ？」

「理由は知らないが、渡されたリストになかった。それだけのことさ」

と、男はいった。

たぶん、あの未亡人が何も知らないと判断されたからだろう。

もし、宮本船長が、妻君に何か打ち明けていたら、彼女も殺されていたに違いない。

「次は、大井川鉄橋での待ち伏せだった。車の下からの狙撃は大変だったが、実際の戦闘に比べれば楽だったよ。相手が射って来ないんだから、じっくり狙えるからな」

男は、むしろ、楽しげに話した。そのあと、急に、クチャクチャという小さな音が、暗闇の中から聞こえてきた。ガムをかむ音だった。血なまぐさい殺人の話をしながら、男はガムをかんでいるのだ。

「あとは、あんたがよく知っているはずだ」と男は、続けていった。

「野沢温泉で、辻夫婦を殺し、銃を一丁犠牲にして、あんたたちの検問を突破した。凶器は、最後に、東京に持ち帰るという約束になっていたので、佐藤一等航海士を射殺した銃は、ずっと、持っていなければならなかった。あれは、ちょっと重荷だったね」

「野沢から名古屋へ抜けて、そこから、小島水夫長の乗ったカーフェリーに乗船したわけだね？」

「イエス。ヨットの時限爆弾が、うまく爆発したことは、沖縄に着いてから、テレビのニュースで知ったよ」

「爆弾の作り方も、アメリカで習ったわけかね？」

「そうだ。破壊工作の初歩としてね。あんただってダイナマイトと、信管と、時計と電池さえあれば簡単に作れるよ」

「若松という学生を殺したのも君だな？」

「イエス。あの若者は予定外だったが、あんたが、がっちりと小島水夫長を守っているので、罠《わな》をかける必要に迫られたんだ。あの男は、あんたたちを釣るエサにふさわしかっただけのことで、まあ、不運だったんだな」

「不運？　命を奪っておいて、不運の一言で片づけるのかね？　若松という大学生は、君に何もしなかったはずだ」

「そんな感情論はナンセンスだな」と、男は、ガムをかみながら、十津川にいった。

「さっきもいったように、おれは、ラオスやベトナムで、何人も殺したし、何十人、何百人も死んでいくのをこの眼で見てきたんだ。一人の人間が死ぬのは、その人間がいい人間か悪い人間かは関係ないんだ。運だけさ」

「それが君の人生観か」

「おれの生き方だ。そういう生き方が身についてしまったんだな。善悪は、おれにとっては意味がないんだ。おれにとっての生き甲斐は、その仕事にスリルがあるかどうかということだけさ」

「沖縄から本土へ戻ったのも、サバニで脱出したわけじゃあるまい。あれは陽動作戦だったんだろう？　野沢温泉でも、沖縄でも、君は、常に陽動作戦をとってきたからな」

「もちろん、正々堂々と、飛行機で羽田に戻ったさ。あんたがたは、赤松淳一の顔写真で那覇空港を張っていたから、通り抜けるのは楽だったよ」

「しかし、最後で、なぜ、赤松淳一を殺したんだ？　赤松は、君のスポンサーの一人だったはずだろう？」

「最初は、赤松淳一の書いた遺書と凶器を残して、自殺したと思わせるという話だった。場所は、阿蘇山か三原山の予定ということだった。ところが、最後に赤松に会って、凶器のライフルを渡したら、いきなり、おれを殺そうとしたんだ。たぶん、おれの口をふさごうとしたんだろうな。それに、自分が自殺したように見せかけるためには、死体が必要だと思ったのかもしれん」

「最後に会ったのは、八王子郊外の雑木林か？」

「イエス。赤松は、ウイスキーを飲みながらおれを待っていたんだ。勇気をつけて、おれを殺そうとしたんだろうが、殺し合いなら、おれのほうが場慣れしているからね。ガタガタふるえていたんじゃ、人間は殺せないよ」

「しかし、ずいぶん古風な自殺の形にしたもんだな？」

「M16小銃のせいさ。おれのオヤジから聞いた日本兵の自決の仕方を思い出して、あんなふうにしてみたんだ。わざわざ、沖縄から持ち帰ったM16小銃を、どうしても生かしたかった。それだけさ。ああ、生かすといえば、カメラも、惜しいことをしたよ。殺人の痕跡が欲しいということだったから、おれは、殺人の現場を写真に撮っておいた。ところが、沖縄で身代わりを作らなければならなくなって、大学生を殺したあと、本物らしく思わせるために、おれのカメラもフィルムごと、海に投げ込んでしまった。惜しいことをしたよ。あれは、現像できたんだろう?」

「ああ。小手先の細工だが、結構、ごまかされたよ。細工といえば、双葉マンションの場合も、小細工をしたな」

「あれは、おれが、赤松淳一を指図してやらせたんだ。一見、うまい計画だが、肝心なところが抜けてたからな。例えば、枕と布団につけた頭髪さ。警察は、そういう細かい調査をするからね。おれが、赤松の頭髪を、こすりつけておかせたんだ。そういう小さな配慮が全くないんだ、彼らにはね。ベトコンのゲリラのほうが、ずっと頭がいいよ。これで、おれの話はすべて終わりだ」

「なぜ、今になって私に話す気になったんだね?」

5

男は、ぺっと、音を立ててガムを吐き出した。

「理由は二つある。第一は、今度のことでおれが相手にした人間、つまりあんたと話し合ってみたかったことだ」

「私も、君に会ってみたかったよ。君は面白い人間だ」

「あんたも、とぼけた男だよ。第二の理由をいっておこう。彼らが、最後になって、おれを裏切ったことへの反発だ」

「それなら、私と一緒に東京へ帰ろうじゃないか。そして、事件の真相をみんなに話してほしい」

「そして、死刑囚として刑務所入りかね」と、男は、笑った。

「彼らが裏切ったのは頭にきたが、だからといって、おれは、あんたがた警察の味方をする気もない。こうして話したことだって、事実だという証拠は、どこにもないし、あんたが、日本へ帰って、おれのことを話しても物笑いになるだけだよ。違うかね？」

「君との会話を、私がテープにとっていたとしたら、話は別だろう？」

「そういうハッタリは、おれには通用しないよ」と、男はまた、暗闇《くらやみ》の中で笑った。

「おれは、さっきもいったように、ラオスやベトナムの戦場で戦ってきた。おかげで、眼や耳が、異常に鋭くなっているんだ。ゲリラとの戦いでは、小さな物音を聞きのがせば、たちまち死が待っているからね。この暗さでも、あんたの表情はわかるし、もし、テープが回っていたとすればその音が聞こえたはずだ。テープは回っていなかったよ。もう一つ、ついでにいっておいてやろう。第一日本丸が、ここに来たという証拠を見つけようとするのはやめたほうがいいね。無駄なことだ」

「なぜだね？」

「確かに、第一日本丸はここへ来たし、ペルシャ湾から運んだ原油を、彼らは、南アフリカオイルに売り渡した。だが、何の証拠もない。南アフリカオイルが認めるはずがないし、日本人たちも消えてしまったからね」

「彼らは、今どこにいるんだ？」

「あんたはわかってるんじゃないのか？」

「ブラジルへ渡ったろうと、想像はついているがね」

「それなら聞くことはないだろう。彼らは、うまくやってるさ。この間、ブラジルの奥地の広大な草原を買い占めて、牧場をはじめた日本人たちの話を聞いたよ。あるいは、それが彼らかもしれないな。ほかに、モーターボート五、六隻を買い込んで、サントスの近くで観光と釣りの仕事をはじめた日本人の噂《うわさ》も耳にしたけど、彼らかもしれないね」

「くわしく教えてくれ」

「駄目だな。あんたに教える義理はない。それから、このダーバンの街を歩いても無駄だよ。第一日本丸が、ここの沖のバースに停泊している写真を撮ったやつもいたらしいが、その写真は、彼らが、ネガごと買い取って、焼き捨ててしまったのを、おれは知っているからね」

「第一日本丸は、今、どこにいるんだね？」

「たぶん、海の底だろうな」

と、男は、低い声でいい、闇の向こうで、クスクス笑った。

「彼らが沈めたのか？」

「最大の証拠を残しておく馬鹿はいないよ。彼らは、南アフリカ共和国に売りつけることも考えたらしいが、油と違って、形のあるものを残しておくのは、結局、命とりになることに気がついたんだろうな。第一日本丸が消えてしまえば、もう日本の警察は、どうしようもないわけだ。おれは、あんたのために証言する気はないし、第一日本丸がここへ来たという証拠もない。ただ、万に一つの幸運があるかもしれない。せいぜい、それを祈るんだね」

「どんな幸運かね？」

「彼らが、爆破の専門家じゃないこと。もう一つ、おれは、ベトナム沖でゲリラのロケット砲撃で沈むタンカーを見たが、石油を積んだやつは簡単に炎上、沈没するが、カラのやつはなかなか沈まないということだよ。さて、おれは、これから、ある場所に行かなきゃならないから、失礼させてもらうよ」

「どこへ行くんだ？」

「やっと、お呼びがかかったのさ。明日、北部の国境地帯で、浸透してくる解放ゲリラの待伏せ作戦をやるんだ。その戦闘に雇われた。また、おれは、公然と、銃が射てるんだ」

「私は、君を行かせるわけにはいかん。君を連れて帰って、証言させるんだ。それが、私の仕事だからね」

十津川は、一語一語、ゆっくりと、区切るようにいった。

「無理だねえ」と、小馬鹿にしたような声を、男が出した。

「第一、あんたは、おれの名前だって、まだわかっていないはずだ。そんなことで、どうやって、おれを捕えたり、日本へ連れて帰ることができるんだ？」

「いや、私は、君の名前を知っているよ」

十津川は、この部屋に来て、初めて、反撃に転じた。

6

「ハッタリはよせ」

男がいった。十津川は、微笑した。

「君の名前をいってやろう。君は、望月英夫だ。違うかね？」

十津川が、ズバリといった瞬間、暗闇の中で、かすかに空気が動いたような気がした。十津川は、そこに確かな手応えを感じ取った。

「いい加減なことをいうな！」

と、男が、大きな声を出した。が、十津川は、逆に冷静になっていった。

「君は、自信にまかせて、ミスをおかしていたのさ」

と、十津川は、暗闇を見すえていった。少しずつ、眼が闇に馴れ、黒い人影が見えてきていた。

「おれのミス？」

男が、聞いた。

「そうさ。君はミスをおかしたのさ」と、十津川は、わざと、ゆっくりといった。

「第一は、最初盗んだ黒の中古カローラに、異常なほど執着したことだ。普通に考えれば、すぐ乗りかえるほうが安全なのに、君は、それをしなかった。冷静な君が、面倒臭かったから、同じ車を乗り続けたとは思われない。となると、理由はたった一つだ。同じ車に乗り続けていたほうが安全だと、君が確信していたということだ。もし、黒の中古カローラが盗んだものなら、別の車に盗みかえたほうが安全だ。となると、おかしなことだが、あの車が、君の車だということしか考えられなくなるんだよ。検問の場合、まず、免許証が調べられ、それから車検証が調べられる。そのとき、君が、赤松淳一の免許証を示していたとすれば、車検証の名前と違うから、野沢温泉の検問に引っかからなくとも、検問に引っかかっていたはずだ。ところが、君が、野沢温泉の検問に引っかからなかったということは、黒の中古カローラの車検証と、君の免許証が一致していたことを意味している」

「――――」

「もう一つ、君はミスをおかした。車を盗んだあと、その場に、ＰＡＡの封筒に二十万円入れて置いておいたことだ。盗難届けを出させないための細工だと思ったが、それでも、持ち主は、盗難届けを出していたかもしれないんだ。今の若者が、すべてチャッカリしているとは限らないからね。あるいは、二十万円猫ババして、警察へ届けたかもしれない。そうなれば、君は、大変な危険にさらされたはずだし、その可能性は高かったんだ。君にだって、それはわかっていたと思うのに、君が、なぜ、そんな危険な賭けをやったのか。沖縄でやったように、中古車を買えば一番安全なはずなのにだ。考えられる理由は一つしかない。望月俊夫という大学生が、絶対に盗難届けを出さない性格だということを、君は知っていたということだよ。つまり、君が、アメリカへ行った兄貴で、あの黒の中古カローラの本当の持ち主の望月英夫だということだ」

「――――」

「君の履歴も知っている。もちろん、君が犯人と考えて調べたわけじゃない。車の持ち主というので、念のために調べただけだが、まだ忘れてはいないよ。君の父親は、ある商事会社の課長補佐だ、兄弟は二人。君は、大学を中退して渡米した。そして――」

「オーケイ。オーケイ」と、男は、甲高い声で、さえぎった。

「確かに、おれは、望月英夫さ。だが、あんたは、おれをどうすることもできないはずだ。ここは、アフリカで、おれは、姿を消す」

暗闇の中で、男――望月英夫の立ちあがる気配がした。黒い影が動いた。

十津川は、呼び止めようとしたが、その瞬間、鼻が急にむずがゆくなり、大きなくしゃみをしてしまった。

とたんに、どうにか保たれていた緊張に傷が生まれ、怯えた望月英夫が、引き金を引いた。

サイレンサーの乾いた発射音。暗闇を、オレンジ色の火箭《かせん》が引き裂き、十津川の身体が、すさまじい勢いではね飛ばされ、床に叩きつけられた。

7

十津川が、病院の一室で気がついたとき、すでに、窓の外は明るくなっていた。

人の気配がして、ブロンドの背の高い看護婦が、上から十津川をのぞき込んだ。

「もう大丈夫ですよ。ミスター」

と、彼女が、ニコリともしないでいった。

脇腹が痛む。が、死んでいないところをみると、弾丸は、急所を外れたのだろう。

「新聞を見せてもらえないかな」

と、十津川は、看護婦にいった。

午後になって、看護婦が新聞を持って来てくれると、十津川は身体が痛むのをがまんして、ページをくっていった。

やはり、そこに、十津川の恐れていた記事がのっていた。

○今日午前二時三十五分ごろ、ヨハネスブルグ北東の国境地帯で、小規模なゲリラとの戦闘が行なわれ、共産ゲリラ側は、十二の死体を遺棄して敗走した。
当方の損害は、死者二名、負傷者四名である。この戦死者の中には、アメリカから義勇兵として参加したヒデオ・モチヅキ（二八）も含まれている。慎んで、この勇者に哀悼を捧げるものである。


読み終わった十津川の顔が、白くなった。

（これで、あの事件の証拠は、すべて消えてしまったのか？）

8

ちょうど、同じ時刻。

東回り世界一周をめざす全長三十二フィートの外洋ヨット「あほうどりⅢ世号」は、マダガスカル島沖を通過し、インド洋に入っていた。

乗っているのは、二人の日本の若者である。十二、三分前から、猛烈なスコールの中に突っ込んでしまっている。

そのスコールが、急にやみ、視界が明るくなった。

と、突然、眼の前に、巨大な壁が立ちふさがった。

あわてて舵《かじ》を切った。三十二フィートの木造艇が、激しくヒールし、帆《セル》が悲鳴をあげ、右に転回した。

「何だい？　ありゃあ」

と、若者の一人が、水しぶきを浴びた顔を拭いながら甲高い声をあげた。

離れるにつれて、壁と見えたのは、錆《さ》びつき、うす汚れた巨大な船体の一部だとわかってきた。

「バカでかい船だなあ」

と、二人の若者は、思わず嘆声をあげた。

全長は、四百メートル近い。あれにぶつかっていたら、「あほうどりⅢ世号」は、ひとたまりもなかったろう。

だが、眼の前の巨船は、まるで、傷つき、息もたえだえの巨鯨のように、大きく傾き、東に流れる海流に、ただ、ゆられて漂っているのだ。

「まるで、幽霊船だな」

と、若者の一人が呟いた。

人の乗っている気配は全くない。船腹には、爆発でもあったのか、直径七、八メートルの大きな穴があき、分厚い鋼板がめくれあがり、その傷口を海水が洗っていた。その穴からのぞく隔壁は、ひびが入ってはいたが、破られてはいなかった。そのために、沈没をまぬがれたのであろう。

もう一人の若者が、船体に書かれた文字を読んだ。

「第一日本丸。こいつは日本の船だぞ」

解説

新保《しんぽ》博久《ひろひさ》
（ミステリー評論家）

「町の食堂にとって大切なのは、とびきり美味《うま》いものを出すというより、同じ料理なら、いつ注文されても常に一定の味を保っていることなんですよ」

本書『消えたタンカー』で十津川《とつがわ》警部補（まだ警部補なのだ）は、みずから中華風焼きそばを作って、聞き込みの結果を報告しに来た亀井《かめい》刑事にふるまう。「銀座の中華料理店で、名人といわれるコックに教えてもらったものだから、美味いぞ」と自慢する十津川の驥尾《きび》に付すわけでもないが、私も懇意にしていた中華料理店主がいて（銀座ではない）、冒頭に掲げたのはそのご主人の言葉だ。もっとも、十津川飯店の焼きそばは、味覚オンチ気味のカメさんを感激させるには至らず、十津川が四十歳のとき（以後ほとんど加齢しない）五つ年下のインテリア・デザイナー直子と結婚した披露宴に出た同僚には、「これからは、奴の家へ行っても、まずい焼きそばや、ライスカレーを食べさせられる心配はなくなった」（『夜間飛行《ムーンライト》殺人事件』）と言われている。

しかし十津川の手料理と違って西村京太郎の作品自体は、常に顧客の期待に応える安定の味を供給しつづけて久しい。さらにたいていの作家と同じく、とくに初期から円熟期にかけては「とびきり美味い」逸品を続けざまに提供していた。この『消えたタンカー』もそういう極上の一皿、いや一冊である。近年の、安定期の西村作品に慣れ親しんできた読者も、あまりの美味さに驚くだろう。

本書では開巻早々、インド洋上でマンモスタンカーが炎上し、積んでいた五十万トンの原油ともども失われてしまう。一九七三年、第四次中東戦争においてアラブ諸国は、対イスラエル戦で優位を得るため石油の原油価格を七十パーセント引き上げたほか、イスラエルを支援するアメリカとオランダに石油輸出を禁止したため世界中が経済混乱に陥り、日本でもちょっとしたパニックになったものだ。これが第一次オイルショックと呼ばれる（第二次は七九年、イラン革命に伴う産油量激減が原因となった）。『消えたタンカー』がカッパ・ノベルスに書下ろし刊行された一九七五年四月は、まだ第一次のショックから醒めやらぬ状況で、本書で仮構されているタンカー事故がどれほどの大事件か、現代読者には想像を絶するだろう。

しかし本書はパニック小説でも、国際謀略小説でもない。タンカーの乗組員三十二名のうち船長以下六名が奇跡のように生還したが、この六人が次々と殺害されてゆく謎を主題とした、サスペンスの濃厚な本格ミステリーである。時勢によりかかったタイプでない、こういう小説は歳月を経ても古びない。

推理小説的には、ミッシング・リンク・テーマの変奏といえよう。明らかに同一犯人による連続殺人なのに、被害者たちがなぜ殺されたのか分からない、そこに失われた環（ミッシング・リンク）が共通しているのを探すパターンで、アガサ・クリスティー『ＡＢＣ殺人事件』、コーネル・ウールリッチ『黒衣の花嫁』などが代表格だ。作品例があまり多くないのは真相が、読者の盲点を突いた意外な繋《つな》がりが秘められているか、実際に犯人が殺したいのは一人だけで他は迷彩であるかの二パターンにほとんど尽くされ、新味のあるアイデアを出しにくいせいだろう。『消えたタンカー』の場合、被害者たちには沈没したタンカーの生き残りという大きな共通項があるものの、それが殺されなければならない動機に結びつかない。姓名と居住地のＡＢＣ順に被害者が選ばれるにしても、だから殺される理由にはならないのと同じだ。やがて、行方不明の船員二十六名の誰かが実は生きていて、自分たちを見捨てて助かった六人に復讐しようとしているのではないかという仮説が浮上するが……

この謎を追うのが警視庁捜査一課の十津川省三《しょうぞう》、三十七歳の警部補と、部下で三十九歳の亀井刑事のコンビである（カメさんの年齢は若干変動して、のち十津川が四十歳に固定されるのと同時に四十五歳になっている）。亀井は本書が初のお目見えだが、十津川のほうは以前から活躍してきた。その初登場は三十歳のときの事件『赤い帆船《クルーザー》』で、西村氏最初期の『ある朝 海に』『脱出』『伊豆七島殺人事件』に続くカッパ・ノベルスの海洋ミステリーとして一九七三年八月十五日に書下ろし刊行された。わざわざ日付まで記したのは、「週刊アサヒゴルフ」に同じ七三年八月十五日号から連載された長編『殺しのバンカーショット』にも冒頭から十津川が登場しているからだ。雑誌の発行日は書籍の奥付より早めに記されるので、実際に十津川の名前が活字になったのは『殺しのバンカーショット』のほうがわずかに早い。このとき（と『日本ダービー殺人事件』では）十津川のパートナーは鈴木刑事、『赤い帆船』では永井刑事が務める。『赤い帆船』は『殺しのバンカーショット』連載開始前に完成していたはずで、後者の十津川は三十四歳の警部である。しかも『赤い帆船』では「中肉中背だが、どこか鋼鉄《はがね》を思わせる身体《からだ》つきだった」のが、『殺しのバンカーショット』では「大男」に変貌した。これは作者の筆まかせというより、このころの「十津川」とは単に警察官探偵を意味する記号だったせいと思われてならない。『赤い帆船』事件を担当させられたのは、大学時代ヨット部にいた経歴を買われてだったが、ゴルフを含めスポーツ万能に設定したのは、さまざまなスポーツ絡みの事件に対応するとしたら重宝だろうからではないか。

十津川という名字が、日本の村で最大面積をもつ奈良県吉野郡十津川《とつかわ》村から採られたことは作者自身、何度も言明している。戸籍には振り仮名がない以上、トツカワがあるときトツガワと改名されても不思議はない。現に推理作家の東野圭吾《ひがしのけいご》は、代々トウノだったのが先代からヒガシノに変わったのだという。だが十津川警部は作者と同じく東京出身で、西村京太郎にも特に奈良への地縁は見出せない。なぜ十津川なのか。

トラベルキャスター津田令子《つだれいこ》による長尺インタビュー『西村京太郎の麗しき日本、愛しき風景 わが創作と旅を語る』（二〇〇五年、文芸社）で、「ぼくは昔から、十津川郷士（農民を兼ねる下級武士）というのが好き」で、「それで名前を拝借したというわけ」と述べている。虐げられた者、社会的弱者に共感を寄せる西村氏らしいところだが、そのあと十津川警部ははじめ名字しか考えていなかったと言い、テレビ局が作った名前で、「十津川省三がフルネームなんだって。本人のぼくが知らなかった」ともいう。確かに亀井定雄というのはそうらしいが、省三のほうは『消えたタンカー』ではまだ決められていないものの、次作『消えた乗組員《クルー》』では十津川省三と明記されている。十津川警部のテレビ・デビューは一九七九年の西村京太郎トラベルミステリーからなので、単なる記憶違いだろうが、十津川警部がスターになったので改めて十津川村について調べるうち、その郷士に好感をもち、リップサービスしたと考えられなくもない。ここはあえて空想を許してもらおう。

まず警部補を警部に昇進させたのは、階級を書く際「警」は仕方ないとしても「補」という画数の多い字をいちいち書かなくて済む。捕物帳の開祖・岡本綺堂《おかもときどう》は原稿に何度も書くのに備えて主人公を「半七」と命名したものだが、これに倣《なら》って十川《とがわ》ぐらいにしておけば楽だとしても、半七の絶妙さには及ばないし、「津」程度の画数が混じっているほうが字面が引き締まる。ここからはいよいよ妄想になるが、西村氏が「十」の字に思い至ったのは、スウエーデンの警察小説、マイ・シューヴァル&ペール・ヴァールーの刑事マルティン・ベック・シリーズが全十作の構想だというのに刺戟《しげき》されたのではあるまいか。

「戦後になると、早川書房が出す翻訳物の外国ミステリーを片っ端から読んだ。アガサ・クリスティが、一番好きで、新人では、ウィリアム・アイリッシュが、面白かった」（集英社新書『十五歳の戦争　陸軍幼年学校「最後の生徒」』二〇一七年）そうだが、これはたまたま前述したミッシング・リンク・テーマの代表作を書いた作家と一致している（アイリッシュはウールリッチの別名）。作家デビューしてからも、読書家で勉強家だった氏が、七〇年代に英語版を介して邦訳され、日本のミステリー界でも大きな話題を呼んでいたマルティン・ベック・シリーズに手を伸ばしたことは想像に難くない。自身も毎作異なる警察官探偵を試みていればこそ、なおさら。十津川を単なる記号的存在から脱して肉付けする参考にしたいとも思ったはずで、『消えたタンカー』では、『赤い帆船』などよりキャラクターが深く彫り込まれるようになった十津川がやたら風邪をひくのも、マルティン・ベックがやはり風邪ひき男であるのと無縁ではあるまい。

　ベック・シリーズは一九七三年には『消えた消防車』が邦訳されているが、消防車一台でも小説中で消失させようとすれば簡単なトリックでは済まない。だがそういう興味で手に取ると、たぶん失望するだろう。同書では確かに二度の消防車消失が扱われるが、象徴的な意味が強く、不可能興味を満足させるものではない。どうせなら、もっと消しにくい巨大なものを、比喩でなく本当に消失させてみせる。七五年のカッパ・ノベルス版の「著者のことば」には、「私は、世界を支配しつつある石油《オイル》の奇妙な魔力と、(巨大船の自動化にともなう航海の単調化によって)消えゆく海のロマンへの挽歌《ばんか》を、この作品の中で書いてみたいと思った」とあるが、『消えたタンカー』の着想の源は、じつは『消えた消防車』への挑戦にあったのではないだろうか。詳しくは書けないが、こちらでもタンカーは二度消失するのである。

『消えたタンカー』で十津川は警部補に戻っている。続く『消えた乗組員』から警部に固定されるが、トラベル・ミステリー時代に入ってからの『ミステリー列車が消えた』、十津川に次ぐシリーズ・キャラクター、私立探偵・左文字進《さもんじすすむ》が活躍する『消えた巨人軍《ジャイアンツ》』など、大型消失テーマは西村作品群のなかでも屹立《きつりつ》して輝いている。その意味で『消えたタンカー』は十津川というキャラクターをリセットした、現在なお驀進中のトラベル・ミステリーに繋がる真の原点といえるのではないか。

『消えた乗組員』のラストでは眼目の事件解決後、東京都の路線バスが運転手と乗客あわせて十二人の死体を乗せて雑木林に遺棄されていた事件が新たに報告され、十津川に出馬が要請される。これには『消えた消防車』に先だって発表されたマルティン・ベック・シリーズの代表作、八人がバス内で射殺されていた『笑う警官』を思い出さずにはいられない。バス内大量殺人は十津川警部シリーズの書かれなかった次回作の予告だったのか、シューヴァル&ヴァールーへのリスペクトをほのめかしたものか。六〇年代のスウェーデン十年史を十の長編で一つの大河小説に描こうとしたというマルティン・ベックに対抗して、「十川」というネーミングが考えられたと断じても、こじつけだとばかり叱られない気がする。

この作品はフィクションであり、実在の個人・団体・事件などとは、いっさい関係ありません。（編集部）

一九七五年四月　カッパ・ノベルス光文社刊
一九八五年五月　光文社文庫刊

光文社文庫

長編推理小説
消《き》えたタンカー　新装版
著　者　西《にし》村《むら》京《きょう》太《た》郎《ろう》

2018年8月20日　初版1刷発行

発行者　鈴木広和
印　刷　萩原印刷
製　本　ナショナル製本

発行所　株式会社　光文社
〒112-8011　東京都文京区音羽1-16-6
電話　(03)5395-8149　編集部
8116　書籍販売部
8125　業務部

落丁本・乱丁本は業務部にご連絡くだされば、お取替えいたします。
ISBN978-4-334-77701-2　Printed in Japan

組版　萩原印刷